METROPOLIS
METROPOLIS
METROPOLIS
METROPOLIS

DAS BUCH

Herman, Drummer der erfolgreichen Band Foaming Vomit, die eigentlich nur aus Studiomusikern besteht und von der Modemarke GUESS? gesponsort wird, führt ein Leben zwischen Musik, schönen Frauen und Zigaretten, deren Asche er in seinem Kühlschrank einfriert.

Seine Lebensphilosophie – »Geld verdienen, ohne daß man viel dafür tun muß« – scheint aufzugehen, solange er bereit ist, die Kleidung des Sponsors zu tragen und die Spielregeln des Pop-Business einzuhalten. Genug Zeit also, sich durch den Alltag treiben zu lassen, stundenlang CDs zu hören, die Psychotherapeutin aufzusuchen und in Trendlokalen abzuhängen. Mit seinem Wissen darüber, daß manche Walfische Pfoten haben und Ägypten eine Insel ist, fliegen Herman die Frauen nur so zu, wenn auch zumeist mit niedrigem IQ wie die steinreiche Industriellentochter Eva.

Doch dann taucht plötzlich die alleinerziehende Mutter Judy auf, die als einzige – so scheint es – keinen Karmann Ghia fährt und nichts, aber auch gar nichts von Zungenküssen versteht ...

Mit einmalig absurdem Humor beschreibt der flämische Kultautor in seinem – verdächtig autobiographischen – Roman das Lebensgefühl der »Generation Nix« am Ende des 20. Jahrhunderts.

DER AUTOR

Herman Brusselmans wurde 1957 in Belgien geboren. Charakterisierungen wie »flämischer James Dean« oder »literarisches *enfant terrible*« begleiten den Autor, der mit seinen Romanen seit Jahren auf den Bestsellerlisten vertreten ist, für diverse Magazine schreibt und es zwischenzeitlich sogar zu einer eigenen TV-Show gebracht hat.

HERMAN BRUSSELMANS

GENERATION NIX ODER ZIGARETTENASCHE IM GEFRIERFACH

ROMAN

AUS DEM NIEDERLÄNDISCHEN

VON MARKUS JUNG

ULLSTEIN

Ullstein Buchverlage GmbH & Co. KG
Berlin
Taschenbuchnummer 31220
Titel der niederländischen Originalausgabe:
Vrouwen met een IQ

Deutsche Erstausgabe
April 1999

Umschlaggestaltung: Vera Bauer
Photo: Tony Stone

Printed in Germany 1999
Satz: hanseatenSatz-bremen, bremen
Druck und Verarbeitung: Cayfosa, Industria Gráfica,
Barcelona
ISBN 3 548 31220 9

Gedruckt auf alterungsbeständigem
Papier mit chlorfrei
gebleichtem Zellstoff

Die Deutsche Bibliothek –
CIP Einheitsaufnahme

Brusselmans, Herman:
Generationn Nix oder Zigarettenasche im Gefrierfach:
Roman/Herman Brusselmans.
Aus dem Niederländ. von Markus Jung. –
Dt. Erstausg. – Berlin: Ullstein, 1999
(Ullstein-Buch; Nr. 31220)
ISBN 3-548-31220-9

GHIA (PROLOG)

GHIA (PROLOG)

In den *places to be* findet man mich selten, außer in den Restaurants. Der Mensch muß schließlich was essen. Aber die Discos, die Clubs, die Cafés, die Bars, die Mega-Dancings, die Lokale, die *in* sind, die meide ich wie die Pest. Aber ich kenne mich aus, klar. Ich weiß, was abgeht. Drum fahre ich zum 2002, einem ... wie soll ich's sagen ... einem *Zelt*, das gerade (sagen wir mal: in diesem Monat) absolut hip ist. Ich fahre am Parkplatzwächter vorbei auf den riesigen Parkplatz. Meinem Gefühl nach sehe ich ungefähr fünftausend Karmann Ghias rumstehen. Da und dort eine Antenne verbiegen, einen Rückspiegel abbrechen, eine Delle oder einen Kratzer reinmachen? Quatsch. Wenn einem so was auch nur die geringste Befriedigung gibt, ist man ein stumpfsinniger Idiot. Außerdem weiß ich – natürlich – nicht, wem welches Auto gehört. Ich könnte womöglich das Auto eines *Unschuldigen* beschädigen. Andererseits: wer einen Karmann Ghia fährt, ist per Definition schuldig. Unglaublich, aber wahr, daß ich schon wieder vergessen habe, welche Farbe – nur um ein Beispiel zu nennen – Evas Karmann hat. Zuerst hatte sie einen grünen, dann einen blauen, oder umgekehrt. Inzwischen hat sie natürlich schon wieder einen anderen. Leute, das kann ja heiter werden, wenn der Karmann Ghia demnächst seine Eigenschaft als Statussymbol verliert. Gold wird sich in Blech verwandeln; das Unverzichtbare wird überflüssig werden. Was rede ich, überflüssig? Demnächst wird sich der Karmann Ghia in etwas verwandeln, in dessen Nähe man sich lieber nicht blicken lassen sollte, oder Hohn wird sich über einen ergießen. Spott und Hohn, Spott und Hohn und Haß und als schlimmstes von allem hochgezogene Augenbrauen, mitleidige Blicke und die geflüsterten Worte: »Ein Karmann Ghia, das darf doch nicht wahr sein. In der *heutigen Zeit*!?«

Die heutige Zeit ... was ist das für eine Zeit? Ende zwanzigstes Jahrhundert, April 1995, das ist die heutige Zeit. Noch ein Jahr und wir haben diese Zeit vergessen. Es ist eine komplett unbedeutende Zeit, eine wertlose Zeit, eine Zeit ohne Inhalte und ohne Symbole. Es ist eine Zeit wie jede andere.

ZWEI EVAS

ZWEI EVAS

Eva ruft mich an, um mir zu sagen, daß aus unserer Verabredung nichts wird. Ich sage, daß das kein Problem ist. Ansonsten gibt es nichts zu sagen, und wir legen auf. Wenig später ruft sie mich an, daß aus unserer Verabredung doch was wird, wenn sie ihre beste Freundin mitbringen kann. Ich sage »OK« und frage: »Wer ist denn diese beste Freundin?«

»Kennst du nicht«, sagt sie, »ich kenne sie selbst noch kaum.«

»Ach so. Darum. Verstehe.«

»Um acht also?« fragt sie.

»Gut, um acht. Bis dann.«

»Komm mit dem Taxi«, sagt sie.

»Mal sehen«, sage ich. Wir legen auf.

Der Kühlschrank in der Küche spinnt irgendwie. Er hört einfach nicht mehr auf zu brummen, und plötzlich überlege ich, ob das Licht auch dann noch brennt, wenn der Kühlschrank zu ist. Mir fällt ein, daß mir mal jemand erzählt hat, daß es da eine Methode gibt, um das herauszufinden. Kann aber auch sein, daß ich das irgendwo gelesen habe, in einem Buch voller Mythen.

Evas letzte beste Freundin hat vor nicht allzulanger Zeit (zwei Wochen? einem Monat?) einen Selbstmordversuch unternommen. Ich weiß nicht, ob es was mit Eva zu tun hatte, aber wundern würde es mich nicht. Der Versuch ging daneben. Die junge Dame hatte die falschen Tabletten geschluckt. Leichtdosierte statt der schweren Hämmer, irgendwie so was. Es war ihr natürlich zu mühsam, vor ihrem Selbstmord den Beipackzettel zu lesen.

Nach dem Selbstmordversuch ihrer besten Freundin kündigte Eva ihr die Freundschaft auf. Sie wollte nicht die Freundin von jemandem sein, der sich hatte umbringen wollen und es überlebt hat. Eva behauptet, daß diese Sorte Mensch danach über nichts anderes mehr reden kann als über den mißlungenen Selbstmordversuch. Und das macht mich wahnsinnig, sagt Eva, wenn Leute ununterbrochen vom selben Thema schwafeln.

Irgendwann im vergangenen Jahr hat Eva ihrer Mutter die Freundschaft aufgekündigt, weil die nur noch über ihre Krankheit schwafelte. Sie hatte Krebs. Mittlerweile ist sie geheilt, und jetzt will Eva wieder mit ihrer Mutter befreundet sein, aber das will die Mutter nicht.

Es gibt Tage, an denen Eva über nichts anderes redet, als daß ihre Mutter trotz vollständiger Genesung nicht wieder mit ihr befreundet sein will. Eva findet das ziemlich blöd und egoistisch von ihrer Mutter.

Ich mache den Kühlschrank auf, schließe ihn vorsichtig. Kurz bevor ich die Tür zudrücke, versuche ich noch schnell zu sehen, ob das Licht weiterbrennt oder nicht. Es gelingt mir nicht.

Ich gehe nach oben und lasse die Badewanne drei Viertel volllaufen. Obwohl ich schon um die Mittagszeit ein Bad genommen habe, nehme ich noch eins.

Während ich im Wasser liege, höre ich ›Drive‹ von R.E.M.. Ich habe es neunmal hintereinander auf der A-Seite einer Kassette aufgenommen. Auf der anderen Seite ist zehnmal ›Everyday Is Like Sunday‹ von Morrissey – ein Lied, das kürzer ist als ›Drive‹.

Unten klingelt das Telefon. ›Drive‹ läuft nicht übertrieben laut, so daß ich höre, wie eine Frauenstimme etwas auf den Anrufbeantworter spricht, ich kann aber nicht verstehen, was sie sagt. Die Stimme erkenne ich nicht. Vielleicht die von Eva. Evas Stimme bleibt mir nie besonders lang im Ohr. Nicht länger als eine Dreiviertelstunde, eine Stunde höchstens. Und doch hoffe ich, daß es ihre Stimme war und daß sie die Verabredung abgesagt hat. Weil sich ihre neue Freundin umgebracht hat. Weil ihre Mutter wieder Krebs hat. Weil ihr ein Fingernagel abgebrochen ist. Wasweißdennich. Weil *sie sich selbst* umgebracht hat. Weil sie nicht den ganzen Abend lang jemanden am Hals haben will, der von nichts anderem als von seinem spinnenden Kühlschrank schwafelt (obwohl ich das mit keinem Wort erwähnen würde).

Früher habe ich in der Badewanne geraucht. Aber eines schönen Tages fiel mir die Zigarette aus der Hand, und ich verbrannte mir *unter Wasser* das Bein. Seitdem rauche ich nicht mehr in der Badewanne. Im Grunde genommen ist es ein schwachsinniger Entschluß. Ich kann mir nicht vorstellen, daß sich jemand, ich, in seinem Leben *zweimal* unter Wasser das Bein verbrennt. Andererseits ist es auch keine Katastrophe, in der Badewanne nicht mehr zu rauchen. Ich kann damit leben.

Ein anderes Mal saß ich zusammen mit Eva in der Badewanne. Sie schlief ein und ich drückte ihren Kopf unter Wasser und fand, daß es erstaunlich lang dauerte, bis sie aufwachte. Ich hatte erwartet, daß sie sofort wach werden würde, aber nein, es dauerte bestimmt – wie lange? – mindestens zehn Sekunden oder so.

Während ich aus dem Wasser steige und mich abtrockne, höre ich zum siebenten Mal ›Drive‹. Soll ich mich nun rasieren oder nicht? Heute mittag, nach dem ersten Bad, habe ich mich auch nicht rasiert. Ich habe keine Lust, mich zu rasieren. Ich habe auch keine Lust, mich anzuziehen, und trotzdem tue ich es. Einen Slip von It's A Man's World, Socken wasweißich welcher Marke – warum nicht einfach *keiner* Marke – und ein Hemd und Jeans von Guess?, weil die Band, in der ich Drummer bin, von Guess? gesponsort wird.

In so einer Band gibt es immer ein Arschloch, das sich weigert mitzumachen, in diesem Fall also Guess? zu tragen. Bei uns ist das der Bassist, der auch sonst ein unausstehlicher Typ ist. Er ist ein toller Bassist, aber daß er sich weigert, bei Fotosessions und Auftritten GUESS? zu tragen, wird ihm früher oder später karrieremäßig das Genick brechen, soviel steht fest.

Der Kühlschrank in meinem Schlafzimmer scheint OK zu sein. Ich setze mich auf die Bettkante und rauche eine Zigarette. Sobald ich damit fertig bin, leere ich den Aschenbecher in eine Plastikdose, die im Gefrierfach des Schlafzimmerkühlschranks steht. Ohne die Kippe. Nur die Asche. Die Kippe werfe ich durchs offene Fenster in den Garten der Nachbarn, die im Urlaub sind.

Ich sammle schon eine ganze Weile tiefgefrorene Asche. Bis jetzt habe ich zwei Dosen randvoll und eine Dose ungefähr zur Hälfte voll. Schon ein eigenartiges Zeug, diese tiefgefrorene Asche. Manchmal sitze ich eine geschlagene Stunde nur so da und starre in eine offene Dose mit tiefgefrorener Asche, ohne mich dabei zu langweilen. Gefrorene Asche taut nur sehr langsam auf. Das gefällt mir.

Im Badezimmer drehe ich die Kassette um und höre mir, während ich mich schweigend im Spiegel ansehe, drei Mal ›Everyday Is Like Sunday‹ an. Danach gehe ich nach unten und lege »*Viva Hate*« auf, von der ich mir nur ›Everyday Is Like Sunday‹ anhöre. Vier Mal hintereinander, während ich in einem Sessel sitze und die aufflackernden Lichter des CD-Players betrachte. Zweimal mit Kopfhörern, zweimal ohne.

Danach lege ich »*Monster*« von R.E.M. auf, höre aber nicht wirklich hin, da ich die Lautstärke auf 1 bis 2 zurückgedreht habe.

Ich lasse den Anrufbeantworter ablaufen. Es war nicht Eva, die angerufen hat, sondern Ilse, die Frau des Gitarristen jener Band, bei der ich Schlagzeug spiele. Sie fragt, ob ich Rik – so heißt der Gitarrist – heute schon gesehen habe. Falls ja, soll ich zurückrufen und ihr sagen, wo er rumhängt.

Ich habe Rik heute noch nicht gesehen, also hat es wenig Sinn, Ilse zurückzurufen.

Ilse weiß nicht, daß Rik eine Affäre mit einem Mädchen hat, das in der Nähe vom Decascoop wohnt. Dieses Mädchen heißt auch Ilse. Das ist einer seiner Tricks, um sich zu Hause nicht mit den Namen zu vertun. Als ich Rik fragte, ob er für den Rest seines Lebens nur mit Mädchen, die Ilse heißen, Affären haben möchte, meinte er: »Ja.«

Es ist jetzt sechs Uhr. Ich überlege, ob ich gleich mit dem Taxi oder meinem Motorrad zum Restaurant fahren soll. Eva kann es nicht ausstehen, wenn ich mit dem Helm unterm Arm und in der Motorradlederjacke ein Restaurant betrete. Einmal bin ich mit dem Taxi gefahren und hatte trotzdem meinen Helm mit. Meine Motorradjacke hatte ich auch an. Eva war sauer. Als wir nach dem Essen vor dem Lokal standen, tat ich so, als wäre mein Motorrad geklaut worden. Eva fiel drauf rein, und es täte ihr wirklich leid für mich, sagte sie. Ich wäre aber auch selbst schuld. Danach war der Diebstahl des Motorrads nie wieder ein Thema für sie. Sie sagte nicht mal was, als ich am nächsten Tag mit dem Motorrad bei ihr vorbeischaute. Sie hatte schlicht und einfach vergessen, daß das Motorrad am Vortag ja eigentlich geklaut worden war. Was sie aber nie vergißt, ist, daß sie es haßt, wenn ich mit Helm und Lederjacke in einem Restaurant aufkreuze.

Man kann Eva so ziemlich alles einreden. Ich habe ihr eingeredet, daß manche Walfische Pfoten haben; daß der Erfinder des Kugelschreibers Stylo heißt; daß einem Menschen bei über 180°C die Haare ausgehen und solche Sachen. Sie glaubt alles. Sie schlägt nirgends nach, ob dieser Blödsinn stimmt. Sie fragt sich nicht, ob einem Menschen bei über 180°C nur die Haare ausgehen. Und nicht, ob er womöglich auch *schmilzt*. Wenn aber einer, ich, aber auch wer anders – wenn einer mit einem

Helm in der Hand ein Café oder ein Restaurant betritt, ist der Tag für sie gelaufen.

Noch so was, das Eva glaubt: daß Ägypten eine Insel ist. Als ich ihr das erzählte, sagte sie: »Ägypten? Eine Insel? Das wußte ich nicht.« Sie wollte nicht einmal wissen, in welchem Meer die Insel Ägypten liegt. So wie ich das sehe, hat sie sich noch nie überlegt, daß jede Insel in irgendeinem Meer liegt; daß das sozusagen das Wesen der Insel ausmacht.

Evas Glück ist, daß sie wahnsinnig gut aussieht. Ein weiteres Glück ist, daß ihre Eltern reich sind. Früher bekam Eva sowohl von ihrem Vater als auch von ihrer Mutter ständig Geld. Jetzt nur noch von ihrem Vater, aber das fällt Eva nicht mal auf. Ihr Vater gibt ihr so viel, daß es Eva egal sein kann, ob sie von ihrer Mutter auch noch was bekommt.

Ihr Vater ist einer dieser Textilbarone aus der Gegend von Kortrijk. Eines Abends saß ich bei Eva zu Hause in Gent und channelsurfte herum. Eva hat eine Satellitenschüssel. Wenn man bei ihr channelsurft, kann man zwischen mehr als hundert Kanälen wählen. Im westflämischen Regionalprogramm war plötzlich ihr Vater zu sehen. Eva kreischte vor Aufregung, und es fehlte nicht viel, und sie hätte den Bildschirm abgeküßt. Dauernd brüllte sie »Papa«. Und rief: »Er trägt die Krawatte, die ich ihm gekauft habe!« Ich drehte lauter und bekam zu hören, wie Evas Vater etwas vom Ende einer Krise sagte, das in Sicht wäre (Krise? welche Krise? fragte ich mich), und daß die flämische Wirtschaft wieder gesunden würde. Sicher noch vor dem Jahr 2002, wahrscheinlich jedoch noch früher. »Erzählt er immer so einen Scheiß?« fragte ich Eva, aber sie reagierte nicht. Sie hatte meine Frage ganz einfach nicht gehört. Die ganze Zeit starrte sie nur auf ihren Vater und wiederholte ständig, daß die Krawatte, die er umgebunden hatte, ein Geschenk von ihr war.

Ich rauche drei Zigaretten, deren Asche ich nicht einfriere.

Ich lasse *Monster* noch einmal von Anfang an durchlaufen, diesmal etwas lauter.

Damals, an dem Abend, als Evas Vater im Regional-TV war, erzählte ich ihr, daß der Erfinder der Krawatte ein Franzose namens Plastron wäre. René Plastron. Aber sie hörte nicht hin, als ich das sagte. Vielleicht erzähle ich es ihr heute noch einmal. Wahrscheinlich wird sie es glauben, und ich bin mir ziemlich sicher, daß ihre neue Freundin es auch glaubt.

Evas letzte Freundin, die mit dem verpatzten Selbstmord, glaubte mir ohne mit der Wimper zu zucken, daß Ägypten eine Insel ist. Wie Eva war es auch ihr egal, in welchem Meer. Ich glaube, daß Eva und ihre Freundinnen nicht einmal wissen, daß zu den diversen Stränden, an denen sie mehrmals im Jahr rumliegen und in der Sonne braten, verschiedene Meere gehören. Daß der Strand von Knokke an einem anderen Meer liegt als der Strand von Nizza oder der von Malibu. Würde man Eva und ihre Freundinnen mitten in der ägyptischen Wüste aussetzen, sie würden glauben, daß man sie am Strand von Ägypten abgelegt hat, ohne sich zu fragen: Wo zum Teufel ist denn nun das Meer?

Das Telefon klingelt. Wieder ist es Ilse, diesmal aber Riks Freundin und nicht seine Frau. Sie fragt mich, wo Rik ist. Keine Ahnung. »Vielleicht zu Hause«, sage ich.

»Ja«, sagt sie, »vielleicht. Siehst du ihn heute noch?«

»Nein. Warum sollte ich?«

»Ich dachte, ihr hättet heute abend Studioaufnahmen.«

»Nein, haben wir nicht. *Morgen* abend haben wir Studioaufnahmen. *Heute* nicht.«

»Ach so. Ich bilde mir ein, daß Rik von heute abend gesprochen hat.«

»Nein. Das heißt, mag sein, daß er das hat, aber dann liegt er falsch. Es ist morgen abend.«

»Ach so. Na gut. Werd' ihn schon finden. Tschüs.«

Wir legen auf. Möglich, daß ich mich täusche, aber auf einmal habe ich den Eindruck, daß diese Ilse einen ganz leichten Sprachfehler hat.

Der Kühlschrank in der Küche brummt weiter und hat noch immer nicht ausgesetzt. Vielleicht ist er ja ein ewig brummender Kühlschrank, der nie aussetzen wird. Ich mache ihn auf, alles sieht kühl und frisch aus. Ich mixe mir einen Gin-Tonic, und als ich die Kühlschranktür schließe, ist es mir ziemlich egal, daß ich schon wieder nicht mit Sicherheit sagen kann, ob die Beleuchtung noch an ist.

Nach einiger Zeit klingelt wieder das Telefon. Wie ich da jetzt drauf komme, kann ich nicht sagen, aber irgendwie rechne ich mit einer *dritten* Ilse. Es ist aber der Manager der Band, der mir erzählt, daß er einen Anruf von einem PR-Mädchen von GUESS? bekommen hat. Auf einem Foto der Band hätte sie unseren Bassisten in Rifle-Jeans rumstehen sehen. Der Manager fragt mich, ob ich mir unseren Bassisten nicht einmal vornehmen könnte. Weil unser Bassist auf ihn nie hört.

»Warum sollte er dann ausgerechnet auf *mich* hören?« frage ich unseren Manager.

»Er vergöttert dich. Und das weißt du auch.« erwidert er. Ich denke darüber nach und sage: »Nein, das weiß ich nicht. Warum sollte er mich vergöttern?«

»Keine Ahnung. Aber es ist nun mal so: Er vergöttert dich.«

»Das ist mir dann noch nie aufgefallen. Also echt, wir reden fast nie miteinander. Warum sollte mich dieses Arschloch vergöttern?« In gewisser Weise wird mir schlecht bei dem Gedanken, daß mich unser Bassist vergöttert. Ich sage: »Außerdem ist es dein Problem, wenn er statt GUESS? Rifle trägt.«

»Nicht ausschließlich meines«, sagt der Manager, »es ist ein Problem für die ganze Band. Das weißt du.«

»OK«, sage ich, »weiß ich. *Das* weiß ich.«

»Red' mal mit ihm«, sagt er.

»OK. Morgen abend.«

»Prima«.

Wir legen auf. Ich muß irgendwas an den Ohren haben, denn – zum ersten Mal – habe ich den Eindruck, daß auch der Manager einen leichten Sprachfehler hat.

Ich trinke meinen Gin-Tonic und lasse *Monster* noch einmal von vorne laufen, wieder einen Tick lauter als vorhin. Als das Telefon klingelt, drehe ich leiser. Es ist die Putzfrau, die mir erklärt, daß sie morgen nicht kommt, weil sie krank ist. In einem Ton, als würde es mich tatsächlich interessieren, erkundige ich mich, was ihr denn fehlt. In einem Ton, als wäre sie die einzige Putzfrau auf der Welt, die nicht von ungefähr einer Million anderer Putzfrauen ersetzt werden könnte. Sie erzählt mir, daß der Arzt nicht weiß, was ihr fehlt. Ich frage sie, ob sie es denn *selbst* weiß. Diese Frage scheint sie aus der Fassung zu bringen oder so. Erst sagt sie nichts, dann: »Nein, ich weiß es auch nicht.« Ich überlege mir, ob ich sagen soll, daß *ich* es schon gar nicht weiß. Daß ich aber durchaus so meine Vermutungen habe. Daß sie schlicht und einfach zu *dick* ist. Daß sie krank wird, weil sie so fett ist. Aber das sage ich nicht. Ich wünsche ihr gute Besserung, und sie verspricht sich zu melden, sobald sie wieder auf dem Damm ist. Ich sage OK. Wir legen auf.

Ich stelle die Lautstärke von *Monster* wieder zwischen 4 und 5, und mir fällt auf, daß ich den Namen meiner Putzfrau vergessen habe. Auf einmal habe ich sogar so meine Zweifel, ob sie es überhaupt ist, die so fett ist. Gut möglich, daß die Fette die Putzfrau der Nachbarn ist, die einmal für meine Putzfrau eingesprungen ist. Ich glaube, die beiden Putzfrauen sind miteinander verwandt, Schwestern oder so. Die eine fett, die andere mager. Ja, meine ist die Magere, jetzt fällt es mir wieder ein.

Ich versuche herauszuhören, welchen Text der Sänger von

R.E.M. singt. Obwohl es eigentlich egal ist, muß ich mir eingestehen, daß ich von dem, was er singt, *null* verstehe. Das ist ungefähr genausoviel wie beim Sänger meiner eigenen Band. Trotzdem gehöre ich bei einigen Nummern auf unseren zwei CDs zu den Backgroundsängern. Ich halte diese Nummern so ziemlich für die besten, die wir jemals produziert haben.

Die Gruppe, bei der ich den Drummer und ab und zu den Backgroundsänger mache, heißt Foaming Vomit. Von Zeit zu Zeit wird mir bewußt, daß kein Schwein auf die Idee kommt, daß dieser Name, wenn man sich auch nur ein bißchen mit ihm auseinandersetzt, etwas *bedeutet*. Daß er »schäumende Kotze« bedeutet. Nein, bei Foaming Vomit denken alle – immer vorausgesetzt, sie denken überhaupt – sofort an die Rockband gleichen Namens, die Band, die von GUESS? gesponsort wird, und die einen Drummer hat, der mir ähnlich sieht. Alle Jubeljahre durchschaut einer, daß ich es tatsächlich bin.

Ich selbst erwähne nie, daß ich Drummer von Foaming Vomit bin. Wenn mich allerdings – was selten vorkommt – jemand fragt, was ich so mache, sage ich: »Drummer bei Foaming Vomit.« Sieht ganz so aus, als würde ich in meinem Leben nie Menschen begegnen, bei denen diese Antwort eine Art Hysterie auslöst. Fans oder so, Menschen, die es sich nie hätten träumen lassen, daß ihnen eines Tages der Drummer von Foaming Vomit über den Weg läuft, und die, wenn es dann doch passiert, vollkommen von der Rolle sind. Dieser Sorte Mensch scheine ich nie zu begegnen. Vielleicht existiert diese Sorte Mensch gar nicht.

Ich trinke den Gin-Tonic aus und ziehe meine Schlangenlederstiefel (Boa Constrictor) an. Außerdem werfe ich eine Jakke von GUESS? über und bestelle ein Taxi. Auf der Straße warte ich auf das Taxi. Ich sehe einen Mann, der gerade um das Haus der Nachbarn schleicht. Er versucht bei jedem Fenster, nach drinnen zu sehen, aber alle Fensterläden sind geschlossen. Er ist bemüht, nichts anzufassen, schon gar nicht eine der Hausmauern. Als hätte er Angst, daß bei der geringsten Berührung ein Alarm losgeht. Womit er wohl auch richtig liegt, nehme ich mal an. Nach einiger Zeit kommt er zu mir rüber. Er fragt, ob die Nachbarn nicht zu Hause sind. Ich erkläre ihm, daß sie im Urlaub sind, und um ihn neidisch zu machen, füge ich hinzu: »Zum vierten Mal in diesem Jahr.« Er sieht nicht aus wie einer, der es sich leisten kann, viermal im Jahr in Urlaub zu fahren. Er sieht eher aus wie einer, der es sich nur leisten kann, *nie* in Urlaub zu fahren. Ich frage ihn ohne Umschweife, ob er ein Einbrecher ist. Mit einem gemeinen Grinsen sagt er »Nein.« Ich hake nicht nach, wer oder was er denn sonst ist. Er geht weg. Was mir vor allem an dem Mann aufgefallen ist, waren seine schlechten Zähne. Spitz, abgebröckelt, einige schwarz, manche ganz weg. Außerdem lief ihm der Sabber aus dem Mund, was ihn aber nicht weiter zu stören schien. Ohne sich noch einmal umgedreht zu haben, verschwindet er um die Ecke.

Mir fällt ein, daß ich *Monster* nicht abgedreht habe. Da kommt auch schon das Taxi. Ich steige ein und nenne den Namen des Restaurants, in dem ich mit Eva und ihrer Freundin verabredet bin. De Brugse Poorte. Irre teuer. Der Taxifahrer erkundigt sich nach der Straße. Ich frage ihn überrascht, ob er denn nicht weiß, wo er das De Brugse Poorte zu suchen hat. Er sagt, daß er das tatsächlich nicht weiß. Er geht mir jetzt schon auf die Nerven, und auf meine Frage, ob er neu ist in der Branche, erwidert er: »Ja«.

Ich erkläre ihm, wie er zum De Brugse Poorte kommt. Er beginnt zu fahren. Unterwegs sieht er mich von Zeit zu Zeit im Rückspiegel an, wohl in der Hoffnung, ich würde ihn fragen, was er früher gemacht hat. Ich frage ihn nicht. Schließlich hält er es nicht mehr aus und sagt: »Das ist erst meine zweite Woche als Taxifahrer. Vorher war ich Lastwagenfahrer.«

»Wahnsinnige Umstellung«, sage ich. Er erzählt mir, daß das Leben eines Lastwagenfahrers viel härter und aufregender ist als das eines Taxifahrers. Ich erwidere, daß ich mir das vorstellen kann. Das ist eine glatte Lüge. Wie soll *ich* mir vorstellen können, daß das Leben eines Lastwagenfahrers viel härter und aufregender ist als das eines Taxifahrers? Außerdem interessiert es mich überhaupt nicht, wie hart und aufregend so ein Leben ist. Er erzählt, daß es dem Transportgewerbe sehr schlecht geht und daß jeden Tag Leute gekündigt werden. Ich sage ihm, daß ich tiefgefrorene Asche sammle. Er versteht mich nicht und meint, daß die Regierung, wenn sie so weitermacht, die Frächter *endgültig* in den Ruin treibt. Ich sage ihm, daß die Regierung schon richtig handelt, aber ich denke, daß er wieder nicht kapiert, was ich da rede.

Ich habe den Eindruck, daß er gerade den falschen Weg fährt. Vorläufig halte ich aber den Mund, und als er sagt, daß ihm sein Scania Vabis Intercooler fehlt, sage ich, daß mir meine Mutter fehlt.

»Was?« fragt er.

»Nichts«, sage ich. »Ich glaube übrigens, daß Sie sich verfahren haben. Gerade eben hätten Sie rechts abbiegen müssen, und Sie sind geradeaus weitergefahren.«

»Verdammt«, sagt er, »Sie haben recht. Aber wenn ich die nächste rechts nehme und dann ein Stück zurückfahre, komme ich auch hin.«

»Wenn Sie die nächste rechts nehmen, können Sie nicht ein Stück zurückfahren, weil sie dann in einer Einbahnstraße sind.« Er flucht und fragt mich fast verzweifelt, was er denn jetzt am besten machen soll. Ich tue so, als ob ich keine Ahnung hätte. »Warten Sie«, sagt er. Er hält in zweiter Reihe vor einem Café.

»Ich gehe schnell mal fragen.« Als er im Café ist, steige ich aus und gehe zu Fuß zum De Brugse Poorte. Zehn Minuten brauche ich dafür.

Im Foyer des Restaurants werde ich von einem Ober in einem schwarzen Anzug, einem weißen Hemd und einer grünen Krawatte empfangen. Ich frage mich, wozu grüne Krawatten gut sind. Er will wissen, ob ich reserviert habe. Ich sage »Selbstverständlich. Oder dachten Sie, ich würde hier nur mal so vorbeischauen?« Er lächelt säuerlich. Bevor er etwas erwidern kann, nenne ich Evas Namen. Er führt mich an den Tisch. Ich begrüße sie mit einem Kuß auf die Wange. Sie trägt ein schwarzes Kleid von Armani oder wie die alle heißen. Keinen Schmuck. Ich setze mich. Eva stellt mich ihrer neuen Freundin vor, die ein dunkelblaues Kleid trägt. »Das ist Eva«, sagt sie, »wir haben den gleichen Namen.« Das Mädchen betrachtet mich und sagt: »Hallo«. Ich sage auch »Hallo«.

Eva sagt: »Wir haben schon mal mit dem Aperitif begonnen. Ein kleiner Sherry. Und du?« Sie winkt einem Kellner. »Gin-Tonic«, sage ich zu dem Typen. Er nickt und geht weg.

»Warum trägt das Personal grüne Krawatten?« frage ich Eva. So als würde sie es wissen.

»Trägt das Personal denn grüne Krawatten?« fragt sie. »Habe ich gar nicht drauf geachtet. Bist du mit dem Taxi?« Ich sage »Ja« und erkundige mich, wie *sie* gekommen sind. Eva antwortet: »Mit dem Karmann Ghia von Eva.«

»Warum seid ihr nicht mit *deinem* Karmann Ghia gekommen?« will ich wissen.

»Warum?« sagt sie. »Ist es nicht egal, mit wessen Karmann Ghia wir gekommen sind? Meine Güte.«

Die andere Eva macht plötzlich den Mund auf und fragt: »Hast du keinen Karmann Ghia?«

»Nein«, sage ich, »ich habe ein Motorrad. Eine Cortina 1200.«

Die andere Eva glotzt mich an. Keines der beiden Mädchen fragt mich, ob Cortina eine Motorradmarke ist (was es natürlich nicht ist), wobei Eva schon mindestens ein Dutzend Mal Gelegenheit hatte zu sehen, daß es sich bei meinem Motorrad um eine dunkelblaue Honda Shadow 600 handelt.

Der Kellner bringt mir den Gin-Tonic und fragt, ob wir schon bestellen möchten.

»Ich habe noch nicht einmal die Karte«, sage ich.

Der Typ wird hochrot (Warum? Warum muß man hochrot werden, wenn sich herausstellt, daß jemand noch keine Karte hat?), er sagt: »Entschuldigen Sie, mein Herr«, und rennt nach der Karte. »Danke«, sage ich. Ich frage die Mädchen: »Wißt ihr schon, was ihr nehmt?«

»Was?« sagt Eva.

»Ob ihr schon wißt, was ihr nehmt?«

»Nein.«

Die andere Eva sagt, daß sie sich auch noch nicht entschieden hat. Wir vertiefen uns in die Speisekarten. Nach einiger Zeit sagt die andere Eva: »Ich denke, daß ich ... *etwas* nehme. Aber ich weiß noch nicht was.«

Wir blättern weiter herum. Während ich die Namen von Speisen lese, sage ich – eher zu Eva als zu der anderen Eva: »Hast du jetzt gesehen, daß der Ober und die Kellner grüne Krawatten tragen?«

Sie sieht mich an. Sie hat keine Ahnung, wovon ich rede. Weil das am einfachsten ist, quasi eine Universallösung, sagt sie: »Nein«.

»Wußtet ihr«, sage ich nach einem tiefen Seufzer, »daß die Krawatte von einem Franzosen namens René Plastron erfunden wurde?«

»Ja«, sagt die andere Eva. Ich schaue sie an. »Bist du dir ganz sicher?« frage ich sie. Es sieht fast so aus, als würde sie rot werden, aber sie hat sich unter Kontrolle und sagt: »Nein.« Ich schaue ihr in die Augen und frage sie: »Und wußtest du, daß Ägypten eine Insel ist?«

Eva sieht ungehalten von ihrer Karte auf und zischt: »Das weiß doch jeder. Du mußt nicht immer mit deinem Wissen angeben.«

»Ich wußte es nicht«, sagt die andere Eva, woraufhin Eva schnippisch antwortet: »Es ist auch nicht wichtig. Ob Ägypten eine Insel ist oder nicht, da kann niemand was dran ändern.«

»Nein«, sage ich, »da hast du Recht. Daß Ägypten eine Insel ist, damit müssen wir leben.«

Das Studium der Speisekarten geht weiter, bis ich unvermittelt und fast lautlos zitiere: »Ein altes chinesisches Sprichwort lautet: *Es gibt zwei vollkommene Menschen. Der eine ist tot, und der andere ist noch nicht geboren.*« Die beiden Evas schauen mich pikiert an. Nach einer Pause sage ich: »Ich glaube, ich bin weder das eine noch das andere.«

Sie wissen nicht, ob sie das, was ich gerade von mir gegeben habe, nur unverständlich finden sollen oder auch ein bißchen ... beängstigend. Nach einiger Zeit sagt Eva, schon wieder ziemlich bissig: »Ich wußte gar nicht, daß du Chinesisch kannst«, woraufhin die andere Eva aus irgendeinem unerfindlichen Grund plötzlich sagt: »Chinesisch ist sehr schwierig.« Diese Eva fühlt sich ganz offensichtlich nicht wohl in ihrer Haut. Ich lasse sie diesen Zustand erst einmal verarbeiten und sage dann: »Es gibt auch ein japanisches Sprichwort. Das lautet: *Was du aber am meisten fürchten sollst, ist das Feuer vergessener Asche.*« Ich warte ja nur darauf, daß sie sagt: »Japanisch ist auch sehr schwierig«, aber nein, sie hält den Mund und blickt hilflos zu Eva. Die klappt endlich die Speisekarte zu und sagt: »Laßt uns was essen.«

»Wir haben noch nichts bestellt«, sage ich.

»Nein ...? Dann bestellen wir eben zuerst was ... Ich nehme ...« Sie blättert wieder in der Karte.

Etwas später sind wir dann endlich in der Lage, beim Kellner unsere Bestellungen aufzugeben. Ich beobachte die beiden Evas, aber keine von ihnen scheint der Krawatte des Typen Beachtung zu schenken. Die beiden Evas bestellen den gedünsteten Krebs in Sauternes, und ich bestelle die Trilogie von Grenaille-Kartoffeln mit toskanischem Olivenöl, auch wenn ich keinen blassen Schimmer habe, was das sein soll. Der Kellner fragt, ob wir Wein wünschen und reicht mir die Weinkarte. »Wein ...«, murmle ich, »Wein ...« Ich blättere die Karte durch. Ohne auch nur die geringste Ahnung zu haben, bestelle ich eine Flasche Château Cissac, und der Kellner beglückwünscht mich zu dieser Wahl.

Wir warten aufs Essen. Die andere Eva sagt: »Eva hat mir erzählt, daß du Drummer bei Foaming Vomit bist.«

»Ja, stimmt«, sage ich.

»Ich trage auch dauernd GUESS?« sagt die andere Eva.

»Ja?« frage ich. Eine andere Frage fällt mir gerade nicht ein, bis ich auf diese komme: »Wie findest du unsere CDs?«

»Eure CDs?« Die andere Eva denkt nach. »Habt ihr auch ...«

»Ja«, unterbricht Eva sie unwirsch, »sie haben auch CDs. Zwei. Ich werde sie dir mal schenken. Und jetzt hören wir bitte mit Musik auf, ich habe Kopfschmerzen.«

»Dann halten wir eben ein bißchen den Mund«, sage ich. Das machen wir dann auch. Unverhohlen betrachte ich die andere Eva, die ihren Blick senkt und mit einer Gabel ein Strichmuster ins Tischtuch zieht. Sie hat ein hübsches Gesicht, große Titten und langes, glänzendes Haar. Ich bin mir fast sicher, daß sie Redken verwendet. Natürlich könnte ich sie fragen, aber diese Frage versetzt sie womöglich in Panik.

Das Essen läßt nun schon ziemlich lange auf sich warten. Nachdem ich die andere Eva meiner Meinung nach lange genug begutachtet habe, schaue ich mir die anderen Leute im Restaurant an. Es handelt sich um eine Handvoll Männer und Frauen, allesamt reich, denn sonst würden sie nicht hier sitzen. Abgesehen davon ist an niemandem etwas Besonderes. Plötzlich kommt mir der Gedanke, daß der Mann, der da um das Haus der Nachbarn schlich, vielleicht doch ein Einbrecher war. Jene Sorte hoffnungsloser Einbrecher, die hin und wieder um Häuser schleichen, von denen sie wissen, daß sie dort nie einbrechen werden. Weil ihnen dazu der Sachverstand, die Energie und der Mut fehlen. Wegen des Alarms, der uneinnehmbaren Aura dieser Häuser, der regelmäßig patrouillierenden Polizei, wegen der Macht der abwesenden Bewohner *und* der der Nachbarn. Das Höchste der Gefühle für so einen Einbrecher ist, diese Sorte Häuser aus der Nähe zu betrachten und wenn man ihn dabei ertappt und fragt »Sind Sie ein Einbrecher?«, »Nein« zu sagen und wegzurennen.

Eva fragt: »Hast du Rik heute gesehen?« Ich antworte »Nein«. »Ilse wollte wissen, wo er herumhängt«, sagt Eva.

Ich frage: »Welche Ilse?«

»Wieso welche Ilse? Riks Frau natürlich. Gibt es noch mehr Ilsen?«

»Ich kenne eine Ilse«, sagt die andere Eva, »aber ihr Mann heißt nicht Rik. Ich weiß nicht, wie er heißt. Sie arbeitet als Model für eine Agentur in ... Antwerpen ... Nein, Brüssel ... Ilse heißt sie ... glaube ich ...«

Das Essen kommt. Ein Kellner, diesmal ein anderer, läßt mich den Wein kosten. Ich bestätige, daß der Wein OK ist. Ich bitte ihn, die Asche aus sämtlichen Aschenbechern in einer Plastiktüte zu sammeln, ohne die Kippen. Er erklärt mir, daß das nicht möglich ist. »Oh«, sage ich, »das wußte ich nicht. Entschuldigen Sie die Frage.« Er sagt: »Keine Ursache«, und schenkt uns allen Wein ein.

Es sieht ganz danach aus, als wären die Evas für die nächsten paar Stunden mit ihren Krebsen beschäftigt. Eva wirft mir vernichtende Blicke zu, während ich mein eigenes Zeug wie ein Schwachsinniger runterschlinge. Mein Glas Wein rühre ich nicht mal an. Als ich mit dem Essen fertig bin, sage ich zu der anderen Eva: »Hat Eva dir schon erzählt, daß manche Walfische Pfoten haben?« Sie läßt ihre Gabel auf den Teller fallen, daß es nur so scheppert. »Nein ...«, stammelt sie und in Richtung der anderen Eva: »Warum hast du mir das noch nicht erzählt, Eva?« Sie beginnt zu heulen. »Und ich dachte, wir wären Freundinnen ...«

Eva wird böse auf mich. »Ist es denn wirklich nötig, *jedes Mal* einen Streit zwischen mir und meinen Freundinnen anzuzetteln?« zischt sie, rot vor Wut. Die andere Eva heult jetzt wirklich. Eva sagt: »Komm ... Komm mit auf die Toilette ...« Sie begleitet die von Weinkrämpfen geschüttelte andere Eva in Richtung der WCs. Ein Kellner kommt und erkundigt sich, ob irgendwas nicht in Ordnung ist. Ich versichere ihm, daß das nicht der Fall ist, und lasse mir die Rechnung bringen. Dann verlasse ich das Restaurant, nachdem mich der Ober zuvor noch einmal gefragt hat, ob alles nach Wunsch war, und ich ihm »Ja« geantwortet und fünfhundert Franken Trinkgeld gegeben habe.

DIE FOTOGRAFIN
DIE FOTOGRAFIN

Wir sitzen im Studio, in dem unsere dritte CD aufgenommen wird. Wir, das ist Foaming Vomit, wobei zwei der vier Bandmitglieder heute abend nicht da sind: Der Sänger, der, glaube ich, bei dieser Aufnahme nichts zu singen hat, und der Bassist, der, wie üblich, ganz einfach nicht aufgetaucht ist. Seine Parts werden von einem Studiomusiker eingespielt, wie auch *meine* Parts von einem Studiomusiker eingespielt werden und die von Rik, dem Gitarristen.

Gemeinsam mit ihm, Rik, sitze ich in der für Foaming Vomit reservierten Studiobar. Wir haben bei der Barfrau jeder einen Gin-Tonic bestellt.

Ich habe kein Problem damit, daß ein Studiomusiker meine Parts einspielt. Er ist ein viel besserer Drummer als ich. Das ändert aber nichts daran, daß er aussieht wie ein geistesgestörter Idiot: Haarausfall, schlecht angezogen, scheußliches Gebiß. Und selbst aus angemessener Entfernung riecht er, daß einem angst und bange wird. Zweifelsohne leidet er an erblich bedingten Ausdünstungen.

Rik schaut zu Boden, er hat seinen Gin-Tonic noch nicht angerührt. »Wir brauchen noch zwei Songtitel«, sagt er. »Keine Texte, die gibt's schon, die hat irgend jemand geschrieben. Aber es sieht ganz danach aus, als hätten wir noch keine Titel für zwei von diesen Texten. Zwei ... *Titel* ...« Er starrt vor sich hin, als würde er sich fragen, wozu Songs überhaupt Titel brauchen. Manchmal frage ich mich das auch. Ich sage: »*Get Eve* ... und ... *Whales* ... *Whales with* ... Nein, *Whales on Wheels*.« Ich schäme mich in Grund und Boden, daß mir solche Songtitel einfallen, aber das lasse ich mir nicht anmerken. Rik findet, daß das hervorragende Songtitel sind.

Er sieht einen Kugelschreiber am Tisch herumliegen und will die Titel auf einer Serviette notieren. Zuvor fragt er aber noch, wie die Songtitel doch gleich wieder lauten. Ich sage es ihm, woraufhin er mich bittet, die Titel zu buchstabieren. Als er sie endlich auf das feuchte Papier gebannt und darüber SONGTITEL geschrieben hat, winkt er das Mädchen, das hinter der Bar steht, zu sich. Er erklärt ihm, daß es die Serviette zum Produzenten ins Studio bringen soll. Ich frage mich, was der Produzent ausgerechnet jetzt mit zwei Songtiteln anfangen soll, die in Riks kindlicher Schrift auf eine Serviette gekritzelt sind.

»Gibt's schon einen Titel für die CD?« frage ich Rik.

»Nein«, sagt er.

Unser Manager betritt die Bar, an seiner Seite eine junge Frau. »Das ist Taïs«, sagt er, »sie wird das Coverfoto für die neue CD aufnehmen.«

Wir sehen sie an und sagen, »Hallo«. Dann fragt Rik unseren Manager, der Kurt heißt: »Wann?«

»*Was* wann?« fragt Kurt.

»Wann wird sie das Foto machen?«

»Im kommenden Monat. Eine ganze Woche lang. Von Montag bis Sonntag.«

Rik schweigt. Ich auch, bis ich Taïs frage: »Bist du berühmt? Bist du eine berühmte Fotografin?«

Sie sagt: »Ja«, und dann sagt sie: »Aber jetzt muß ich aufs Klo.« Sie verläßt die Bar.

»Sie behauptet, daß sie berühmt ist ...«, sagt Rik zu Kurt. »Ist das wahr?«

»Klar«, antwortet Kurt.

»Dann ist's ja gut«, sagt Rik. Wie ich sehe, trägt er nicht nur Jeans, ein Hemd und eine Jacke, sondern auch *Schuhe* von GUESS?. Ich wußte gar nicht, daß es von GUESS? auch Schuhe gibt. Eigenartig, daß ich das nicht wußte.

Kurt bestellt bei der Barfrau, die inzwischen von ihrem Ausflug zum Produzenten mit der Serviette und den beiden Songtiteln wieder zurück ist, einen Kaffee. »Ist Bart irgendwo in der Nähe?« fragt er. »Nein«, sage ich. Bart ist unser Bassist. »Hast du ihn schon auf sein Problem mit GUESS? angesprochen?« will Kurt von mir wissen.

»Nein«, sage ich, »ich hatte noch keine Zeit. Ich bin gerade dabei ... einen Gedichtband zu schreiben.«

»Einen Gedichtband ...«, murmelt Rik verständnislos. Ganz offensichtlich ist es ihm ein Rätsel, wie jemand überhaupt auf die Idee kommen kann, einen Gedichtband zu schreiben. Mir ist das auch ein Rätsel. Daß ich gerade dabei bin, einen Gedichtband zu schreiben, ist schlicht und einfach *gelogen*.

»Besprich die GUESS?-Angelegenheit so bald wie möglich mit ihm«, sagt Kurt zu mir. »Die Leute von GUESS? sind alles andere als zufrieden.«

»Sind die von GUESS? *jemals* zufrieden?« fragt Rik unvermittelt. »Ist überhaupt *irgendwer* oder *irgendwas* jemals zufrieden?« Kurt denkt eine Weile nach und antwortet dann: »Weiß ich nicht.«

Rik betrachtet seinen Gin-Tonic, überlegt, rührt das Glas aber nicht an. Kurt schlürft seinen Kaffee. Ja, er schlürft, das fällt mir auf. Ich frage mich zwei Dinge: Warum schlürft Kurt? und: Warum fällt es mir auf?

Taïs kommt zurück. Die Barfrau fragt Taïs, ob sie was trinken möchte. Taïs überlegt. »Nein«, sagt sie, »ich bin nicht durstig.« Sie setzt sich und betrachtet ein Foto, das an der Wand hängt. Darauf ist aus irgendeinem Grund ein Elefant mit nur einem Stoßzahn abgebildet. Ansonsten scheint mit dem Elefanten alles in bester Ordnung zu sein, denn er sieht ganz zufrieden aus: er *grinst*.

Ich betrachte Taïs, die klein und zart ist, aber durchaus weiblich und fast abartig hübsch. Ich frage sie ... Oder nein, ich beschließe, sie vorläufig (vielleicht aber auch noch länger) *nichts* zu fragen.

Das Telefon läutet. Die Barfrau hebt ab. Kurz darauf sagt sie: »Rik, für dich.«

»Das war zu befürchten«, sagt Rik, und er steht auf und nimmt der Barfrau, die Inge heißt und auch fast abartig hübsch ist, den Hörer aus der Hand. Schon nach wenigen Sekunden gibt Rik den Hörer an Inge zurück. »Ich muß weg«, sagt er, »Ilse hat ihren Karmann zu Schrott gefahren.«

»Welche Ilse?« frage ich. Rik sieht mich an, dann sagt er: »Scheiße«. Verwirrt und aufgeregt geht er weg.

»Wer ist Ilse?« fragt Taïs.

»Seine Frau«, sage ich, »aber auch noch jemand anders.« Ich überlege mir, daß es gar nicht mal so außergewöhnlich ist, daß Rik nicht genau weiß, welche Ilse ihren Karmann Ghia zu Schrott gefahren hat. Es haben ja beide einen. Oder es gibt noch eine dritte oder vierte Ilse, die auch einen hat.

Ich sitze mit Kurt, Taïs und Inge an der Bar. An seinen fahrigen Gesten und Blicken kann man ablesen, daß Kurt in Taïs verliebt ist. Das unterstelle ich jetzt mal so, obwohl ich mir nicht vorstellen kann, daß Kurt jemals in irgend jemanden verliebt ist. Ich frage ihn: »Kurt, bist du ... verliebt in Taïs?«

Ich habe keine Ahnung warum, aber diese Frage scheint in dem Raum, in dem wir uns befinden, für einiges Unbehagen zu sorgen. Schließlich ist es nicht Kurt, sondern Taïs, die darauf antwortet. Sie sagt: »Ich bin mir sicher, daß Kurt nicht in mich verliebt ist. Und ich nicht in ihn. Wir sind nicht einmal befreundet.« Ich schaue zu Kurt, suche in seinem Gesicht nach einem Ausdruck, der bestätigt oder widerlegt, was Taïs gesagt hat. Einen solchen Ausdruck finde ich nicht. Er schweigt. Bis er plötzlich aufsteht und die Bar verläßt. Ich bilde mir ein, ihn schluchzen zu hören, aber absolut sicher bin ich mir da nicht. Taïs steht auch auf, setzt sich dann aber wieder. Sie will etwas sagen, überlegt es sich anders und sagt wenig später doch etwas: »Ich kenne Kurt überhaupt nicht. Es ist heute erst das dritte Mal, daß wir einander sehen.«

»Erst das dritte Mal?« sage ich in einem Ton, als hätte ich erwartet, daß sie einander schon mehr als dreimal gesehen haben.

»Ja, das dritte Mal«, sagt Taïs. Sie dreht sich jetzt zu Inge und sagt ihr, daß sie inzwischen doch Durst bekommen hat und daß sie ein Glas Wasser möchte. Inge bringt es. Sie fragt, ob ich noch einen Gin-Tonic will. Ich sage: »Ja.«

Taïs trinkt das Wasser, dann fragt sie: »Wer hat das Foto von dem Elefanten gemacht?« Ich sage, daß ich das nicht weiß und frage Inge, ob sie es weiß. Inge sagt: »Ja, das weiß ich ... Das war ... Ich hab's vergessen ... Ursprünglich war es das Coverfoto der CD von ...« Sie strengt sich an, um auf den Namen von irgendeiner Rockband zu kommen, aber es will ihr nicht auf Anhieb gelingen. »Der Sänger hat diese kurzen, braunen Haare«, versucht sie ihrem Gedächtnis auf die Sprünge zu helfen. »Ich glaube, er heißt ... Luk. Und der Gitarrist ... Der Gitarrist ... heißt ... auch Luk ...«

»Laß nur«, sagt Taïs, »es ist bloß, weil das Foto nichts taugt. Der Bildausschnitt ist schlecht gewählt.«

»Wieso?« frage ich. Bisher war mir nicht aufgefallen, daß der Bildausschnitt schlecht gewählt ist.

»Die Büsche links auf dem Hügel hinter dem Elefanten sind oben abgeschnitten«, sagt Taïs, »und das versaut das ganze Foto«. Ich betrachte die Büsche links auf dem Hügel hinter dem Elefanten, ich betrachte sie sogar äußerst angestrengt, aber ich kann nicht erkennen, ob sie oben abgeschnitten sind. Ich sage: »Was noch viel mehr auffällt ist, daß der Elefant *grinst*.« Jetzt sind es Inge und Taïs, die das Foto äußerst angestrengt betrachten. Taïs sagt nichts, aber Inge sagt: »Elephant. Jetzt fällt's mir wieder ein. So hieß die Band. Elephant.«

»Gibt's nicht noch eine Band, die so heißt?« frage ich und bringe Inge damit durcheinander. »Ja ...?« sagt sie, »Wirklich? Ich dachte, daß Elephant die einzige Band ist, die ... na ja, die ... Elephant heißt. Der Sänger und der Gitarrist heißen beide Luk ... Ich glaube, ...«

Sie bringt ihren Satz nicht zu Ende. Taïs wiederholt, daß das Foto nichts taugt und daß sie noch nie von einer Band (oder zwei) gehört hat, die Elephant heißt (oder heißen).

Ich sage: »Die Elephant, die ich kenne, haben während einer Spanien-Tournee einen Roadie verloren. Nach einem Konzert war der Roadie plötzlich verschwunden. Sie haben noch gesucht, aber er ist nie wieder aufgetaucht.« Ich erinnere mich, daß der Roadie Herbert hieß, ein Niederländer.

Der Produzent betritt die Bar, Kurt und den Studio-Drummer im Schlepptau. Kurt schaut Taïs nicht an und sie ihn nicht. Warum bleibt sie eigentlich sitzen? Gibt es mit ihr noch was zu besprechen oder bleibt sie bloß, weil's so *gemütlich* ist?

Der Studio-Drummer stinkt nach irgendwas Verfaultem. Nach kaltem Schweiß kombiniert mit verdorbener Wurst, irgendwas in dieser Größenordnung. Der Produzent sagt, daß bereits sechs Nummern fix und fertig eingespielt sind. Er erkundigt sich, wo Rik ist, weil er ihm zu den von ihm erfundenen Titeln ›Get Eve‹ und ›Whales on Wheels‹ gratulieren will. Er schlägt sogar vor, das ganze Album *Whales on Wheels* zu nennen. Oder *Get Eve*.

Ich frage den Produzenten, worum es in dem Lied, das den Titel ›Whales on Wheels‹ bekommen hat, geht. Er legt die Stirn in Falten und sagt: »Das mußt du den Texter fragen.«

»Wer ist der Texter?« lasse ich nicht locker. Keiner weiß es. Kurt tippt auf Bart. Das könnte hinkommen, denn Bart ist derjenige, der sich stets sträubt, einem Song einen Titel zu verpassen. Der Produzent meint, daß es Yves ist, der Sänger, der den Text geschrieben hat, obwohl er nicht genau weiß, an welchen Text er dabei eigentlich denkt. Auch Yves gibt nicht allen seinen Texten einen Titel; manchmal vergißt er es einfach. »Wo ist Yves überhaupt?« fragt Kurt.

»Hier ist er nicht«, sagt Inge.

»Er mußte heute nicht kommen«, meint der Produzent. »Heute haben wir nur mit den Leuten vom Rhythmus gearbeitet. Will jemand das Ergebnis hören?«

Keiner sagt: »Ja.« Der Produzent murmelt etwas in seinen Bart und bittet Inge, ihm einen Whisky einzuschenken. Der Drummer hat den Kopf auf die Tischplatte gelegt und schläft.

Taïs betrachtet schon wieder das Foto mit dem Elefanten (und den Büschen auf dem Hügel). Es würde mich nicht wundern, wenn sie *neidisch* wäre. Neidisch, weil ein anderer Fotograf imstande ist, grinsende Elefanten zu fotografieren, und sie nicht. Ich bin jedoch nicht darüber informiert, ob Taïs nicht vielleicht doch imstande ist, grinsende Elefanten zu fotografieren. Ich kenne ihre Arbeiten nicht. Ihre Arbeiten interessieren mich auch nicht.

Was Fotografie betrifft, bin ich der Ansicht, daß ein Fotograf so gut ist wie seine Kamera. Die Fotografen mit den teuersten Kameras sind die besten Fotografen.

Der Studio-Drummer stinkt beim Schlafen noch schlimmer als im wachen Zustand.

Ich bitte Inge, die vergessen hat, mir einen Gin-Tonic zu bringen, die Asche aus den Aschenbechern in einem Plastikbeutel zu sammeln. »OK«, sagt sie. »Ohne die Kippen oder irgendeinen anderen Mist«, erkläre ich ihr.

»Weiß ich doch«, sagt sie mit dem schmollenden Unterton von jemandem, der sich in seiner Berufsehre verletzt fühlt.

Würde ich Eva oder ihrer Freundin Eva erzählen, daß das

Sammeln von Asche (ohne Kippen) in einem Plastikbeutel ein ehrbarer und angesehener Beruf ist, mit eigener Gewerkschaft und allem drum und dran, sie würden's glauben. Jede Wette.

Mir fällt plötzlich ein, daß ich seit dem Affenzirkus im Restaurant von Eva nichts mehr gehört habe. Das macht mich weder zufrieden noch unzufrieden, ich denke nicht eine Sekunde drüber nach.

Inge steht an der Bar und raucht eine Zigarette. Die Asche tut sie direkt, ohne den Umweg über einen Aschenbecher, in einen ungefähr zu drei Viertel mit reiner Asche gefüllten, durchsichtigen Plastikbeutel. Schließlich drückt sie die Zigarette aus – das macht sie aber in einem Aschenbecher –, schließt den Beutel mit einem Gummiband und kommt zu mir her, um mir den Beutel zu überreichen.

»Danke, Inge«, sage ich. Ich bitte sie, mir ein Taxi zu rufen.

»Gehst du?« fragt Kurt.

»Ich denke, ja«, sage ich, und danach: »Ehrlich gesagt, bin ich mir sicher.«

»Siehst du Bart heute noch?«

»Wen?«

»Bart. Wegen der Geschichte mit GUESS?. Es ist ziemlich dringend.«

»Großer Gott, warum sollte ich Bart heute noch sehen? Dafür gibt's wirklich keinen vernünftigen Grund, Kurt.«

»Mit ihm über die Geschichte mit GUESS? zu reden ist ein Grund.«

»Ja«, frage ich ihn, »ist *das* ein Grund?« Kurt schweigt.

Mitten in ihrem Gespräch mit dem Produzenten steht Taïs auf und fragt mich, wo ich mit dem Taxi hinfahre. »Nach Hause«, sage ich. Sie will wissen, wo ich ungefähr wohne. Ich sage, daß ich *ungefähr* in der Leeuwstraat 132 wohne. Sie sagt, daß sie in der Hofstraat wohnt, ganz in der Nähe der Leeuwstraat, und daß es für sie praktisch wäre, mit meinem Taxi nach Hause zu fahren. Ich gebe ihr recht.

Kurt springt auf und sagt in gehetztem Ton zu Taïs, daß er sie mit seinem Karmann nach Hause bringen wird. Weil Kurts Stuhl umfällt, schrickt der Studio-Drummer hoch. »Intravenös!« brüllt er mit hervortretenden Augen. Dann kriegt er sich wieder ein, schaut in die Runde und sagt: »Sorry, ich habe geträumt.« Niemand fragt, was er geträumt hat, oder welche Rolle irgendwas Intravenöses dabei gespielt hat.

Taïs sagt zu Kurt: »Nein, es ist einfacher, wenn ich das Taxi nehme.« Kurt stellt seinen Stuhl wieder auf, setzt sich und versucht, das Zittern seiner Unterlippe zu unterdrücken.

Wie schon kurz zuvor fragt der Produzent, ob jemand die Aufnahmen von heute hören will. »Nein«, sage ich, und dann zu Taïs: »Komm, das Taxi wartet sicher schon.« Taïs sagt zu Kurt, daß er sie anrufen, anpagen, anfaxen oder internetten soll, sobald er Näheres im Zusammenhang mit der Fotosession weiß. Kurt antwortet nicht. Ich sage: »Wiedersehen« zum grinsenden Elefanten, und gefolgt von Taïs marschiere ich durch den ganzen Studiokomplex in Richtung Ausgang.

Draußen warten wir auf das Taxi. Taïs fragt, ob ich mir was zum Coverfoto für die neue CD überlegt habe, ob mir Farbe oder Schwarz-Weiß lieber wäre.

Keine Ahnung, wie ich auf diese Frage reagieren soll, Tatsache ist: Farbe läßt mich kalt und Schwarz-Weiß auch. »Grün«, lüge ich schließlich. »Grün mag ich wahnsinnig.«

»Du meinst, die ganze Band in Grün?« fragt sie. »Mal angenommen, wir nehmen eine Aufnahme der Band fürs Cover.«

»Wäre doch möglich«, sage ich. »Eine andere Möglichkeit wäre: nur *ich* in Grün und die anderen in ... Blau.« Taïs scheint darüber nachzudenken. Das Taxi kommt. Wir steigen beide hinten ein. »In die Hofstraat«, sage ich zum Taxifahrer.

»Nummer sechzehn«, sagt Taïs.

»Hofstraat, Hofstraat«, murmelt der Taxifahrer. »Ist das in der Nähe der ...«

»Ja«, falle ich ihm ins Wort. Er beginnt zu fahren. Schon bei der ersten Möglichkeit, bei der er links abbiegen könnte und das eigentlich auch müßte, um auch nur in die Nähe der Hofstraat zu gelangen, fährt er geradeaus weiter. Taïs scheint das gar nicht zu merken.

Der Fahrer ist ein dicker, ekliger, nervöser Mann. Sein Blick hetzt ständig von einem Rückspiegel zum anderen.

Er fährt einen Radfahrer um. Er flucht und bremst. »Was ist passiert?« fragt Taïs erschrocken.

»Der Taxifahrer hat einen Radfahrer totgefahren«, sage ich.

»Tot?! Wieso tot?!« brüllt der Taxifahrer. Er stößt seine Tür auf und eilt mit schwankendem Gang zum Radfahrer, um den sich bereits eine Traube von Passanten gebildet hat. »Mein Gott«, sagt Taïs.

»Komm«, sage ich. Wir steigen aus dem Taxi. Taïs nimmt an, daß ich mir auch den Radfahrer ansehen will, aber dem ist nicht so. Als sie in Richtung des Tumults gehen will, packe ich sie am Arm und sage: »Wir müssen woanders hin.« Sie sieht mich verständnislos an. »Wir müssen nach *Hause*«, sage ich.

»Aber der Radfahrer ...«, sagt sie.

»Der hat schon Hilfe genug«, sage ich. »Außerdem kennen wir ihn nicht. Ich meine, wäre es ein Bekannter von mir, dann vielleicht. ... Aber so, nein. Komm.«

»Woher willst du wissen, daß es kein Bekannter von dir ist?« sagt Taïs. »Hast du sein Gesicht gesehen. Oder ihr Gesicht? Woher willst du wissen, daß es kein Bekannter von dir ist?«

»Nein, ich habe sein Gesicht nicht gesehen. Aber es ist sicher jemand Fremdes, weil ... ich keinen einzigen Radfahrer kenne. ... Komm jetzt.«

Ich fange an zu gehen, Taïs läuft mir nach, bis sie auf meiner Höhe ist.

»Wir sind noch weiß Gott wie weit von zu Hause entfernt«, sagt sie.

»Weiß ich, weiß ich.«

»Gehen wir das alles zu Fuß?«

»Das hoffe ich doch nicht.«

Ich gehe schweigend weiter und bleibe plötzlich abrupt stehen. Ich sehe den Karmann Ghia von irgend jemanden. Von ... Bart. Ich schaue mir die Gegend an. Ja, Bart wohnt hier irgendwo. In dem stattlichen Haus dort mit den zwei Balkonen. Ich gehe hin und klingle.

»Wer wohnt hier?« fragt Taïs, »Ein Bekannter?«

»Na klar«, sage ich, »so verzweifelt bin ich nun auch wieder nicht, daß ich bei *irgend* jemandem läute.« Ich klingle nochmals und sage: »Er heißt Bart. Der Bassist von Foaming Vomit. Er trägt Rifle-Klamotten. Viel mehr kann ich dir auch nicht über ihn erzählen.«

Wir warten. Jemand öffnet. Es ist Bart. Er trägt einen Kimono. Ich weiß nicht, ob's von Rifle Kimonos gibt. Ich weiß nicht mal, ob's von GUESS? Kimonos gibt. Er fragt, wer wir sind, bis er mich erkennt. »Komm rein«, sagt er.

Wir folgen ihm ins Wohnzimmer. Musik läuft, irgendwas mit Gitarren. Bart deutet auf ein zweisitziges Sofa und sagt: »Setz dich.« Er selbst setzt sich in einen Sessel. In einem anderen Sessel sitzt eine uralte Frau. Ich schätze sie auf weit über siebzig. Bart sagt zu ihr: »Das ist der Schlagzeuger von Foaming Vomit, und das Mädchen kenne ich nicht.«

»Ich bin Taïs«, sagt Taïs, »Fotografin.«

»Sie ist berühmt«, sage ich, und dann zu der alten Frau: »Guten Tag, gnädige Frau.«

»Du kannst ruhig Evelien sagen«, sagt sie. »Sonst brauchst du nichts zu sagen, wenn dir nicht danach ist. Ich bin Barts Großmutter.«

»Guten Tag, Evelien«, sagt Taïs, »freut mich, Sie kennenzulernen.«

»Guten Tag, Evelien«, sage ich meinerseits und dann, fast reflexartig: »Darf ich ... Ihnen was anbieten?« Ich reiche ihr den Plastikbeutel, den ich, seitdem ich die Studiobar verlassen habe, schon die ganze Zeit in der Hand halte.

Sie nimmt den Beutel, betrachtet ihn gegen das Licht und legt ihn neben dem Sessel auf den Boden. »Vielen Dank«, sagt sie, »sehr liebenswürdig.«

Ich überlege, daß es doch *einigermaßen* eigenartig ist, daß es niemanden wundert, wenn man einer alten Frau einen Beutel mit Asche anbietet. Im Gegenteil: Keiner sagt was, außer der alten Frau selbst, die wiederum nicht mehr sagt, als daß sie mir für meine Liebenswürdigkeit dankt.

Nun sagt sie: »Bart, biete diesen Leuten doch was zu Trinken an.« Bart reißt die Augen auf und fragt, was wir trinken wollen. Ich will wissen, was er im Haus hat. »Keine Ahnung«, sagt er, »ich nehme mal an ... alles.«

Ich bitte ihn um einen Gin-Tonic. Taïs sagt, daß ihr ein Glas Wasser reicht. Bart glotzt uns an, als hätten wir ihn um was Unmögliches gebeten. »Kann mir jemand helfen?« fragt er, während er sich aus dem Stuhl windet. »Mach' ich gern«, sagt Taïs und folgt ihm, wahrscheinlich in die Küche.

Die Frau in dem Sessel schenkt sich selbst gelblichen, sirupartigen Likör in ein kleines Glas nach. Nachdem sie einen Schluck genommen hat, sagt sie unvermittelt: »Ich war damals die erste Frau in unserem Dorf, die Fußball spielte.«

Ich lasse diese Worte auf mich einwirken, und verwundert frage ich: »Du liebe Zeit, und ... haben Sie viele Tore geschossen?«

Sie lächelt und sagt: »Ach nein, ich war mehr der defensive Typ. Immer gewesen. Nicht nur im Fußball. Mein ganzes Leben lang habe ich mich eher für die Defensive als für die Offensive entschieden.«

Ich weiß nicht, warum, aber ich will noch kurz beim Thema Fußball bleiben und frage: »Und Ihre Eltern, Evelien? Waren die damit einverstanden, daß ihre Tochter Fußball spielte? Ich meine, in jener Zeit muß das doch ...«

»Es war tatsächlich etwas Besonderes«, fällt sie mir ins Wort. Sie nippt nochmals an ihrem Likör und erzählt weiter: »So etwas wie vereinsmäßig organisierten Damenfußball gab es damals noch nicht. Kein einziger Klub nahm mich auf. Ich mußte mich damit zufrieden geben, mit den Jungs mitzutrainieren. Bei offiziellen Spielen durfte ich anfangs allerdings nicht mitmachen. Ich sage *anfangs*, denn eines schönen Tages kam jemand, ich weiß nicht mehr wer, auf die Idee, mich als Jungen zu verkleiden. Das war gar nicht so schwierig: Ich hatte kleine Brüste, kurze Haare, auch auf den Beinen, und eine stämmige Figur. So habe ich unbemerkt zehn Meisterschaftsspiele in der Reservemannschaft von SK Maldegem bestritten. Bis ich mich schwer verletzte. Nicht nur meine Kreuzbänder waren gerissen, auch mein kleiner Finger war gebrochen. Das sieht man immer noch, nach all den Jahren.« Sie streckt die linke Hand aus, um mir den kleinen Finger zu zeigen. Ich beuge mich vor, um ihn besser betrachten zu können. Der kleine Finger steht total schief ab. Sie zieht ihre Hand wieder zurück und sagt: »Aber du wolltest wissen, was meine Eltern dazu sagten. Wenig, ich war nämlich schon sehr früh Waise. Ich mußte mich in allen möglichen Heimen und Jugendeinrichtungen durchschlagen. Die waren damals auf einem katastrophalen Niveau, das kannst du mir glauben.« In Gedanken versunken nippt sie an ihrem winzigkleinen Glas, schenkt es wieder voll und nippt nochmals.

Ich sage: »Ja ... Wieviel Leid kann ein Mensch eigentlich ertragen ...?«

Sie meint: »Keine Ahnung. Viel, wenn du mich fragst.«

Ich habe den Eindruck, daß sie keine Lust oder keine Kraft mehr hat, um noch weiter zu reden. Außerdem schließt sie die Augen und nach ungefähr vier, fünf Minuten nickt sie ein, wobei sich ihr Mund öffnet und ihr Kopf zur Seite sinkt. Ich versuche, sie mir in einem Fußballdress vorzustellen und frage mich, welche Rückennummer sie wohl getragen hat. Ich tippe auf Drei.

Die Musik hat aufgehört, und ich höre von irgendwoher andere Geräusche, allerdings keine typischen Küchengeräusche. Eher Geräusche, wie sie normalerweise aus einem Schlafzimmer kommen. Ich stehe auf, suche und finde die Küche, in der aber kein Schwein ist. Ich suche weiter, wobei ich die Treppe hochsteige, die in den ersten Stock führt. Eine Tür steht offen. Ich lehne mich gegen den Türrahmen und sehe, wie Bart gerade dabei ist, in Taïs einzudringen. Sie sind beide nackt. Ich sage: »Bart, ich rufe mir schon selbst ein Taxi.« Es hat wenig Sinn, auch zu Taïs etwas zu sagen, und so gehe ich wieder runter. In der Küche, wo – wie ich erst jetzt bemerke – ein Glas mit einem Schuß Gin neben einer Flasche Gin und einer Flasche Tonic steht, finde ich schließlich ein schnurloses Telefon. Ein Flaschenverschluß liegt auf dem Boden. Ich hebe ihn auf und lege ihn auf die Anrichte. Gleichzeitig schließe ich den offenstehenden Kühlschrank. Ich mache mir keine Gedanken darüber, ob die Beleuchtung im Kühlschrank weiterbrennt oder nicht. Plötzlich fällt mir auf, daß ich von dieser Manie geheilt bin. Ich nehme mir vor, mich auch zu Hause nie mehr um die Kühlschrankbeleuchtungsfrage zu kümmern. Ich bin richtig froh über diesen Vorsatz. Beinahe glücklich bestelle ich ein Taxi.

Ich verlasse das Haus von Bart und Evelien und warte auf der Straße auf das Taxi. Es kommt, und ich setze mich auf die Rückbank. »Leeuwstraat 132«, sage ich zum Taxifahrer, der ein unauffälliger Typ ist.

»Kein Problem.«

Er bringt mich in die Leeuwstraat 132. Ich bezahle und gebe ihm fünfzig Franken Trinkgeld, ignoriere seinen Dank und steige aus.

Zu Hause esse ich je ein Stück von drei verschiedenen Sorten Käse. Dazu trinke ich einen Gin-Tonic.

Ich starre ungefähr eine Stunde in eine Dose mit gefrorener Asche. Aber mir fällt nichts dazu ein. Ich gebe mir Mühe, doch es gelingt mir nicht. Weiter als: *Das ist ein Klumpen gefrorener Asche* komme ich nicht.

Nachdem ich die Dose mit der Asche wieder im Gefrierfach des Kühlschranks verstaut habe, tausche ich *Monster* gegen *Paris 1919* von John Cale aus und lege mich rücklings auf den Fußboden. Ich betrachte die weiß ausgemalte Decke. Ich denke an meine Mutter und wie sie einmal, als ich noch klein war, sagte: »Wenn es morgen schneit, darfst du im Schnee spielen.« Ich fragte sie: »Und wenn's nicht schneit, Mama?« Meine Mutter antwortete: »Dann auch.«

Ich liege zu Hause auf dem Fußboden und heule.

EINE ILSE

Ich renne gerade durch ein Kaufhaus, um Benzin für mein Feuerzeug zu kaufen, als ich Ilse begegne. Nicht Riks Frau, sondern seiner außerehelichen Beziehung, die in der Nähe vom Decascoop wohnt.

Nicht diese Ilse hat vor einiger Zeit ihren Karmann Ghia zu Schrott gefahren, sondern die andere, die jetzt im Krankenhaus liegt.

Ich sage »Hallo, Ilse« und frage sie, wie es ihr geht. Sie meint, daß es ihr gut geht und fragt, ob es mir auch gut geht. »Ich denke schon«, antworte ich.

»Bist du denn nicht sicher?« Ihre Frage nervt mich: das muß ja nun echt nicht sein, daß sich jemand so auffallend für mich interessiert.

»Nein«, sage ich.

»Wie gibt's denn so was?« Ich finde, daß sie mit den Erkundigungen nach meinem Befinden nicht zu übertreiben braucht und sage deshalb: »Ach, eigentlich kann ich nicht klagen. Ich gehe jetzt übrigens Benzin für mein Feuerzeug kaufen. Kommst du mit?«

Wir spazieren zu der Abteilung, in der es Benzin in Dosen zu kaufen gibt. Ich kaufe eine und bezahle. Ich frage Ilse, ob sie noch was besorgen muß und falls nicht, ob sie Lust hat, irgendwo einen Kaffee trinken zu gehen. Sie sagt, daß sie schon gekauft hat, was sie braucht – rote Unterwäsche, fügt sie hinzu – und hält es für eine ausgezeichnete Idee, irgendwo Kaffee trinken zu gehen. Wir verlassen das Kaufhaus. »Bist du mit dem Karmann da?« frage ich Ilse.

»Nein, zu Fuß«, sagt sie. Kaum zu glauben, daß jemand wie

Ilse jemals zu Fuß unterwegs ist, aber als sie zu gehen beginnt, stellt sich heraus, daß es stimmt. Sie will in ein nettes Café, das gerade erst eröffnet hat und dessen Inhaber sie kennt. Also gehe ich mit.

Das Café heißt De Gouden Poorte. Man fragt sich, warum es so heißt: weit und breit keine goldene Tür zu sehen. Ilse umarmt den Inhaber und sagt: »Luk, alles klar?« Ich kann nicht verstehen, was er antwortet, aber der Bewegung seiner Lippen nach zu schließen, denke ich, daß es »Prima, prima« heißt. Jedenfalls ist es *ein* Wort, das er zwei Mal sagt – bilde ich mir jedenfalls ein.

Ilse stellt uns einander vor. Luk sagt, daß er meistens – heute zufällig gerade nicht, aber meistens schon – GUESS? trägt und daß er sogar die beiden CDs von Foaming Vomit sein Eigen nennt, aber noch keine Zeit hatte, sie sich anzuhören.

»Und in diesem Café«, fährt er fort, »spiele ich nur Mozart.«

Er hat recht, ich kann irgendwas von Mozart hören. Bilde ich mir jedenfalls ein. Irgendwas mit viel Klavier, irgendwas aus Mozarts Klavier-Phase. Mit hier und da einigen Kuhschellen-Akzenten. Durchaus gut produziert.

Inzwischen erzählt Luk Ilse eine Geschichte über einen Friseur. Daß der tot ist. »Und noch so jung«, höre ich Luk sagen.

»Wie alt war er denn?« fragt Ilse.

»Weiß ich nicht. Vierzig. Zweiundvierzig.«

»Noch so jung?«

»Ja. Ich weiß es nicht. Dreiundvierzig vielleicht. Ich weiß echt nicht genau, wie alt.«

Mir fällt plötzlich auf, daß wir drei noch immer stehen und daß in diesem Café weit und breit keine Spur von anderen Gästen ist. Ich frage Ilse, ob es nicht eher ... *üblich* wäre, sich an einen Tisch zu setzen. Sie sieht mich an, als hätte sie die Frage nicht verstanden, sagt aber dann doch: »Ja, OK.«

Wir setzen uns an einen Tisch; nicht nur Ilse und ich, sondern auch Luk.

»Er hat selbst immer gesagt, daß er nicht alt werden würde«, erklärt Luk. »Als hätte er eine Vorahnung gehabt. Schon seit Jahren hatte er das.« Ich nehme an, daß er noch immer von diesem Friseur redet.

»Ja«, sagt Ilse, »er hatte etwas ... Tragisches.«

»Das stimmt. Es ist ... Er hatte ... Noch vorige Woche sagte er zu mir ...« Luk beginnt zu schluchzen.

»*Was* sagte er zu dir?« frage ich. Ilse sieht mich starr an: »Laß ihn doch jetzt.« Sie legt ihren Arm um Luks Schulter, der einfach nicht aufhört zu schluchzen.

Ich schaue mich um, sehe an der gegenüberliegenden Wand ein Gemälde hängen und an einer anderen Wand ein fast identisches Gemälde. An einer dritten Wand hängt nichts, absolut nichts.

Ich schaue zum Fenster raus, das sich in der vierten Wand befindet, und durch das ich auf die Straße sehen kann. Ein Polizeiauto fährt gemächlich vorbei, ohne Sirene oder sonstwas. Die langsamste Verfolgungsjagd aller Zeiten, denke ich bei mir.

Luk hat aufgehört zu schluchzen und erzählt weiter von dem toten Friseur. »Das ist ja so schrecklich«, sagt er, »in seinem Alter zu sterben.«

»Vor allem für ihn«, denke ich laut vor mich hin.

»Was?« sagt Ilse, die ihren Arm von Luks Schulter genommen hat.

»Was?« erwidere ich.

»Ich wollte wissen, was du gesagt hast.«

»Wann?«

»Gerade eben. Du hast was gesagt.«

»Wovon redest du? Ich habe gar nichts gesagt. Ich habe praktisch noch kein Wort gesagt, seit ich hier drin bin.«

»Ach«, sagt Luk, »niemand lebt ewig, stimmt's ...?«

»Stimmt«, sage ich.

»Und? Was wollt ihr trinken? Ich habe eine neue Sorte Cappuccino. Oder wollt ihr die Karte haben? Ihr könnt auch was essen.«

Er steht auf.

»Nein, laß nur«, sagt Ilse, »wir brauchen keine Karte. Ich würde gern deinen neuen Cappuccino probieren, Luk.«

»Ich ...«, sage ich zögernd, »auch.«

»Na klasse«, sagt Luk, der ganz offensichtlich über den Tod des Friseurs hinweg ist – urplötzlich eigentlich – »zwei Cappuccinos Gouden Poorte also.« Er geht zur Bar, die sich in der Mitte des Cafés befindet.

»Warum ist es hier so leer?« flüstere ich Ilse zu.

»Wieso leer?« fragt sie.

»Es ist niemand hier. Ich meine, außer uns beiden ist hier niemand. Es ist Kaffeezeit, man sollte meinen, daß außer uns beiden noch andere Leute hier wären.«

»Kaffeezeit? Was soll das sein? Ich meine, wann ...?«

»*Vier Uhr* ist Kaffeezeit. Nie davon gehört?«

»Nein.«

»Nein? Du liebe Zeit ... Wie auch immer, vier Uhr ist Kaffeezeit. Jetzt ist es vier Uhr ...« Ich schaue auf meine Uhr. »Zehn vor vier, OK, aber das läuft aufs selbe hinaus, ich runde nach oben ab. Ich meine: es ist vier Uhr, und in diesem Café sitzt kein Schwein.«

Ilse guckt mich lange an. »Was willst du damit eigentlich sagen?«

»Sagen? Was ich sagen will? Nichts. Wenn du aber meinst, wie lange ich diesem Café noch gebe, bevor es pleite ist, würde ich sagen: nicht lange.« Ich bin in den letzten Minuten so aggressiv, weil ich diesen Luk nicht ausstehen kann, aber auch, weil es mir so unwirklich und zugleich auch so beklemmend vorkommt, daß außer mir und noch jemandem um vier Uhr niemand in einem Café sitzt.

»Warum bist du so aggressiv?« fragt Ilse.

»Aggressiv? Ich bin überhaupt nicht aggressiv. Herrgottnochmal, aggressiv! Weit gefehlt, meine Liebe. Ich bin überhaupt nicht aggressiv, das kannst du mir wirklich glauben.«

Luk bringt zwei Cappuccinos. Er schaut erwartungsvoll, während wir den ersten Schluck nehmen. »Großartig, Luk!« kreischt Ilse.

Ich frage Luk, worin das Gouden Poorte-Element des Cappuccinos besteht. »Schmeckst du das nicht?« fragt Ilse.

»Nein«, sage ich.

»Es ist dieses ...« Sie sieht Luk hilflos an. Der sagt: »*Ich* darf natürlich nicht verraten, was es ist. Das ist ja gerade das Geheimnis.«

»Daß du es nicht verraten darfst, ist das Geheimnis?« bemerke ich in fragendem Tonfall.

»Was?«

Ilse, der das zu hoch ist, ruft: »Der Cappuccino ist besonders lecker! Und damit basta!«

»Sicher doch ... sicher doch ...« sagt Luk, zeigt auf Ilses Plastiktüte aus dem Kaufhaus und brüllt plötzlich los: »Ilse! Was hast du gekauft?! Laß sehen!« Ilse kichert stolz und sagt: »Ich habe Unterwäsche gekauft, Luk. Knallrot, kannst du dir das vorstellen? *Knall*rot!«

»Mein Gott! Zeig her! Zeig her, Ilse!«

Ilse holt ein meiner Meinung nach ziemlich normales Dessous-Set aus der Tragtasche: Slip, BH. Die Farbe würde ich nicht ›knallrot‹, sondern eher ... einfach nur *rot* nennen.

Luk reißt ihr den Slip aus den Händen, befingert ihn und stammelt hin und weg: »Wie schön ... wie schön ...« Für einen Moment befürchte ich, daß er wieder zu schluchzen beginnt, aber nein. Er beherrscht sich und sagt noch einmal: »Wie schön ... wie schön ...« Er gibt Ilse den Slip deutlich widerstrebend zurück, die ihn zusammen mit dem BH in die Tüte steckt.

»Ich meinerseits habe Feuerzeugbenzin gekauft«, sage ich und zeige ihm die Dose Feuerzeugbenzin. Luk betrachtet sie, sagt aber nichts.

»Wir gehen dann mal«, sage ich unvermittelt nach einer Pause, und zu meiner Überraschung sagt Ilse: »Ja, OK.«

»Bleibt noch kurz«, versucht Luk. Vergeblich. Wir stehen auf.

»Was bekommst du für die Cappuccinos?« frage ich angewidert. »Oder gehen die aufs Haus?« füge ich hinzu.

»Nein«, sagt Luk, »so was ist pathetisch, außer wenn es irgendeinen praktischen *Nutzen* hat. Das macht vierhundert.«

»Vierhundert ...?« stammelt Ilse fassungslos, »Für zwei Cappu ...«

»Ist schon OK«, falle ich ihr ins Wort und gebe Luk einen Tausender. »Behalt den Rest«, sage ich, »ein kleines Trinkgeld, sozusagen. Oder sind Trinkgelder auch pathetisch?«

»Nein«, sagt er ohne weitere Erklärung.

Ilse umarmt Luk nicht, küßt ihn nicht und tut auch sonst nichts in diese Richtung, sondern geht sofort mit mir zur Tür. Dort sagt sie dann doch: »Ciao, Luk« und dann gehen wir raus.

Auf der Straße sagt Ilse: »Luk hat sich total verändert seit dem Tod von ...« Ihr fällt der Name nicht ein. »Jan?« rate ich einfach. Nachdenklich senkt sie ihren Kopf und sagt nach einer Weile: »Nein ... Jan ist jemand anders ... Aber was ich sagen wollte: seit dem Tod von mir-fällt-sein-Name-nicht-ein ist Luk enorm ... *verschwuchtelt*.«

»Verschwuchtelt, Ilse?«

»Na ja, er war natürlich auch vorher schon eine Schwuchtel, aber seit dem Tod von du-weißt-schon-wem fällt es noch mehr auf. Ich weiß nicht, wie ich es sagen soll. Du weißt schon, was ich meine.«

»Ja«, sage ich, »du meinst, es ist, als hätte er die Tuntigkeit des Verstorbenen in sich aufgesogen, um das Andenken an ihn doppelt stark weiterleben zu lassen?« Ilse bleibt stehen, um kurz über diese Worte nachzudenken. Ich bleibe auch stehen. Sie sagt: »Ja, vielleicht ist es das. Kommst du noch kurz mit rauf zu mir, was trinken?«

»OK«, sage ich. Wir gehen in ihre Richtung. Unterwegs überlege ich mir, daß es reichlich idiotisch gewesen wäre, Luk zu bitten, die Asche aus den Aschenbechern einzusammeln: da war nämlich überhaupt keine Asche in den Aschenbechern. In der ganzen De Gouden Poorte war kein Quentchen Asche zu sehen.

Ilse schließt das Haus auf und geht mir zu ihrer Wohnungstür voran. Dort gehen wir rein. Alles ist chic, teuer und makellos. Wir setzen uns. »Mein Gott«, sagt Ilse, »ich bin plötzlich so müde ... Willst du was trinken oder ...?«

»Nein, laß nur«, sage ich. Wir halten die Klappe. Ich frage Ilse, ob ich rauchen darf. Ich habe den Eindruck, daß sie zuerst »Nein« sagen will, aber nach reiflicher Überlegung sagt sie: »Mach ruhig.« Ich biete ihr eine Zigarette an, aber sie lehnt ab. Ich selbst stecke mir eine an. Sie sagt, daß der Aschenbecher auf dem Couchtisch 64.000 Franken gekostet hat, daß ich ihn aber trotzdem benutzen darf. »Danke, Ilse«, erwidere ich.

Sie kickt ihre Schuhe von sich. Sie fragt, ob ich möchte, daß sie schnell einmal ihre neue Unterwäsche anprobiert. Und ob ich dann nicht hinschauen und sagen könnte, daß sie schön ist.

Sie zieht sich aus, zieht die neue Unterwäsche an und dreht sich ein paarmal um die eigene Achse. Ich sage, daß sie sehr schön ist. Sie setzt sich wieder hin. »Mein Gott, bin ich müde«, stöhnt sie. »Kein Wunder, ich habe heute ... Ich meine, findest du es nicht auch anstrengend, durch die Stadt zu rennen? Mit all den Leuten?«

Ich sage ihr: »Ich finde das schrecklich. Ich frage mich jedes Mal wieder, wo all die Leute herkommen. Was sie in Gottes Namen auf der Straße verloren haben. Warum sie nicht ganz einfach zu Hause bleiben.«

»Geht's dir auch so? Mir auch. Ich kapiere ganz einfach nicht, was all die Leute jedesmal in der Stadt verloren haben. All die Menschen ... Die sind so extrem ... *anstrengend.*« Sie kuschelt sich in Fötusstellung in den Sessel und macht die Augen zu. Ich betrachte sie. Sie muß so ziemlich eines der hübschesten Mädchen sein, die ich kenne.

Nach einer Weile sagt sie: »Ich würde gern mal wieder in Urlaub fahren ... Aber wohin?«

»Warst du schon in Ägypten?« frage ich.

»Nein«, sagt sie, »ich glaube nicht. Lohnt sich das, Ägypten?«

»Keine Frage. Ägypten ist die schönste Insel, die ich kenne.«

»Leben dort viele Menschen?«

»Das schon, aber wie sich das so gehört, gibt es dort eine ganze Menge Strände, die für gewöhnliche Einheimische gesperrt sind.«

»Klar ...«, sagt Ilse im Halbschlaf, »klar ... Ägypten sagst du also ... Na gut, ich werd' mal mit Rik drüber reden ... Vielleicht, daß er ...«

»Rik ist verheiratet«, sage ich, »ich weiß nicht, ob so was für ihn drin ist ...«

»Shit«, sagt Ilse, die auf einmal wieder ziemlich wach ist und sich aufsetzt, »das hätte ich fast vergessen. Wußtest du, daß seine Frau einen Unfall hatte? Ich glaube sogar, daß sie tot ist.«

»Nein, sie ist nicht tot«, sage ich, »sie liegt im Krankenhaus. Wie's aussieht, kommt sie schon wieder auf die Beine.«

»Ach so. Ich könnte fast wetten, daß mir irgendwer erzählt

hat, daß sie tot ist. Kein Wunder, daß ich mich in den letzten Tagen nicht gefragt habe, warum Rik nicht auftaucht. Was soll man sagen, wenn die Frau tot ist ... Aber sie ist gar nicht tot, sagst du?«

»Nein.«

»*Dann* frage ich mich allerdings, warum Rik in den letzten Tagen nicht aufgetaucht ist. Obwohl ... Die beste Beziehung aller Zeiten haben wir auch nicht gerade, Rik und ich. Das kannst du ruhig wissen.«

»Oh, sorry.«

»Ach was, das braucht dir überhaupt nicht leid zu tun. Beziehungen sind immer ... Wie soll ich sagen? Beziehungen sind ... shit, mir fällt das Wort nicht ein. Du weißt schon, was ich meine.«

»Zum Scheitern verurteilt«, sage ich, »ist es das?«

Sie sieht mich mit großen Augen an. »Das hast du wunderschön gesagt«, schwärmt sie, »*zum Scheitern verurteilt* ... mein Gott, kein Wunder, daß du Songtexte schreibst.«

»Ich schreibe gar keine Songtexte«, sage ich, »Rik schreibt die. Oder jemand anderer. Ich schreibe die nie.«

»Rik schreibt Songtexte? Das würde man nicht vermuten, wenn man ihn reden hört. Ich meine, er sagt fast nie was. Weißt du, das ist noch so was, was mir an Rik immer weniger gefällt. Daß er fast nie was sagt. Ich fahre in letzter Zeit immer öfter auf Männer ab, die ... na ja, die hin und wieder was ... *sagen*. Wie ... du, zum Beispiel. Ich meine ... so wie gerade eben. Als du erzähltest, daß Ägypten so eine wunderbare Ferieninsel ist. Das sind so Dinge, die Rik nie sagt. Wo ich doch verrückt danach bin, solche Dinge zu hören ...«

Sie macht eine Pause, sieht einigermaßen ängstlich zu, wie ich meine Zigarette in ihrem Aschenbecher ausmache, und entspannt sich wieder, als sie merkt, daß der Aschenbecher das Attentat überlebt hat und nicht etwa explodiert ist. Dann fragt sie: »Hast du jemanden? Ich meine, hast du eine feste Freundin oder so?«

»Schwierige Frage«, sage ich, wobei ich an Eva denke, »aber wenn ich ehrlich sein soll, würde ich, glaube ich, ... *nein* sagen.«

Ich mache eine kurze Pause und sage dann: »Es gibt ein altes keltisches Sprichwort, das lautet ... *Nein ist die ultimative Antwort auf alle überflüssigen Fragen.*«

»Mein Gott«, sagt Ilse nach einer Weile, »echt wahr?«

»Ja«, sage ich, »echt wahr.«

»Du mußt wissen ...«, sagt Ilse, »daß ... wie soll ich sagen? Daß mich ... diese Art von Gesprächen immer besonders ... geil macht.« Sie steht auf und steckt mir die Zunge in den Mund. Danach gehen wir in ihr Schlafzimmer. Wir ziehen uns aus. Wir legen uns aufs Bett. Zuvor hat Ilse aber noch ein Kondom aus der Lade ihres Nachttisches geholt und es darauf bereitgelegt. Nach einer Weile wird das Kondom verwendet. Noch ein bißchen später wird es zugeknotet, und Ilse schmeißt es irgendwo weg, im Badezimmer nehme ich mal an, in einen Abfalleimer im Badezimmer. Danach legt sie sich wieder zu mir. »Das war erstklassiger Sex«, sagt sie.

»Finde ich auch. Sex wie er sein sollte.«

»Ja ...«

»Es ist nicht meine Art zu schleimen, aber du hast einen perfekten Körper.«

»Ja, ich weiß. Ich habe Hunger. Gehen wir irgendwo was essen?«

»Ja, OK.«

Wir waschen uns im Badezimmer, ziehen uns an und machen uns wieder auf die Socken. Ilse hat gesagt, daß sie Lust hat, im Restaurant De Muide essen zu gehen. Daß sie im De Muide nicht zu reservieren braucht. Daß ihr Vater der Inhaber vom De Muide ist. Also gehen wir ins De Muide, und meiner

Meinung nach hätten wir auch nicht reservieren müssen, wenn Ilses Vater *nicht* der Inhaber gewesen wäre, denn es sitzt so gut wie niemand im De Muide. Nur da und dort einige Pärchen und an einem Tisch in der Ecke vier Japaner.

Der Ober behandelt Ilse extrem unterwürfig – und mich auch. Er führt uns an einen Tisch. »Merci, François«, sagt Ilse.

Der Ober sagt zögernd: »Bei allem Respekt, gnädiges Fräulein, aber ich heiße Jan, nicht François.«

»Mein Gott«, sagt Ilse, »wie peinlich. Aber macht es Ihnen was aus, wenn ich Sie trotzdem François nenne? Ich finde François so einen schönen Namen.«

»Wie Sie wünschen, gnädiges Fräulein.« Er ruft einen Kellner und geht weg.

Der Kellner kommt zu uns an den Tisch und gibt jedem von uns eine Speisekarte. »Danke ... François«, sagt Ilse, woraufhin sie einen kurzen Lachanfall bekommt und mich danach fragt: »Oder übertreibe ich jetzt?«

»Ja«, sage ich.

»Na gut«, sagt sie und an die Adresse des Kellners: »Sorry, daß ich Sie François nannte.«

»Oder heißen Sie zufällig François?« frage ich ihn, weil ich im Gegensatz zu Ilse auch diese Möglichkeit einkalkuliere.

»Nein, mein Herr«, sagt er, »ich heiße Ronald.«

Ilse sieht von der Speisekarte hoch. »Ronald ... Ronald ...«, sagt sie, »ich glaube, daß ich jemanden kenne, der so heißt ... Aber wen ...?« Sie schaut wieder in die Karte.

»Wollen Sie vorab einen Aperitif?« fragt Ronald.

»Nein«, sage ich, »keinen Aperitif, keine Vorspeisen. Sie können aber eine Flasche Wasser bringen. Spa ohne Kohlensäure.«

»Selbstverständlich, mein Herr.« Er verschwindet.

Ich schaue in die Karte und sage zu Ilse: »Ich nehme das Wildreispilav mit Geflügel.«

»Wo siehst du das?« fragt sie. Ich zeige es ihr. »Oh«, sagt sie, »richtig ... Gut, ich glaube, das nehme ich auch. Ja.« Sie legt die Karte auf den Tisch, und ich lege meine drauf. Ronald bringt eine Flasche Wasser und schenkt uns ein.

»Haben Sie schon gewählt?«

»Zweimal Wildreispilav mit Geflügel«, sage ich. Er kritzelt auf seinen Block.

»Warten Sie mal ...«, sagt Ilse. »Ich meine, dort sitzt jemand, den ich kenne. Wie heißt er doch gleich wieder?« Sie zeigt. Ich schaue. Ronald auch. »Er spielt in einer Band«, fährt Ilse fort, »shit, wie heißt er doch gleich wieder ... Seine Band heißt ... Elephant! Ja, das ist es! Elephant! Aber wie er selbst heißt, weiß ich nicht ...«

»Luk«, sage ich.

Sie sieht mich an. »Luk? ... Aber nein, Luk, das ist der Besitzer von dem Café vorhin. Obwohl ... Du könntest recht haben. Ich glaube, daß der da auch Luk heißt ... Sie wissen das nicht zufällig, Jan?«

»Ronald«, korrigiere ich sie. »Dieser Kellner heißt Ronald, Ilse. Der Ober heißt Jan. Du wolltest ihn – Gott allein weiß warum – François nennen, aber er heißt Jan. Und *der* hier heißt Ronald.«

»Was?«

»Daß die Wahrscheinlichkeit groß ist, daß der Typ da, den du kennst, Luk heißt. Zumindest wenn er bei *den* Elephant spielt. Wenn er bei den anderen Elephant spielt, dann weiß ich es auch nicht. Übrigens, das Mädchen, mit dem er hier ist, heißt Eva. Sie ist die beste Freundin von jemandem, den ich kenne.«

»Du kennst das Mädchen?«

»Nicht besonders gut, aber ich bin ihr schon mal begegnet.«

»Ach so. Na um so besser, denn weißt du was – das wollte ich eigentlich gerade sagen: Wäre es nicht eine gute Idee, sie zu fragen, ob sie sich zu uns setzen wollen? Soweit ich sehe, haben sie noch nicht bestellt, oder?«

Ronald überlegt und sagt: »Das weiß ich nicht. Das ist der Bereich von Joris.«

»Joris?« fragt Ilse.

»Der andere Kellner. Wir haben jeder unseren Bereich. Dieser Tisch gehört zu meinem Bereich, aber der andere Tisch gehört zu dem von Joris.«

»Und was geht mich das an?« faucht Ilse, »Mein Gott.« Daraufhin ruft sie ziemlich laut: »François!«

Der Ober kommt an den Tisch. »Gibt es ein Problem, gnädiges Fräulein?« fragt er.

»Irgendwas mit den Bereichen, von dem ich nichts verstehe. Wo ich doch nur schlicht und einfach wissen will, ob irgend jemand diese beiden Leute dort fragen könnte, ob sie sich zu uns setzen möchten.«

»Was? Ich verstehe nicht ganz, was ...«

»Jan«, sage ich, »es ist ganz einfach. Dort an dem Tisch sitzen ein junger Mann und ein Mädchen.« Ich zeige sie ihm. »Sehen Sie? Das Mädchen mit den langen, blonden Haaren und der Typ mit den kurzen, brünetten Haaren. Können Sie sie sehen?«

»Ja«, sagt Jan. Ronald ist inzwischen weggegangen und redet an der Bar mit dem anderen Kellner. Der schüttelt den Kopf.

»Nun«, sage ich, »können Sie sie fragen, ob sie nicht Lust hätten, sich auf Wunsch dieser jungen Dame hier zu uns zu setzen.«

»Verstehe«, sagt Jan, »gut, mein Herr. Geht in Ordnung.«

»Du liebe Zeit«, sagt Ilse, »was ist das für Personal? Bis die was kapieren. Ich werde bei nächster Gelegenheit mal mit meinem Vater drüber reden. Aber wer ist dieses Mädchen, sagst du?«

»Eva heißt sie. Sie ist die beste Freundin von einem anderen Mädchen, das ich kenne.«

»Kenn' ich die auch? Die andere meine ich?«

»Nein«, sage ich.

Jan liefert Eva und dem Typen, der meiner Meinung nach Luk heißt, mit Händen und Füßen eine ausführliche Erklärung. Sie glotzen. Eva erkennt mich; der Typ erkennt Ilse. Es kommt zu einem Hin- und Hergewinke. Dann stehen sie auf und gehen auf unseren Tisch zu.

Ich gebe Jan ein Zeichen, daß er sich fürs erste entfernen kann.

»Hallo, Eva«, sage ich und warte, bis sie mir einen Begrüßungskuß gibt. Das macht sie dann auch. Ilse sagt zu dem Typen: »Hallo ... hallo ...«

»Luk«, sagt er, »hallo, Ilse.« Der Typ gibt Ilse einen Begrüßungskuß. Sie sagt: »So, jetzt kennt jeder jeden, glaube ich. Wir dachten uns, weil ich dich kenne, Luk, und er Eva kennt, daß es vielleicht nett wäre, wenn wir gemeinsam essen würden. Ich meine ...«

»Prima«, sagt Luk.

»Das einzige Problem«, sage ich, »ist, daß das hier ein Tisch für zwei Personen ist und wir daher an einen Vierertisch übersiedeln müssen.«

»Oh Gott, ja«, sagt Eva, »das stimmt ...«

»François!« ruft Ilse. »Ich nenne ihn François«, erklärt sie Eva und Luk. »Er heißt anders, aber ich finde François einen schöneren Namen.« Sie erkundigt sich beim Ober: »François, können wir an einen Vierertisch wechseln?«

»Kein Problem, gnädiges Fräulein«, sagt er, »wenn Sie mir bitte folgen wollen.«

Wenig später sitzen wir ein paar Meter weiter an einem Vierertisch; ich neben Ilse und Eva neben Luk. Wir sitzen noch immer in Ronalds Bereich.

Ich bestelle noch einmal zwei Wildreispilav mit Geflügel, und nachdem sie eine Zeitlang in die Karte gestarrt hat, sagt Eva, daß sie auch das Wildreispilav mit Geflügel nimmt. »Für mich auch«, sagt Luk.

»Also viermal Wildreispilav mit Geflügel«, fasse ich das Durcheinander für Ronald zusammen, »und eine Flasche ... Pomerol? Ist das eine gute Wahl, Ronald? Pomerol?«

»Hervorragende Wahl, mein Herr«, sagt er.

»Für euch auch OK?« frage ich die anderen. Ich schaue ihnen einem nach dem anderen mit stahlhartem Blick in die Augen.

»Äh, OK«, sagt Ilse.

»Gut«, sagt Ronald, »ich habe die Bestellung aufgenommen. Soll ich die Flasche Wasser ...?«

»Nein, Ronald«, sage ich, »das Wasser brauchen wir nicht mehr.«

»Vielen Dank, mein Herr«, sagt er und entfernt sich verängstigt.

Nach einiger Zeit sage ich: »So ... was für ein Zufall eigentlich ... daß wir jeder jemanden kennen ... Ilse und ich, wir kennen einander schon so ... na, einen Monat ungefähr. Die Freundschaft ist rein platonisch. Und ihr?«

»Was?« fragt Luk.

»Wir kennen einander ...«, sagt Eva, und kurz scheint es, als würde sie gleich die Finger zu Hilfe nehmen, aber bevor es dazu kommt, sagt sie: »Ungefähr drei Tage.«

»Lebt ihr zusammen?« fragt Ilse, die eindeutig auf Luk steht.

Er sieht sie an und wiederholt: »Ob wir zusammen leben? Eva und ich? Äh, nein.« Er verschluckt einzelne Silben, fällt mir jetzt auf.

»Nein«, sagt Eva, »wir kennen einander nur so. Genaugenommen. ... sind wir Nachbarn. Seit kurzem sind wir Nachbarn.«

»Nachbarn«, sagt Ilse, »so wie wir also?«, und meint mich.

»Ja«, meint Luk, »seid ihr auch Nachbarn?«

»Ja«, antworte ich.

»Ach so«, sagt Eva und betrachtet mich mit einem Blick, der Bände spricht – sie glaubt, ich hätte hinter Evas Rücken ein Verhältnis mit Ilse.

»Wie geht es Eva?« will ich von ihr wissen. »Ich habe schon ein paar Tage nichts mehr von ihr gehört.«

»Gut«, sagt sie und wird rot. »Eva ist meine Freundin«, erkläre ich Luk und Ilse. »Nicht diese Eva, sondern ihre Freundin, die heißt auch Eva.«

Ilse sagt: »Aber ich dachte, daß du ... daß du – wie sagt man – *frei* wärst. Daß du ...«

»Das bin ich auch. Im metaphorischen Sinn. Es gibt ein altes ...« Ich sehe die Japaner aufstehen und weggehen – »Ein altes *japanisches* Sprichwort, das lautet: *Man muß nicht allein sein, um frei zu sein.* In diesem Sinn verstehe ich dann auch das Wort ›Freiheit‹.«

Alle drei sehen mich vollkommen entgeistert an. Ilse will als erste etwas sagen, hält sich aber zurück. Luk will offensichtlich überhaupt nichts sagen. Eva sagt: »Ich glaube ... das Essen kommt.« Sie hat recht.

Während des Essens wird wenig geredet. Das Geflügel ist ein Haufen Arbeit. Während die anderen noch voll und ganz damit beschäftigt sind, bin ich schon fertig und sage zu Luk: »Ich habe gehört, daß du bei Elephant spielst?«

Er wartet mit der Antwort, bis er nichts mehr im Mund hat und sagt dann: »Ja. Aber bist du nicht der Bassist von Foaming Vomit?« Auf einmal kann ich ganz deutlich hören, daß er ein geborener Nuschler ist. Na ja, irgendwas muß der Mensch ja schließlich sein.

»Der Drummer«, korrigiere ich. »Daß ich nicht der Bassist

bin, kannst du an meinen GUESS?-Klamotten sehen. Unser Bassist trägt kein GUESS?, der trägt Rifle.«

»Der ist das? Ja, da hab' ich was drüber gelesen, ja ...«

»Ich habe das Cover eurer CD gesehen«, rate ich, »das mit dem Elefanten, der nur einen Stoßzahn hat. Schönes Cover. Der Elefant grinst. Echt super!«

»Das ist die CD der anderen Elephant. Es gibt noch eine Band, die Elephant heißt.«

»Wäre es wohl möglich, das Thema Musik bleiben zu lassen?« fragt Eva plötzlich.

»Ich bekomme Kopfschmerzen davon.«

»Ich auch«, sagt Ilse.

EVA

Nach dem Essen, das auf meine Rechnung ging, hat es sich so ergeben, daß Luk von Elephant mit Ilse mitgegangen ist und daß ich mit Eva in ihrem geparkten Karmann Ghia gelandet bin. Sie heult, nachdem sie mir gesagt hat, daß ihr die andere Eva, *meine* Eva, die Freundschaft aufgekündigt hat. »Vorhin im Lokal«, schluchzt sie, »wollte ich nicht damit anfangen. Ich wollte so viel wie möglich über Eva schweigen, weil ich dachte, daß ... daß du was mit diesem Mädchen hättest und daß ... Na ja, die Situation war so verwirrend und ...«

»Ich habe überhaupt nichts mit diesem Mädchen, Eva«, sage ich. »Wir sind einfach nur Nachbarn, so wie du und Luk. Sind zusammen was essen gegangen, weiter nichts. Aber erzähl du mal, warum hat Eva dir die Freundschaft aufgekündigt? Ist deine Mutter krank?«

Sie sieht mich an. »Meine Mutter? Nein. Wieso?«

»Nur so«, sage ich, »aber was ist es dann? Warum hat Eva dir die Freundschaft aufgekündigt? Oder weißt du es nicht?«

»Doch, schon«, sagt sie, während sie mit einem Kleenex ein paar Tränen wegwischt.

»Erzähl mal«, bohre ich nach.

»Sie findet mich dumm, sagt sie«, flennt Eva, »sie findet, daß ich nichts weiß, auch die Sachen nicht, die jeder weiß.«

»Was sind das für Sachen, Eva?«

»Na ja, Eva sagt: Sachen die ... so Sachen wie ... wie daß Ägypten eine Insel ist ... Und daß manche Walfische Pfoten haben ... Und daß einem Menschen bei über 180° C die Haare ausgehen ... Und als ich zu ihr sagte: »Aber Eva, bei 180° C, *schmilzt* da ein Mensch nicht?«, da wurde sie verdammt wütend und brüllte:

»Was weißt denn du schon? Dafür bist du viel zu dumm! Du weißt noch nicht einmal, daß der Erfinder des Kugelschreibers Stylo heißt.« Und weißt du, sie hat recht ... Ich wußte wirklich nicht, daß der Erfinder des Kugelschreibers Stylo heißt ... Und Eva sagte, daß sie keine dumme beste Freundin will, und dann hat sie gesagt, daß sie mich nie mehr wiedersehen will ... Und dann ...«

»Und dann?« frage ich.

»Nichts mehr, eigentlich. Ich bin weggegangen und habe seitdem nichts mehr von ihr gehört oder gesehen.« Sie schmeißt das Kleenex zum Fenster raus. Sie nimmt einen Haufen Zeug aus ihrer Handtasche und beginnt sich zu schminken. Ihr Stimmungstief hat sie offensichtlich überwunden: »Was kümmert es mich eigentlich, ob ich dumm bin? Ich habe viel Geld.« Sie bringt ihren Lidschatten in Ordnung. »Übrigens, ich weiß sehr wohl eine ganze Menge. Wußtest du zum Beispiel, daß der Erfinder der Krawatte René Plastron heißt? Eva wußte das nämlich nicht.«

»Ja«, sage ich, »das wußte ich.«

»OK, *du* schon, aber für Eva war das *komplett* was Neues. Wenn du mich fragst, ist *sie* dumm.«

»Glaubst du das, Eva?«

»Na ja, sicher bin ich mir nicht, aber ich denke schon. *Jeder* weiß, daß der Erfinder der Krawatte René Plastron heißt. Außer Eva. Und Luk. Luk, der wußte das auch nicht. Apropos dumm, dieser Luk, *der* ist dumm, du liebe Zeit.« Sie trägt Lippenstift auf.

Ich frage sie, ob ich im Karmann rauchen darf. Sie preßt ihre Lippen ein paarmal aufeinander, um den Lippenstift einziehen zu lassen und sagt dann: »Lieber nicht.«

»Dann rauche ich eben draußen«, sage ich.

»Oder ja ... Rauch' ruhig hier«, sagt sie, »aber asch' aus dem Fenster.«

»Ich hatte vor, die Asche aufzuheben«, sage ich.

»Oh«, sagt sie, »wirklich? Wie das? Ich meine, worin willst du ...«

»Ach, laß nur«, sage ich, »du hast recht. Dieses eine Mal kann ich genausogut zum Fenster rausaschen.« Ich stecke mir eine Zigarette an und kurble das Fenster runter. Eine Zeitlang sitze ich da und rauche, während Eva ihr Gesicht im Rückspiegel bewundert. Wenn man ihre Aufmerksamkeit nicht im richtigen Moment ablenkt, wäre sie wohl noch in einer Stunde damit beschäftigt, ihr Gesicht im Rückspiegel zu bewundern. Zum Glück steht das Auto. Ich kann mir gut vorstellen, daß Frauen wie Eva eine Gefahr im Straßenverkehr darstellen, und ganz bestimmt dann, wenn sie kurz vor Fahrtantritt ihr Make-up erneuert haben. Und ihr Make-up erneuern, das ist etwas, das Frauen wie Eva so gut wie *immer* kurz zuvor gemacht haben.

»Eva«, sage ich, »du hast gerade erwähnt, daß du viel Geld hast. Wie kommst du zu dem ganzen Geld?«

Sie starrt mich verdutzt an. »Wie ich dazu komme? Durch meine Eltern natürlich. Meine Eltern sind unglaublich reich.«

»Und die geben dir das Geld einfach so?«

»Klar. Und das will ich ihnen auch geraten haben. Immerhin bin ich ihr einziges Kind.«

»Hast du nie *selbst* Geld verdient?«

»Doch, schon, ich habe schon ein Weilchen etwas Geld verdient. Einen ganzen Haufen Geld eigentlich. Als Model. Aber dafür bin ich jetzt zu alt. Außerdem habe ich keine Lust mehr. Das ist harte Arbeit, weißt du?«

»Ja, hab' ich gehört. Aber zu alt, sagst du. Wie alt bist du denn?«

»Dreiundzwanzig.«

»Tja, ich denke, in der Modelbranche ist das tatsächlich ein biblisches Alter.«

»Ab dem Zeitpunkt, zu dem du einundzwanzig wirst, kannst du es vergessen.«

»Obwohl ... einige Topmodels sind ...«

»Hör mir bloß mit den Topmodels auf! Das sind alles Huren!«

Sie scheint sich aufzuregen, weil ich Topmodels erwähne. Darum beschließe ich, diesbezüglich meinen Mund zu halten. In der Pause, die eintritt, sieht sie nochmals in den Rückspiegel, fährt sich mit der Hand flüchtig durch die Haare und sagt dann: »Und du? Bekommst *du* viel Geld von deinen Eltern?«

»Nein«, sage ich, »meine Eltern sind nicht reich. Im Gegenteil. Außerdem ist meine Mutter schon gestorben.«

»Nicht reich? Wie meinst du das? Willst du etwa sagen, daß du *arme* Eltern hast?«

»Nicht wirklich arm, aber sie hatten es nie dicke. Mein Vater lebt zur Zeit von der Mindestrente. Und er verdient sich was dazu, indem er ab und zu ein paar Rinder auf Kommissionsbasis kauft und verkauft.«

»Wie bitte? *Rinder*? Wovon redest du?«

»Mein Vater war früher Viehhändler. Als meine Mutter noch lebte. Nach ihrem Tod ist er in Pension gegangen. Das Geschäft wollte ohne meine Mutter nicht mehr so recht laufen. *Nichts* wollte mehr so recht laufen ohne sie.«

»Wie man es auch dreht und wendet, deine Eltern waren also – sie waren arm, oder? Wie kommst du dann zu all dem Geld?«

»Ich verdiene es selbst. Immerhin spiele ich ja bei Foaming Vomit.«

»Ach ja, meine Güte, stimmt auch wieder. Ihr bekommt wahnsinnig viel Geld von GUESS?, stimmt's?«

»GUESS? sponsort uns, ja. Aber wir verdienen auch selbst Geld. Wir haben bis jetzt so an die zweihunderttausend CDs verkauft. Ich dachte, das wüßtest du.«

»Ja, das wußte ich. Aber es war mir eben entfallen ... Wie findest du meinen Rock?«

Sie trägt einen kurzen, schwarzen Rock und dazu ein kurzes, schwarzes Jäckchen. »Super«, sage ich, »Eva hat auch so einen, glaub' ich.«

»Falsch! Meiner ist von Versace, der von Eva ist von ... keine Ahnung. Du liebe Zeit, du bist auch nicht gerade ein Experte. Wenn du nicht mal erkennst, daß ...«

»Hier im Auto ist es ziemlich dunkel, Eva. Es ist nicht *wirklich* anormal, daß ich den Unterschied zwischen ...«

»Doch, schon. Ein normaler Mensch sieht den Unterschied auch im Dunkeln.«

Sie ist sich, glaube ich, nicht bewußt, daß sie sich gerade auf dünnes Eis begibt. Daß es mir wenig Mühe bereiten würde, sie hier, in diesem Auto, auf dem verlassenen Parkplatz, im Dunkeln zu erwürgen. Oder sie zumindest zu verstümmeln. Ich könnte sie mit Feuerzeugbenzin übergießen und sie anzünden. Oder ihren Lippenstift bis zum Anschlag herausdrehen und ihr die Spitze ins Auge stechen. Es übersteigt zweifellos ihre Vorstellungskraft, daß es nicht länger als ein paar Sekunden dauern würde, um sie halb blind zu machen. Aber: Menschen physisch zu belästigen, sie zu verstümmeln, sie umzubringen, das ist so abgedroschen. Dauernd handeln irgendwelche Lieder davon, Bücher, Filme, weiß der Teufel. Seit Jahren schon. Das ist alles so klischeehaft, so extrem banal.

»Eva«, sage ich, »redete Eva manchmal von mir?«

»Von dir?« Sie denkt lange nach. »Selten«, sagt sie dann, »sie redete meistens über sich selbst, das Miststück. Ehrlich gesagt glaube ich, daß sie *nie* von dir redete. Was hätte sie denn erzählen sollen?« Ihre Frage ist nicht rhetorisch gemeint: sie will allen Ernstes wissen, was Eva über mich hätte erzählen sollen. Sie wartet auf eine Antwort.

»Zum Beispiel ...«, sage ich, »daß ich ... sie zum Orgasmus bringen konnte. Und daß ich damit offensichtlich der erste Mann in ihrem Leben war, der das konnte. Und daß ich es ertragen habe, daß sie wie eine *abgestochene Sau* schrie, wenn ich sie zum Orgasmus brachte, und daß sie beim zweiten Orgasmus und beim dritten weiterschrie ...«

»Beim *dritten*? Hast du sie denn ab und zu *drei*mal zum Orgasmus gebracht?«

»Ja.«

»Wahnsinn ... Wie ... hast du das *gemacht*? Ich meine, ich kenne keinen, der ...«

»Hat dich denn noch nie jemand dreimal zum Orgasmus gebracht, Eva?«

Ich werfe die Kippe zum Fenster raus und kurble es hoch.

Peinlich berührt sagt sie: »Äh, nein.« Aus irgendeinem Grund beschließt sie, sich mir anzuvertrauen und sagt, jetzt fast flüsternd: »Mich hat noch nie jemand auch nur *einmal* zum Orgasmus gebracht ... Außer ... ich mich selbst ... Ich wünschte, daß irgend jemand ... *irgendwann* ...« Sie sieht mich an.

Ich sage: »Mach die Beine breit und halt still.«

»Was? *Hier* ...?«

»Klappe.« Ich schiebe ihr den Slip zur Seite und beginne, sie zu fingern. Die Situation – ihr Karmann Ghia, der Parkplatz, die fortgeschrittene Dämmerung, die Vorstellung von drei Orgasmen, *ich* – macht sie geiler als sie es natürlich selbst jemals für möglich gehalten hat. Den ersten Orgasmus hat sie nach ein paar Minuten, den zweiten und dritten fast unmittelbar danach. Ein vierter wäre noch drin, aber den gönne ich ihr nicht, vor allem, weil sie beim Kommen noch mehr, noch abgestochene-Sau-mäßiger schreit als die andere Eva.

Ich höre mit dem Fingern auf. Der Schweiß tropft ihr aus den Haaren. Sie ist am Rande der Bewußtlosigkeit. Sie hängt keuchend im Fahrersitz. »Jetzt wirst du dein Make-up wohl nochmal erneuern müssen«, sage ich.

»Was ...?« fragt sie, vollkommen weggetreten.

»Nichts. Vergiß es. Laß' dir ruhig Zeit zum Erholen. Ich rauche inzwischen eine Zigarette.« Ich zünde mir eine an, zuvor wische ich aber noch die Hand, mit der ich sie gefingert habe, an ihrem Rock von Versace sauber. Sie merkt es nicht. Ich kurble das Fenster runter, auch um den penetranten Fotzengeruch rauszulassen. Sie guckt mit verdrehten Augen in meine Richtung.

Es vergehen ungefähr fünf Minuten, bis sie was sagt. Sie stammelt: »So was habe ich noch nie erlebt ... Das ist –«

»Es ist nicht so schwer, eine Frau dreimal zum Orgasmus zu bringen«, falle ich ihr ins Wort. »Man braucht nicht viel dazu. Nur eine gewisse Begabung, eine Portion Wissen, wie so eine Vulva aufgebaut ist, und natürlich auch den *Willen*, eine Frau dreimal zum Orgasmus zu bringen. Wenige Männer verfügen über diese drei Faktoren. Generell betrachtet sind Männer extrem *dumm*, wußtest du das, Eva?«

»Nein ... Ja ... Mein Gott, mein ganzer Körper prickelt ...«

»Eva ...«, sage ich, »Eva ...?«

»Ja ...?«

»Ich werde dir eine Geschichte erzählen. Versuch' dich gut zu konzentrieren, versuch' solange ich erzähle kein einziges Mal »Was?« zu sagen oder »Wovon redest du?« oder »Was willst du damit eigentlich sagen?«. Versuch' ganz einfach zuzuhören und versuch' dann in Worte zu fassen, was die Geschichte in dir auslöst, OK?«

»Was? Wovon redest du?« Sie meint's *ernst*. Trotzdem erzähle ich die Geschichte. »Eva, eines schönen Tages habe ich mir unter Wasser das Knie verbrannt. *Unter Wasser*, verstehst du. Ich habe mich nicht etwa verbrannt, weil das Wasser zu heiß war oder so. Sondern an einer Zigarette. *Unter Wasser*.«

»Was?« sagt sie. Ich beginne nochmal von vorn.

Sie sagt: »Das gibt's nicht.«

»Nein?« frage ich. »Und die Beleuchtung im Kühlschrank, die anbleibt, wenn der Kühlschrank zu ist, gibt's *die* dann?«

Sie sucht nach einem Zusammenhang; sie sucht wie irre nach einem Zusammenhang zwischen der Geschichte vom Knie und der Kühlschrankbeleuchtungsfrage. Sie kommt überhaupt nicht auf die Idee, daß zwischen den beiden kein Zusammenhang besteht, Null komma Null Zusammenhang.

»Vielleicht schon ...«, sagt sie zögernd, »aber das von dem Knie, daß man sich unter Wasser das Knie verbrennen kann, das gibt's nicht.« Sie wird plötzlich resoluter und sagt bestimmt: »Mit so einem Schwachsinn brauchst du mir nicht zu kommen. Ich bin nicht total verblödet, weißt du. Eva würde so was vielleicht glauben. Was rede ich, Eva würde es *bestimmt* glauben, aber ich nicht! Und Luk, der würde es auch glauben. Wetten, daß Luk solche Sachen glaubt? Wenn ich ihn das nächste Mal sehe, werde ich ihm sagen: »Luk, ich kenne jemanden, der sich das Knie verbrannt hat«, wetten, daß er das glaubt?« Sie kichert bei dem Gedanken daran.

»*Was genau* wirst du Luk sagen?« frage ich sie.

»Na ja, daß ich jemanden kenne, der sich das Knie verbrannt hat. Ich schwöre dir, er wird's glauben. So dumm ist der.«

»Eva, du kannst es niemandem übel nehmen, wenn er dir glaubt, daß du jemanden kennst, der sich das Knie verbrannt hat. Der Clou ist nämlich, daß du dazusagen mußt, daß sich dieser jemand das Knie *unter Wasser* verbrannt hat. Erst dann sollte er stutzig werden.«

»Unter Wasser? Habe ich das denn nicht gesagt? Wie auch immer, unter Wasser oder nicht, ich schwöre dir, daß Luk das glaubt, wenn ich es ihm erzähle. Du kannst dir nicht vorstellen, wie dumm der Kerl ist.«

»Was hat dich zu dieser Überzeugung gebracht, Eva? Ich meine, ab wann hast du dir gedacht: Mein Gott, dieser Luk ist dumm?«

»Na ja, als er fragte, ob ich Kontaktlinsen trage.«

»Ja? Und weiter?«

»Wieso weiter? Mein Gott, *weiter*? Was willst du noch hören! Ich trage *unsichtbare* Kontaktlinsen! Wie kann dann irgendwer jemals sehen, ob ich Kontaktlinsen trage? Und wenn man keine Kontaktlinsen sehen kann, ist es doch unglaublich dumm, mich trotzdem zu fragen: ›Trägst du Kontaktlinsen?‹« Sie schnaubt vor Verachtung für Luks Dummheit.

»Eva«, sage ich, »vielleicht konnte er es *doch* sehen.«

»Nein!« kreischt sie. »Das gibt's nicht! Das ist *absolut* unmöglich! Das sind unsichtbare Linsen! Die haben hundertzehntausend Franken gekostet, und die kann *niemand* sehen!« Sie schlägt mit einer Faust aufs Lenkrad und wiederholt: »*Niemand*.« Ihre Brüste heben und senken sich vor Aufregung und Haß. Haß auf jemanden, der ihre unsichtbaren Kontaktlinsen gesehen hat.

»Wenn dieser Luk wirklich so dumm ist«, bohre ich nach, »warum gibst du dich dann mit ihm ab? Noch dazu in aller Öffentlichkeit, in einem Restaurant. Meiner Meinung nach tut es deinem Image nicht gerade gut, mit jemandem, der so dumm ist, gesehen zu werden, schon gar nicht im De Muide.«

»Im Gegenteil«, sagt sie, jetzt wieder ruhiger, »Luk ist enorm reich, weißt du. Er hat *drei* Karmann Ghias. Das muß man sich einmal vorstellen. Drei.«

»Du meinst also, daß Reichtum Dummheit wettmachen kann?«

»Was?«

»Du meinst, daß wenn jemand reich ist, daß es dann nichts ausmacht, daß er dumm ist?«

»Natürlich«, antwortet sie überrascht, »mein Gott, sieh dich um. Eva ist dumm, Luk ist dumm, diese Ilse ist dumm, nehme ich mal an, ich bin dumm – sagt Eva, aber das ist mir egal – Rik ist dumm, Kurt ist dumm, wie-heißt-er-doch-gleich-wieder ist dumm, mir fällt sein Name gerade nicht ein, ich meine, *alle* sind dumm, aber sie sind auch alle reich. Und haben wir vielleicht kein phantastisches Leben? Schon, oder?«

»Du hast mich in deiner Aufzählung vergessen, Eva. Und zurecht: ich habe überhaupt kein phantastisches Leben.«

»Nein? Warum nicht? Bist du nicht reich? Schon, oder?«

»Ja. Aber ich bin, glaube ich, nicht dumm.«

»Nicht? Ach so. Das ist mir ehrlich gesagt noch nicht aufgefallen. Sorry.«

»Ich kann damit leben. Du brauchst dich nicht zu entschuldigen.« Ich zünde mir noch eine Zigarette an.

»Die wievielte ist das jetzt schon?« fragt Eva. »Schon die zweite, glaube ich. Du rauchst ziemlich viel.«

»Es ist die *dritte*«, sage ich, »und ich rauche überhaupt nicht viel. Ich rauche nur in *Streßsituationen* viel.«

»Ja? Wie mein Vater. Wenn der Streß hat, raucht er wie ein Irrer. Und Trinken genauso.«

»Was macht dein Vater?«

»Er ... wie heißt das doch gleich wieder ... ich vergesse dauernd das Wort ... jemand der Häuser kauft und dann wieder verkauft ...«

»Ein Immobilienmakler?«

»Das ist es! Immobilienmakler! Ich habe das schon immer so ein doofes Wort gefunden. Einmal habe ich meinen Vater gefragt, ob er sich für das, was er macht, kein anderes Wort einfallen lassen könnte. Damit ich es nicht dauernd vergesse. Aber er sagte, daß ›Immobilienmakler‹ nun einmal das Wort ist, das man für seinen Beruf verwendet. Schwaches Argument natürlich, aber gut, mein Vater ist ja wirklich ein Dickschädel. Als vor ein paar

Jahren alle begannen, sich einen Ferrari zu kaufen, ist der gnädige Herr stur mit seinem alten Porsche weitergefahren. Es war zum Verrücktwerden.«

»Und? Fährt er noch immer mit dem alten Porsche?«

Eva muß lachen. »Nein, jetzt nicht mehr«, sagt sie prustend.

»Manchmal bist du echt komisch, weißt du das?«

»Das ist aber noch keine Antwort auf meine Frage«, stelle ich fest.

»Welche Frage?«

»Welches Auto dein Vater zur Zeit fährt.«

»Einen Mercedes natürlich. Wenn sie dann ein bißchen älter werden, kaufen sie sich alle so 'nen großen, plumpen Altherren-Mercedes, mußt du mal drauf achten, das ist so sicher wie das Amen in der Kirche. Aber gut, besser so als ... Ich habe nämlich eine Freundin, Kate heißt die, eine unglaubliche Ziege, aber gut, weißt du, daß ihr Vater einen Karmann fährt? Mein Gott, ich würde mich zu Tode schämen, der Typ ist fünfundvierzig oder so und fährt mit einem Karmann! Genau den gleichen wie der von Kate! Gleiche Farbe, alles! Da ist es mir noch lieber, wenn mein Pa mit seinem plumpen Mercedes rumfährt, das schwöre ich dir. Du liebe Zeit, diese Kate, was für ein entsetzliches Weib ... Und wenn wir schon von dumm reden, na ja, Kate, *die* ist dumm!«

»Hat sie deine Kontaktlinsen gesehen?«

Sie übergeht meine Frage und sagt: »Weißt du, was sie einmal behauptet hat? Daß Moschino an AIDS gestorben ist! Wo doch alle Welt weiß, daß es Krebs war. Aber nein, Kate die Schreckliche erzählt überall rum, daß es AIDS war. Ich finde, wenn man *so* dumm ist, sollte man besser seine große, blöde Klappe halten.« Eva steigert sich schon wieder rein, und zwar so sehr, daß sie nicht mitbekommt, wie ich meine Zigarette auf der Fußmatte ausmache.

»Ist sie echt so dumm?« frage ich.

»Ja«, sagt Eva, »sie ist dümmer als dumm.«

»Dann ist sie wahrscheinlich auch der Typ, der es einem glauben würde, daß sich jemand das Knie unter Wasser verbrannt hat?«

»Daran zweifle ich nicht eine Sekunde!« Sie kichert. »Du bringst mich da auf eine Idee«, sagt sie, »wenn ich sie das nächste Mal sehe, werde ich ihr das erzählen. Junge, Junge, die ist schon ordentlich dumm, nicht zu fassen.«

»Dann kannst du ihr vielleicht auch einreden, daß Ägypten eine Insel ist?«

»Oh, ganz bestimmt. Der Tussi kann man *alles* einreden.«

»Aber reich ist sie?«

»Ja, das schon, klar. Sehr reich. Ihr Vater, dieser lächerliche Affe in seinem Karmann, hat gut und gern so an die zehn, zwanzig Fabriken direkt hinter der Grenze ... Der Grenze zu ... Frankreich, glaube ich.«

»Was für Fabriken hat er? Was machen sie in diesen Fabriken?«

»Keinen blassen Schimmer. Irgendwas mit Schaumgummi, oder einfach überhaupt nur Schaumgummi. Auf jeden Fall irgendwas in diese Richtung. Es ist fast alles für den Export nach ... Arabien, glaube ich.«

»Das würde mich nicht wundern«, sage ich, »im arabischen Raum brauchen sie viel Schaumgummi für die Kamele.«

»Was? Für die Kamele?«

»Ja, du weißt doch, daß Kamele extrem lange ohne Wasser auskommen?«

»Ja, das weiß ich.«

»Das heißt aber noch lange nicht, daß ihre Zunge nicht austrocknet. Nun, um das zu vermeiden, gibt man Kamelen kleine Schaumgummistückchen zum Kauen. So ähnlich wie bei Menschen. Ich meine, wenn wir nichts zu Trinken haben, stecken wir uns gegen den Durst schon mal einen Kaugummi oder ein Atemgold in den Mund. Im arabischen Raum verwenden sie statt Kaugummi kleine Schaumgummistückchen, das ist billiger. Ich meine, den *Kamelen* geben sie Schaumgummistückchen, die *Menschen* verwenden natürlich genauso wie wir Kaugummi.«

»Daher also, daß die Kamele immer so ... kauen. Ich war mal in Arabien, und ja, da sah ich ein paar Kamele, und die kauten die ganze Zeit, und die hatten innen so ein ... weißliches Maul ...«

»Sag ich ja, Schaumgummi.«

»Ach so ... Na ja ... Sag, hast du Lust, bei mir noch was zu trinken? Mich kotzt es langsam an, hier nur so im Auto rumzusitzen.«

»Warum eigentlich nicht? Wie spät ist es?« Ich schaue auf meine Uhr. Sie zieht meinen Arm zu sich hin. »Was ist das für eine Marke?« Sie betrachtet meine Uhr.

»Eine Pontiac«, sage ich.

»Eine Pontiac ... Ist das nicht ziemlich ... altmodisch?«

»Kann sein. Diese Uhr ist Baujahr 1971.«

»1971?! Meine Güte, da war ich ja noch nicht einmal auf der Welt. Oder warte mal ... Ich *bin* 1971 geboren ...«

»In welchem Monat?«

»Im Februar. Am ... zehnten.«

»Dann bist du älter als meine Uhr. Die habe ich im Dezember gekauft.«

»Ja? Shit, das ist schade. Ich wollte gerade sagen, daß ich noch nie in meinem Leben eine Uhr gesehen habe, die älter ist als ich. Aber die ist ja dann gar nicht älter, die ist ... sieben oder acht Monate jünger als ich ...«

»Ja«, sage ich, »abgesehen von den paar Monaten hat diese Uhr jede Sekunde weggetickt, die du gelebt hast, und das macht sie sogar jetzt noch, in genau diesem Moment.«

»Was? Wie meinst du das?«

Es kommt jemand ans Auto und klopft an Evas Seitenfenster.

Sie zuckt zusammen und duckt sich in meine Richtung. Ich habe sogar kurz den Eindruck, daß sie sich an mir festhalten will. Aber dann ruft sie: »Jan! Arschloch! Du hast mich echt erschreckt!« Sie steigt aus, schlägt die Tür hinter sich zu und umarmt den Kerl auf eine lächerlich überschwengliche Art. Ich schaue zu und sehe, daß der Typ so um die Zwanzig ist, mit kurzgeschnittenen Haaren, bekleidet mit einer Leinenhose und einem Jackett und einem Hemd von ... Das kann ich nicht genau erkennen. Er und Eva beginnen mit Händen und Füßen zu reden, wobei Eva alle naselang den Kopf in den Nacken wirft, um ihre Haare nach hinten zu schleudern. Nach ungefähr fünf Minuten bin ich mir sicher, daß sie vergessen hat, daß ich noch in ihrem Auto sitze. Ich rutsche vom Beifahrersitz auf den Fahrersitz, hole den Schlüssel aus Evas Handtasche und lasse den Motor an. Ich sehe, wie sich die beiden erschrecken, und wenig später, nachdem ich das Auto wie ein Irrer beschleunigt habe, sehe ich sie im Rückspiegel, wobei ich natürlich ihren Gesichtsausdruck nicht mehr erkennen kann. Trotzdem bin ich mir sicher, daß beide schlicht und einfach *fassungslos* sind. Ich überlege, was ich tun soll. Mit dem Auto nach Hause fahren? Oder ans Ufer eines Flußes, aussteigen und das Auto ins Wasser rollen lassen? Oder damit gegen eine Hausmauer oder einen Mast fahren? Oder im Rückwärtsgang zurück und ihre Reaktion beobachten, ihre Fassungslosigkeit, ihre Empörung, ihre Wut, ihre Angst?

Ich halte am Rand des Parkplatzes, steige aus und schlendere weg.

Ich drehe mich nicht um, spitze aber die Ohren, um zu hören, ob irgend jemand was ruft: meinen Namen, ein Schimpfwort, irgendwas. Oder sich nähernde Schritte, von jemandem, der rennt. Ich höre nichts Besonderes. Ich biege um die Ecke und laufe weiter, bis ich zu Hause bin.

Dort angekommen lege ich *Monster* von R.E.M. auf und mache mir einen Gin-Tonic. Auf dem Anrufbeantworter sind ein paar Nachrichten. So zum Beispiel Kurts Stimme, die fragt, ob ich im Zusammenhang mit der GUESS?-Geschichte schon mit Bart gesprochen habe. Außerdem sagt er, daß es Zeit wird, daß ich mich mal wieder im Studio blicken lasse. Daß die Aufnahmen für das neue Album, das jetzt sicher *Get Eve* heißen wird, hervorragend laufen und daß *Get Eve* das beste Album von den dreien wird. Er fragt, ob ich Taïs mal wieder gesehen habe. »Nein«, sage ich. Dann betont er nochmals, daß mit Bart dringend gesprochen werden muß; daß die GUESS?-Menschen beginnen, lästig zu werden, anrufen, faxen, internetten, weiß der Teufel was. Sie geben keine Ruhe, sagt Kurts Stimme. Es ist offensichtlich, daß Kurt in dem Moment, in dem er mit meinem Anrufbeantworter telefonierte, extrem einsam war. An seiner Stimme kann man hören, daß er am liebsten ewig weiterreden würde. Bis ihm plötzlich aufzufallen scheint, daß er nichts zu sagen hat, und er die Verbindung mit meinem Anrufbeantworter unterbricht.

Eva hat auch angerufen. Vorwurfsvoll fragt sie, wo ich rumhänge. »Nirgends«, sage ich. Sie sagt, daß sie eine neue Freundin hat, die Sue heißt. Eine Engländerin. Ihr Vater baut Schiffe. Sue fährt einen Aston Martin, hat aber vor, einen Karmann Ghia zu kaufen, wie mir Eva versichert. Ferner teilt sie mit, daß sie sich mit Eva zerstritten hat. »Eva war zu dumm«, sagt Evas Stimme. »Sie wußte *nichts*. Außerdem wußte sie nicht nur nichts, sie war auch noch so verdammt eingebildet. Weißt du, was sie behauptet hat? Daß irgendwas bei 180°C *schmilzt*. Meine Güte, was für ein Unsinn ...« Wie Kurt vorhin würde auch Eva noch gerne weiterreden, hat aber nichts zu sagen. Darum wiederholt sie, daß ihre neue Freundin Sue heißt. Sie sagt, daß ich Sue unbedingt mal kennenlernen muß. Und daß Sue die Musik von Foaming Vomit ein Begriff ist; daß Foaming Vomit in bestimmten Londoner Clubs extrem *in* ist. Sie bittet mich, sie zurückzurufen, am besten so schnell wie möglich.

»Nein«, sage ich.

Die dritte und letzte Botschaft ist von Emmy. Sie erkundigt sich, warum ich zwei Sitzungen geschwänzt habe ohne sie zu verständigen. »Vergessen«, murmle ich. Daß ich Donnerstag kommen kann, um sechs Uhr am Abend, sagt Emmy.

Ich trinke mein Glas leer, warte bis *Monster* zu Ende ist und gehe dann nach oben. Im Schlafzimmer hole ich die Dose, die halbvoll mit gefrorener Asche ist, aus dem Kühlschrank. Ich öffne sie und gieße etwas Feuerzeugbenzin auf die Asche. Ich betrachte kurz die Mischung aus gefrorener Asche und Benzin. Nichts tut sich. Ich schließe die Dose und verstaue sie wieder im Kühlschrank.

Ich blicke durch die schräggestellten Jalousien. Ich sehe einen Schatten rund ums Nachbarhaus schleichen. Den Schatten jenes Mannes, den ich schon einmal im Garten der Nachbarn gesehen habe. Die Nachbarn sind noch immer im Urlaub, in Malaysia, glaube ich.

Ich öffne mein Fenster und rufe, nicht allzu laut: »Ich hole *jetzt* die Polizei.« Der Schatten erstarrt. Ich rufe weiter: »Ich hole *jetzt* die Polizei. Ich hole *jetzt* die Polizei. Ich hole *jetzt* die Polizei. Ich hole *jetzt* die Polizei.«

Der Mann ist aus dem Garten davongerannt.

DIE PUTZFRAU

Meine Putzfrau, die – wie ich annehme – eine Woche (oder länger) krank war, ist wieder da. Ich schaue ihr bei der Arbeit zu. Sie staubt meine Schränke ab, meine Hi-Fi-Anlage, meinen Fernseher, mein Faxgerät, all diese Dinge. Ich sitze in einem der Sessel. »Waren Sie früher auch schon so dünn?« frage ich sie. »Ich meine, waren Sie vor ein paar Wochen nicht ... *dicker*? So ungefähr um fünfzig Kilo mehr ...?«

Sie hört mit dem Staubwischen auf, sieht mich an und sagt: »Sie verwechseln mich wahrscheinlich mit meiner Schwester. Das passiert uns öfter. Wir sind nämlich beide Putzfrauen.«

»Sehen Sie«, sage ich, »ich dachte mir schon, daß ich Sie mit ihrer Schwester verwechsle. Ist sie nicht übrigens die Putzfrau der Nachbarn? ... Von den Leuten nebenan?«

»Gewesen«, sagt sie, »sie hat gekündigt. Sie sagt, daß dieses Haus irgendwie komisch ist.«

»Wieso? Was meint sie mit komisch?«

»Sie weiß es auch nicht. Sie sagt, daß ihr dieses Haus nicht geheuer ist. Wenn die Bewohner da sind, ist es ihr nicht geheuer, aber auch, wenn sie nicht da sind. Nie, eigentlich. Sie wurde nervös, wenn sie in diesem Haus putzte. Und sie ist schon von Natur aus so ein nervöser Typ. Darum hat sie diesen Leuten gesagt, daß sie nicht mehr kommt.«

»Ach so. Und Sie? Putzen Sie gern hier, ... jetzt habe ich Ihren Namen vergessen.«

»Emma.«

»Genau. Emma. Ich dachte, daß Ihre Schwester so heißt. Entschuldigen Sie. Nun gut, putzen Sie gern hier, Emma, in *diesem* Haus?«

»Ich kann nicht klagen, mein Herr.«

Ich finde es nur normal, daß sie mich mit ›mein Herr‹ anspricht. Wie sollte sie mich sonst ansprechen? »Klagen«, sage ich. »Was heißt klagen, Emma? Wann kommen Sie zu dem Schluß: jetzt habe ich zu klagen?«

»Nun ja ... zum Beispiel ... Wenn Sie, so wie der Mann von nebenan, nackt herumrennen würden, während die Putzfrau ihre Arbeit macht. Das ist meiner Schwester passiert. Na ja, so was ist ein Grund zur Klage.«

»Kann ich verstehen. Aber wenn ich nun zum Beispiel ... *eine ultra-konservative Partei wählen würde*. Wäre das ein Grund zur Klage?« Ich weiß auch nicht, warum ich das sage. Es fällt mir einfach gerade ein.

»Welche Partei Sie wählen, ist Ihre Angelegenheit. Und überhaupt, wie sollte ich das jemals erfahren? Ich nehme an, daß Sie mir das nicht auf die Nase binden würden.« Ich überlege kurz. Sie hat recht.

Inzwischen hat sie wieder mit dem Staubwischen begonnen. Ich sage: »Sie haben recht, ich würde es Ihnen nicht auf die Nase binden. Welche Partei wählen Sie, Emma?«

»Die Grünen. Meine Tochter ist Mitglied bei denen.«

»In welcher Funktion?« frage ich.

»Bitte?«

»Welche Funktion hat Ihre Tochter bei der Grünen Partei?«

»Funktion? Einfach nur Mitglied, denke ich. Und wenn Wahlen ins Haus stehen, hilft sie beim Plakatieren mit.«

»Dann ist sie aber schon ein *sehr* fanatisches Mitglied«, sage ich. Ich zünde mir eine Zigarette an und halte den Mund. Die Putzfrau hat einen eigenartigen Hintern. Als ob der keine Arschfalte hätte.

Der Nachbar läuft also in Gegenwart von Fremden nackt in

seinem Haus herum ... Wie krank im Kopf kann man eigentlich werden?

Emma braucht verdammt lang zum Abstauben von irgendwas. Das ist das erste Mal, daß ich sie arbeiten sehe. Die anderen Male war ich nicht zu Hause, wenn sie putzte. Außer einmal, aber damals sprang ihre Schwester, die Dicke, zufällig für sie ein. Als ich sie, Emma, einstellte, habe ich ihr einen Schlüssel gegeben; im Prinzip kann sie kommen und gehen oder sich von ihrer Schwester vertreten lassen, wann sie will. Sie könnte sogar Sachen mitgehen lassen. Aber was sollte sie mitgehen lassen? Eine Dose mit gefrorener Asche? Eine Dose halbvoll mit gefrorener Asche und einer Schicht Benzin? Einen Schrank voller GUESS?-Klamotten? *Monster* von R.E.M. oder *Paris 1919* von John Cale oder *»Viva Hate«* von Morrissey? Ob sie weiß, was die Buchstaben R.E.M. bedeuten?

»Emma«, frage ich sie unvermittelt, »haben Sie einen Karmann Ghia?«

Sie blickt von ihrer Arbeit auf und fragt: »Einen was?«

»Ein Auto«, sage ich, »haben Sie ein Auto?« Während ich die Frage stelle, fällt mir absolut kein Grund ein, warum es mich jemals interessieren sollte, ob Emma ein Auto hat oder nicht.

»Nein«, sagt sie, »aber meine Tochter hat eins. Einen Corsa.«

»Einen Corsa ...«, murmle ich, »einen guten, alten Corsa ... Ist er *grün*, der Corsa, Emma?«

»Nein, blau.«

»Ein blauer Corsa? Hervorragend, hervorragend ... sehr schön. Emma, wissen Sie, wie man vier Elefanten in einen Corsa bekommt?«

Sie sieht mich erwartungsvoll an; man hat den Eindruck, daß sie sich schon zum Lachen bereithält. »Nein«, sagt sie, »nein, wie?«

»Man kriegt vier Elefanten nicht in einen Corsa, Emma. Das ist *unmöglich*.«

Sie wirkt enttäuscht. »Ach so ... ich dachte, es wäre ein Witz, Sie wissen schon, eine Scherzfrage ... Was zum Lachen, wie ...« Sie denkt nach.

»Wie?«

»Mir fällt's nicht ein. Irgendwas mit Äthiopiern, glaube ich. Ist schon eine Weile her, daß ...«

»War's nicht was mit *Juden*? Wie kriegt man hundert Juden in einen Volkswagen? War's nicht das, Emma?«

»Ja, könnte sein. Obwohl ... Ich war fest der Überzeugung, daß es was mit Äthiopiern war ...« Sie geht zum offenen Fenster und schlägt das Staubtuch aus. Wieviel bezahle ich dieser Gestalt für ihre Arbeit? Und wäre ich dieser Arbeit nicht selbst gewachsen? Klar wäre ich das; ich habe diese Art von Arbeit regelmäßig gemacht, als Kind, wenn meine Mutter krank war.

Zweitausend Franken zahle ich ihr für einmal Putzen. Die überweise ich ihr aufs Konto. Zweitausend Franken. Ist das viel? Ist das wenig? Sie kann sich auch Kaffee machen. Gratis.

Sie ist in die Küche gegangen, um den Staubsauger zu holen. Sie beginnt mit Staub saugen. Der Staubsauger macht nicht so viel Lärm wie die Staubsauger früher. Der hier surrt nur ein bißchen. Emma ist schon sehr bald wieder fertig mit Staub saugen, und wenig später kommt sie wieder aus der Küche, diesmal mit einem Eimer, einem Schrubber und einem Scheuerlappen. Sie beginnt, den Boden zu wischen. »Emma«, sage ich, »wie heißt Ihre Tochter?«

»Meine Tochter? Ine.«

»Ine ...« Ich könnte wetten, daß sie leicht behindert ist.

»Arbeitet sie?« frage ich. »Ich meine, hat sie abgesehen vom Plakatekleben für die Grünen einen Job?«

»Ja«, sagt Emma – auf einmal *enorm stolz* – »sie ist Telefonistin in einer Firma. Einer Schaumgummifirma. Ganz schön groß. Die haben Niederlassungen in Frankreich, aber vorläufig arbeitet Ine noch hier. Vielleicht wird sie eines Tages nach Frankreich versetzt, aber ihr Chef sagt, daß ihr Französisch noch nicht gut genug ist.« Ich hebe meine Füße hoch, und sie wischt das darunter befindliche Stückchen Parkettboden. Ich lasse meine Füße wieder runter. »Dreimal die Woche geht sie in den Französischkurs. Sie würde wahnsinnig gerne nach Frankreich versetzt werden; dort verdienen die Telefonistinnen mehr ... So, das Wohnzimmer hätten wir. Jetzt kümmere ich mich um das Obergeschoß.«

»Emma«, sage ich, »lassen Sie das Obergeschoß mal. Ich meine, das Obergeschoß ist noch sauber. Setzen Sie sich mal hin.«

»Was? Hinsetzen?«

»Ja. Lassen Sie das Putzen für heute mal sein. Ich meine, setzen Sie sich mal hin und wir plaudern ein bißchen. Oder haben Sie keine Lust?«

»Schon, aber ... Na gut. Zuerst spüle ich aber noch den Scheuerlappen durch und leere den Eimer aus.« Wenig später ist sie damit fertig und setzt sich verlegen hin. Sie wartet darauf, daß ich etwas sage oder frage. Was soll ich sagen oder fragen? Soll ich fragen, ob sie, wenn sie das Obergeschoß putzt, in das Gefrierfach des Kühlschranks schaut? Oder soll ich sie was anderes fragen? Dann frage ich: »Ist Ine behindert?«

Sie zuckt zusammen. »Woher wissen Sie das?« fragt sie. Ich erkläre ihr, daß ich so eine *Ahnung* hatte. Ich habe den Eindruck, daß sie mir glaubt. Mit Tränen in den Augen sagt sie, daß Ine einen Buckel am Rücken hat. Keinen besonders großen, aber einen doch deutlich sichtbaren Buckel. Ich habe keine Ahnung, wie ich auf dieses Geständnis reagieren soll; mit Buckeln habe ich wenig Erfahrung. »Einen Buckel?« sage ich. »Ist es nicht möglich, den ... wegmachen zu lassen?« Schluchzend erzählt Emma, daß das schon möglich ist, aber daß so eine Operation enorm teuer ist und die Krankenkasse nichts dazuzahlt.

»Vielleicht«, sage ich, »wird sie ja einmal, wenn sie in einer dieser Niederlassungen in Frankreich arbeitet, genug verdienen, um ... na ja, um ihren Buckel wegmachen zu lassen.«

»Nein«, sagt Emma, »soviel wird sie nie verdienen. Außerdem, selbst wenn sie das Geld hätte, würde sie ihren Buckel nicht wegmachen lassen. Der Arzt hat gesagt, es kann sein, daß sich ihre Stimme verändert, wenn der Buckel weggemacht wird. Und sie ist enorm stolz auf ihre Stimme. Sie ist nämlich die beste Telefonistin der ganzen Firma.« Emma hat aufgehört zu schluchzen. Sie lächelt sogar. »Die allerbeste«, sagt sie.

»Hat es denn eine Wahl gegeben?« frage ich. »Ich meine, ich glaube Ihnen durchaus, Emma, daß Ine die allerbeste Telefonistin ist, aber wer hat das festgestellt? Hat es einen Telefonistinnenwettbewerb gegeben, oder ...?«

»Ihr Chef hat es ihr selbst gesagt«, unterbricht mich Emma resolut, »und mir hat er es auch gesagt. Damals am Neujahrsempfang. »Gnädige Frau«, sagte er, »Ine ist unsere beste Telefonistin. Sie hat die schönste Stimme von allen. Wenn ihr Französisch jetzt noch ein bißchen besser wird, kann sie nach Frankreich.« Das hat er mir gesagt. Und recht hat er. Sie sollten ihre Stimme hören! Ich möchte nicht wissen, wie viele von den Männern, mit denen sie telefoniert, sich in sie verlieben. Eine Einladung zu einem Rendezvous nach der anderen bekommt sie. Früher sagte sie zu, aber jetzt ... Ach, wenn sie ihr dann von Angesicht zu Angesicht gegenüberstehen, dann ...« Sie beginnt wieder zu heulen.

»Wegen dem Buckel?« frage ich.

Sie nickt. Sie wischt die Tränen mit dem Ärmel ihrer selbstgestrickten Weste weg.

»Aber um nochmal auf ihre Stimme zurückzukommen«, sage ich, »kann sie auch gut singen?«

»Ja«, sagt Emma, »sie singt im Chor. Der Dirigent hat gesagt, daß sie die beste Sängerin vom ganzen Chor ist.« Ich finde, daß

Emma langsam übertreibt. Beste Telefonistin, beste Sängerin, sieht ganz so aus, als ob der Stimme dieser Tochter keine Grenzen gesetzt wären.

»Was für ein Chor ist das?« frage ich.

»Der Kirchenchor«, antwortet sie.

»Der *Kirchenchor*?« frage ich fassungslos. »So was gibt's noch, Kirchenchöre? *Heutzutage*? Du liebe Zeit, ich dachte, daß Kirchenchöre schon lange ... der Vergangenheit angehören.«

»Nein, nein«, sagt Emma, »die gibt es noch ... die gibt es noch ... Wissen Sie, der Dirigent, das ist so ein liebenswürdiger Mann ...« Ihre Augen bekommen einen anderen Glanz. Sie sinniert vor sich hin. Sie ist also in den Dirigenten eines Kirchenchores verliebt. Ob ihr bewußt ist, daß sie verliebt ist? Ob sie ihr Gefühl *in Worte fassen* kann?

»Erzählen Sie ein bißchen was über diesen Dirigenten«, sage ich.

»Er ist so ... liebenswürdig. Und höflich. Ich wünschte, daß ... Aber gut ... Ich wollte nur sagen, er ist so ganz anders als mein Mann, Gott hab' ihn selig ... Der war ... Lassen Sie es mich so sagen: mein Mann, Gott hab' ihn selig, war nicht gerade der umgänglichste Mann auf Erden.« Sie starrt auf ihre häßlichen, verwitterten Hände.

»Aber der Dirigent schon?«

»Bitte?«

»Der Dirigent«, sage ich, »der ist aber schon sehr liebenswürdig?«

»Ja ... Er ist ...«

»Sind Sie in ihn verliebt, Emma?«

Sie sieht mich mit großen Augen an. »Verliebt ...?« murmelt sie. »Ob es das ist ...? Ach nein, ich glaube, daß ...«

Das Telefon läutet. »Entschuldigen Sie«, sage ich zu Emma. Ich hebe ab. Es ist Kurt, der Foaming Vomit-Manager. Ich erwarte natürlich, daß er mich fragt, ob ich mit Bart schon über das GUESS?-Problem gesprochen habe, aber nichts da. Statt dessen bittet er mich, sofort ins Studio zu kommen, weil der Produzent eine geniale Idee hat, die wirklich *sofort* umgesetzt werden muß, und daß er, der Produzent, dafür Backgroundsänger braucht. »Ruf einen Studiosänger an«, sage ich.

»Nein«, erwidert Kurt, »für so was ist jetzt keine Zeit. Es muß sofort sein. Du wohnst am nächsten. Außerdem hast du auf den vorigen CDs auch ein paarmal Backgroundgesang gemacht. Das waren die besten Nummern dieser CDs.«

»Ich weiß«, sage ich, »Tatsache ist aber: ich führe gerade ein wichtiges Gespräch.«

»Mit wem? Mit Bart?«

»Nein. Mit meiner Putzfrau.«

»Deiner *Putzfrau*? Mein Gott, wie kann man nur mit einer Putzfrau ein wichtiges Gespräch führen? Wie kann ein Gespräch mit einer Putzfrau jemals wichtiger sein als die geniale Idee eines Produzenten?«

Ich denke kurz nach, aber trotz dieses Nachdenkens komme ich nicht dahinter, ob Kurt recht hat oder nicht. Ich entscheide mich zu seinen Gunsten und sage: »OK, ich komme.«

Ich stelle das Telefon auf *off*, lege es auf den Tisch und sage zur Putzfrau: »Emma, ich muß weg. Ich schlage vor, daß Sie sich doch noch das Obergeschoß vornehmen.«

Sie sieht mich enttäuscht an. »Ja ...«, sagt sie, »das Obergeschoß ...«

Ich ziehe meine Boa-Constrictor-Stiefel und meine GUESS?-Motorradjacke an, greife mir den Helm und sage noch zu Emma: »In einen Dirigenten verliebt zu sein, ist keine Schande.« Ohne ihre Reaktion auf diese Worte abzuwarten, verlasse ich das Haus.

Ich hole meine Honda aus der Garage und fahre zum Studiokomplex.

Dort gehe ich zur Foaming Vomit-Bar, wo Kurt, der Produzent, ein Studiotechniker und Inge rumhängen. Ich nehme meinen Helm ab, ziehe meine Jacke aus und bitte Inge um ein Glas Wasser. Der Produzent versucht mir zu erklären, was ihm vorschwebt. Es übertrifft meine schlimmsten Erwartungen. Nach und nach kapiere ich, daß ich mit einem Abstand von ungefähr fünf Sekunden zweimal ›Oooo‹ in ein Mikrofon singen soll. Inge ebenfalls, weil der Produzent, wie er sagt, auch eine Frauenstimme braucht, und Inge jene Frau ist, die gerade in der Nähe ist. Sie sagt, daß das für sie kein Problem ist. Sie sagt, daß sie nicht einmal Lampenfieber hat. Daß sie bei der Aufnahme einer CD von Elephant auf eine Kuhschelle schlagen durfte. Kurt meint: »Singen ist ganz was anderes als auf eine Kuhschelle zu schlagen, Inge.«

»Laß den Unterschied ruhig mein Problem sein ...«, keift der Produzent.

»OK, OK«, sagt Kurt.

Inge gibt mir ein Glas Wasser und geht dann mit dem Produzenten und dem Techniker ins Studio, weil sie als erste mit zweimal ›Oooo‹-Singen dran ist.

»Für welche Nummer ist das?« frage ich Kurt.

»Für ... ›Whales on Wheels‹ glaube ich. Sag', hast du inzwischen –«

»Schon mit Bart über das GUESS?-Problem gesprochen? Nein. Heute oder morgen. So bald wie möglich. Bart ist schwer zu erreichen. Seine Großmutter ist krank.«

»Seine Großmutter? Wovon redest du?«

»Von seiner Großmutter. Mit der er zusammenwohnt. Sag bloß, du weißt *nichts* über das Privatleben der Gruppe, die du managst? Sie hat irgendwas mit ihrem ... kleinen Finger. Der beginnt zu verfaulen.«

Kurt sieht mich mißtrauisch an. »Sieh mal«, sage ich zu ihm, »wenn du mir nicht glaubst, da steht das Telefon. Ruf Bart an.

Frag ihn nach seiner Großmutter. Frag ihn, wie es ihrem kleinen Finger geht.«

»Schon gut, schon gut, ich glaube dir«, sagt Kurt, »du brauchst dich nicht künstlich aufzuregen.«

»Aufregen? Ich rege mich überhaupt nicht künstlich auf. Und außerdem: was wäre schlecht daran, wenn ich mich künstlich aufregen würde? Ich werde wie ein Idiot hierhergeschleppt, um zweimal ›Oooo‹ zu sagen. Ist das vielleicht kein Grund, sich künstlich aufzuregen?«

»Du sollst nicht zweimal ›Oooo‹ sagen, du sollst es *singen*.«

»Egal, Kurt, egal. Selbst wenn ich dir zweimal ›Oooo‹ auf die Fresse tätowieren müßte, oder weiß der Teufel was.«

»Du kannst es abstreiten soviel du willst, aber du regst dich künstlich auf«, sagt er. »Das ist dein gutes Recht, aber du tust es. Du bist ja fast am Explodieren.«

Ich sehe ihn lange an, bis er beinahe in sich zusammensackt und sage: »Du hast recht. Ich bin fast am Explodieren. Benzin gefriert nicht im Gefrierfach eines Kühlschranks, wußtest du das?«

»Wie bitte?«

»Daß Benzin *im Gefrierfach eines Kühlschranks nicht gefriert*.«

»Bist du deshalb am Explodieren? Weil Benzin im Gefrierfach eines Kühlschranks nicht gefriert?«

»Ja. Ich denke schon.«

»Du liebe Zeit«, sagt er.

»Kurt«, sage ich mit drohendem Unterton, »mag sein, daß es für dich kein Grund ist, sich selbst fertig zu machen, weil Benzin im Gefrierfach eines Kühlschranks nicht gefriert, aber für mich ist es das schon. Wenn du ein Problem damit hast, kannst du es ruhig sagen.«

»Äh, nein ...«, sagt er, »nein ... Überhaupt nicht. Ich meine, ich habe absolut kein Problem damit, daß Benzin im Gefrierfach eines Kühlschranks nicht gefriert ... Oder daß dich das aufregt, meine ich ... Absolut kein Problem, ehrlich wahr. Es ist dein Leben ... und ...«

»Genau«, sage ich, »es ist mein Leben. Und wie sieht's mit *deinem* aus?«

Es erschreckt ihn, daß sich jemand nach seinem Leben erkundigt und er sagt stockend: »Äh ... Ziemlich ... trist.«

»Wieso, Kurt? Was läuft falsch?«

»Was falsch läuft? So ziemlich alles, glaube ich. Oder nein, nicht alles, ich will nicht übertreiben. Finanziell ist alles in Ordnung und ... na ja, finanziell kann ich mich überhaupt nicht beklagen. Wie findest du übrigens meine neue Jacke?«

»Nicht schlecht. Arturo?«

»Nein. Dogs & Bones. Sieht aus wie Arturo, da hast du recht, ist aber Dogs & Bones. Habe ich in London gekauft. Wo wir gerade davon sprechen. Wußtest du, daß es in London ein paar Clubs gibt, die regelmäßig unsere CDs spielen? Vor allem unsere erste. Da ist dieser eine Club ... Shit, ich habe den Namen vergessen, irgendwas mit Panama drin, glaube ich, egal, in diesem Club legen sie regelmäßig unsere erste CD auf, hat man mir erzählt. Wie auch immer, wo waren wir stehengeblieben?«

»Bei Dogs & Bones, Kurt.«

»Genau, ich hatte schon mal eine Jacke von Dogs & Bones gekauft, irgendwann einmal in Brüssel, aber die war damals irre teuer. In London ist so was viel –«

»Kurt«, unterbreche ich ihn, »was ist jetzt mit Taïs? Ich muß plötzlich an sie denken, weil ich dieses Foto hängen sehe.« Ich zeige auf das Foto vom grinsenden Elefanten und den Büschen auf dem Hügel.

»Taïs?« fragt er. »Keine Ahnung, ich glaube, daß sie ... Aber was hat sie mit dem Foto zu tun? Ist das ein Foto von ihr? Nicht, oder?«

»Nein«, sage ich, »dieses Foto ist nicht von ihr, nein. Dieses

Foto ist von ... jemand anderem. Aber was ist jetzt mit ihr? Wann haben wir die Fotosession fürs Cover?«

»Demnächst. Sie hat mir gestern noch gefaxt, daß ... na ja, daß die Fotosession demnächst ist. Das letzte Mal hast du mich übrigens ganz schön wie einen Trottel dastehen lassen. Mit deinem Geschwafel von wegen »Bist du verliebt in sie?« Mein Gott. Was bringt das?«

»Nichts, wahrscheinlich. Ich sah dir einfach an, daß du verliebt in sie warst, und ich wollte nur wissen, ob ich recht hatte. Ist das so schlimm?«

»Jedenfalls schlimmer als Benzin, das nicht gefrieren will.«

»Da liegst du falsch, Kurt. Benzin, das nicht gefrieren will, ist *viel schlimmer* als die Verliebtheit zwischen dir und irgendeiner Mieze.«

»Ja? *Ja*?«

»Ja, Kurt. Es wäre weniger schlimm, wenn diese Verliebtheit auf Gegenseitigkeit beruhen würde. Das tut sie aber nicht.«

»Sagst du!«

»Nein, das sagt Taïs.«

»Na, das ist dann ihr Problem«, mault er stur. »Das Scheißweib. Weißt du, es ist mir sogar komplett schnuppe, daß du damals mit ihr mitgegangen bist.«

»Ich bin nicht mit ihr mitgegangen, Kurt. Sie ist mit mir mitgegangen. Und bevor du dran erstickst: Nein, ich habe nicht mit ihr gebumst. Bart hat sie gebumst.«

Er kriegt den Mund nicht mehr zu. Jetzt ist er wirklich kurz vorm Ersticken. »Bart ...« Er haut mit der Faust auf den Tisch. »Das Arschloch! Ich schmeiß' ihn aus der Band! Was denkt dieser Scheißkerl überhaupt, daß ... oh Gott!«

»Hör mal, Kurt, wenn du jeden aus der Band schmeißen würdest, der die Weiber bumst, die *du* eigentlich bumsen wolltest, bliebe schlichtweg niemand mehr übrig. Dann hättest du nicht einmal mehr Roadies. Keinen Produzenten, keine Studiomusiker, nichts. Dann wäre Foaming Vomit eine One-man-Band. ›Kurt‹ würde die heißen.«

Er kocht vor Wut. »Du ... Du ...«, stammelt er.

»Du was? Du *Arschloch*? Ist es das? Du Arschloch? Sag es ruhig ohne zu stottern, Kurt. Natürlich bin ich ein Arschloch. *Jeder* ist ein Arschloch.«

Diese Worte machen ihn ruhiger. Ich weiß nicht, ob er sich ihrer Bedeutung *bewußt* ist, aber er wird durchaus ruhiger. Ich rate ihm: »Zerbrich dir niemals den Kopf wegen einer Tante, die nicht in dich verliebt ist, Kurt. Zerbrich dir den Kopf wegen so Sachen wie Benzin, das nicht gefrieren will.«

Wieder sieht er mich lange an – das ist jetzt schon das zweite Mal, seit ich hier bin – und er sagt: »Ich denke, du hast recht.«

Der Idiot. Er denkt, daß ich recht habe, Gott im Himmel!

Inge kommt mit erhitztem Gesicht in die Bar und sagt, daß die Aufnahme prima gelaufen ist. Sie sagt, daß ich jetzt an der Reihe bin.

Ich gehe ins Studio und singe zweimal ›Oooo‹. Das wiederhole ich, bis der Produzent sagt, daß er den richtigen Take hat. Gerade als ich das Studio verlassen will, fragt er mich, ob ich die Rohfassung von ›Whales on Wheels‹ oder irgendeiner anderen Nummer hören will. »Nein«, sage ich.

Ich gehe zurück in die Bar. Inge fragt, wie es gelaufen ist. »Zäh«, sage ich. Sie sagt, daß es bei ihr sehr gut lief. Sie fragt Kurt, ob ihr Name jetzt ins Textheft kommt. »Mein Gott«, sagt Kurt, »wasweißdennich. Wenn du es unbedingt willst, von mir aus.«

Kurt sagt zu mir: »OK, was du da vorhin sagtest, daß ich als einziger übrigbleiben würde, wenn ich jeden aus der Band schmeißen würde, der ... na ja, du weißt schon ... das mag schon stimmen. Aber das schließt nicht aus, daß ich Bart noch aus ganz anderen Gründen aus der Band schmeißen kann.«

»Hör mal, Kurt, ich habe dir versprochen, daß ich mit ihm über das GUESS?-Problem reden werde. Gib mir ein bißchen Zeit. Er hat jetzt nicht gerade den Kopf dafür, mit der alten Großmutter im Haus. Wenn die gesund wäre, kein Problem, aber die Frau ist *krank*, Kurt.«

»Erzähl das den PR-Leuten von GUESS?. Die werden sich freuen.«

»Laß die Wichser von GUESS? mal aus dem Spiel. Wir lösen das schon selbst. Wirst sehen, schon bald trägt Bart GUESS?, genau wie alle anderen. Oder ...«

»Oder was?«

»Mir fällt plötzlich was ein. Genausogut können wir Bart seine Rifle tragen lassen, vorausgesetzt, der Rest der Band trägt auch Rifle. Das wäre eine andere Lösung für das ganze Problem.«

»Spinnst du? Mein Gott, du tickst ja nicht ganz richtig, du. Ist dir bewußt, daß wir einen *Vertrag* mit GUESS? haben! Einen Vertrag für *vier* CDs! Das heißt also: bis zur Veröffentlichung der vierten CD von Foaming Vomit sind wir vertraglich *verpflichtet*, GUESS? zu tragen. Mein Gott, die ganze Band Rifle tragen lassen, sagt er. Als ob das alles so einfach wäre ...« Er nimmt einen Schluck von seinem Gin-Tonic, und macht dabei ein Gesicht, als würde das Elend der ganzen Welt auf seinen Schultern lasten.

Der Produzent und der Techniker betreten die Bar. Sie bestellen bei Inge jeder einen Whisky. Der Produzent sagt: »Ich bin überzeugt davon, daß wir gerade einen Hit produzieren. Ich schätze den Verkauf auf mindestens dreihunderttausend Exemplare.«

Ich sehe ihn an und frage: »Wie machst du das, das mit dem Schätzen? Du sagst dreihunderttausend. Wie kommst du auf diese Zahl? Warum nicht ... *fünfhundert*tausend oder eine *Million*?« Der Techniker kichert.

»Na ja«, druckst der Produzent herum, »das ist natürlich nur symbolisch gemeint. Dreihunderttausend sage ich, weil ... Weil man mit dreihunderttausend verkauften Exemplaren einen Riesenhit hat. Und das genau ist es, was wir meiner Ansicht nach haben werden: einen Riesenhit.«

»Ach so«, sage ich, »so also meinst du das.«

»Kurt«, sagt der Produzent, »glaubst du nicht auch, daß wir mit *Get Eve* einen Riesenhit landen werden?«

Kurt schaut den Produzenten an, und während er plötzlich aufsteht sagt er: »Das interessiert mich einen Dreck, was wir mit *Get Eve* haben werden. Einen Dreck.« Er verläßt die Bar.

»Was ist mit dem los?« fragt der Produzent.

»Ja«, sagt Inge, »was hat der auf einmal?«

»Er sagt, daß es ihn einen Dreck interessiert, ob *Get Eve* ein Riesenhit wird«, sagt der Techniker, ein Typ mit Haaren bis zum Arsch und einem T-Shirt, auf dem in Großbuchstaben MAPEX DRUMS steht.

»Es sollte ihn besser schon interessieren«, sagt der Produzent, »denn wenn *Get Eve* kein Hit wird, kann er sich gleich nach was anderem umsehen.« Ob der Produzent wohl recht hat? Müßte sich Kurt nach was anderem umsehen, wenn *Get Eve* kein Hit wird? Ich denke schon.

»Inge«, sage ich, »hast du Lust, mit mir was essen zu gehen?« Sie wundert sich über diese Frage. Ich habe sie noch nie gefragt, ob sie mit mir was essen gehen will. »Äh ... ja, gut«, sagt sie, »aber dann gehe ich vorher noch schnell ins Bad, um mich ein bißchen aufzupeppen.«

»Aufpeppen? Im Bad? OK, Inge. Geh ruhig noch schnell ins Bad, um dich ein bißchen aufzupeppen.«

»Den Abwasch mache ich dann morgen«, sagt sie, während sie leichtfüßig die Bar verläßt.

Stille tritt ein. Die durchbreche ich, indem ich sowohl den Produzenten als auch den Techniker, keinen von beiden direkt, frage: »Ich habe gehört, daß Menschen mit einem Buckel am

Rücken eine schönere Stimme haben als Menschen ohne Buk-
kel am Rücken. Stimmt das?«

Der Techniker kichert nur. Der Produzent fragt: »Wer hat dir denn *das* erzählt?«

»Meine Putzfrau«, antworte ich.

Der Produzent beginnt zu lachen. »*Dann* stimmt es sicher«, sagt er. »Wenn's deine *Putzfrau* sagt, muß es ja stimmen.«

Der Techniker beginnt auch zu lachen.

Ich frage mich, warum Putzfrauen nicht ernst genommen werden. Ehrlich wahr, ich frage mich, warum sich diese Arschlöcher über etwas lustig machen, nur weil eine Putzfrau es behauptet hat.

Inge kommt aufgepeppt rein. Sie hat ihr Make-up erneuert und hat auch andere Sachen an. Ich wußte nicht, daß sie hier eine ganze Garderobe liegen hat. Sie trägt jetzt ein schwarzes Kleid, Pumps und eine Jacke.

»Gute Jacke«, sage ich, »Dogs & Bones?«

»Nein«, sagt sie lachend, »Dogs & Bones gibt's nur für Männer. Die ist von Cotta. Gar nicht teuer. Schließt ihr dann die Bar ab?«

»OK«, sagt der Produzent.

Inge und ich verlassen die Bar. Der Techniker ruft uns nach: »Grüß deine Putzfrau schön!« Ich höre wie sie lachen. Ich mache am Absatz kehrt, schaue dem Techniker in die Augen und drohe: »Willst du deinen Job loswerden?« Das Lachen vergeht ihm: »Äh ... nein ...« Ich sage: »Dann ruf *nie wieder* ›Grüß deine Putzfrau schön‹, verstanden?«

Er schaut zum Produzenten hinüber, aber der blickt in die andere Richtung, und der Techniker murmelt: »Verstanden.«

Auf dem Weg zum Ausgang fragt mich Inge: »Dachtest du echt, meine Jacke wäre von Dogs & Bones?«

»Ja«, sage ich. Ich habe heute zum ersten Mal von Dogs & Bones gehört.

INGE

Draußen sage ich: »Shit, fast hätte ich es vergessen, ich bin mit dem Motorrad da. Und ich habe meine Jacke und den Helm in der Bar liegengelassen. Holst du die schnell, Inge?«

Während sie weg ist, rauche ich eine Zigarette. Sie kommt mit dem Helm und der Jacke zurück und sagt: »Eigentlich kann ich diesen Leo nicht ausstehen.«

»Wen?« frage ich. Ich ziehe meine Jacke an.

»Leo. Den Produzenten. Und Jim, den Techniker, kann ich auch nicht ausstehen.«

»*Niemand* kann Leo und Jim ausstehen, Inge«, sage ich. »Du hast keinen Helm. Wie machen wir das? Hinten drauf ohne Helm gibt Ärger. Wenn die Polizei –«

»Oh, aber ich bin mit dem Auto da«, meint sie, »ich muß gar nicht hinten drauf. Ich habe seit neuestem einen Karmann Ghia, das weißt du doch. Den alten von Eva. Sie hat sich ja einen anderen gekauft. Sag bloß, daß sie dir das nicht erzählt hat.«

»Eva? Welche Eva?«

»Welche Eva? *Deine* Eva natürlich. Ich fahre dir dann also hinterher.«

Ich setze meinen Helm auf. Inge geht zu einem der Karmann Ghias, die auf dem Parkplatz stehen. Es ist ein grüner. Hatte Eva früher einen grünen Karmann Ghia? Wird schon so gewesen sein. Was für einen sie jetzt wohl hat? Einen *anderen* grünen? Ich starte das Motorrad und biege auf die Straße. Ich habe vor, mit Inge in das neue, sündhaft teure Restaurant Kanaalzone zu gehen. Da war ich selbst noch nie, und – wer weiß – vielleicht bekomme ich durch einen kurzen Besuch im Kanaalzone eine total neue Lebenseinstellung. Man soll die Hoffnung nie aufgeben.

Inge fährt mir in ihrem Karmann hinterher. Das Kanaalzone hat einen riesigen Parkplatz, auf dem wir parken. Wir betreten das Restaurant. Es ist weitläufig, rechteckig, hell, hoch, farblos, ungemütlich. Der Ober fragt, ob wir reserviert haben. »Nein«, sage ich, »ich bin der Drummer von Foaming Vomit. Außerdem ist es hier so gut wie *leer*. Meiner Meinung nach ist es keine absolute Katastrophe, daß wir nicht reserviert haben.« Ohne ein weiteres Wort führt er uns an einen Tisch für zwei. Er winkt einem Kellner, der uns die Speisekarten bringt und wieder weggeht. Ich habe keine Lust, lange zu suchen, winke dem Kellner und lese von der Karte ab: »Für mich die Terrine mit pürierten Tomaten und frisch kandierten Anjovis in milder Sahnesauce.« Ich klappe die Karte zu und sage: »Die Sahnesauce nicht *zu* mild, bitte.« Der Kellner bleibt stehen, während Inge die Speisekarte leicht panisch durchblättert, weil es jetzt anscheinend so schnell gehen muß. Schließlich sagt sie: »Bringen Sie mir einfach dasselbe.«

»Wein?« fragt der Kellner, der wie ein ausrangierter Fernsehsprecher aussieht.

»Ja, Wein«, sage ich. »Wählen Sie einfach selbst irgendwas aus, das zur Terrine paßt. Ich selbst habe *nicht die geringste* Idee, welchen Wein ich wählen soll.« Mit apathischem Blick nimmt er uns die Karten aus der Hand und geht weg.

Während wir warten, sagt Inge: »Ich bin echt froh, daß ich für eure neue CD Background singen durfte.« Sie meint das zweimalige ›Oooo‹-Singen.

»Genauso froh wie damals, als du bei Elephant auf die Kuhschelle schlagen durftest?« frage ich.

»Froher«, sagt sie, was sich in meinen Ohren ein bißchen eigenartig anhört, und sie fügt hinzu: »Übrigens, gerade eben saß ich in meinem Karmann und überlegte, daß ich mir nicht ganz sicher bin, ob es wirklich Elephant waren, bei denen ich das mit der Kuhschelle gemacht habe ... Hast du nicht irgendwann erwähnt, daß es zwei Gruppen gibt, die Elephant heißen?«

»Ja, das habe ich mal erwähnt.«

»Na ja ... entweder war es bei einer der beiden Elephant, wo ich das mit der Kuhschelle gemacht habe, oder – was wahrscheinlicher ist – bei einer ganz anderen Gruppe, die auch in unserem Studio aufnimmt. Wie heißt diese Band doch gleich wieder ... Last Tango, glaube ich, kann das sein? Gibt's eine Band, die in unserem Studio aufnimmt, und die Last Tango heißt? Ich glaube, daß es für *deren* CD war, daß ich die Kuhschelle bedient habe ...«

Vor lauter Nachdenken hat sie Falten auf der Stirn.

»Last Tango«, sage ich, »ja, das könnte hinkommen. Aber die sind mittlerweile vorübergehend auf Eis gelegt. Deren Sänger ist gestorben.«

»Ja? Vielleicht habe ich deshalb nie mehr was von denen gehört. Ich habe nämlich die CD, auf der ich die Kuhschelle geschlagen habe, nie zu Gesicht bekommen oder gehört.«

»Echt nicht? Ach du Schande ...«

»Nicht, daß es mir etwas ausmachen würde, mein Name wird ja doch nicht im Textheft erwähnt. Als ob es so schwer wäre, und sei es auch nur in klitzekleiner Schrift, abzudrucken: ›Kuhschelle: Inge de Groot‹. Mein Gott, die Arroganz mancher Manager! Was das betrifft, ist Kurt halb so schlimm, finde ich. Der Manager von Elephant, Luk heißt der, das ist auch so ein Arschloch. Der –«

»Heißt nicht der *Sänger* von Elephant Luk? Und der Gitarrist? Außer du redest von den anderen Elephant. Obwohl bei denen auch ein Luk mitspielt ...«

»Keine Ahnung, von welchen Elephant ich rede. Auf jeden Fall die Elephant mit einem Arschloch als Manager. Aber du hast recht, der Sänger und der Gitarrist heißen Luk, der Manager heißt ... irgendwas mit B ... Bart? Nein, nicht Bart ...«

»Bert?«

»Nein, auch nicht. Bertrand ...? Ja, könnte hinkommen. Bertrand. Na ja, das ist so ...«

Der Kellner bringt das Essen. Ein anderer Kellner hält mir eine Flasche Wein unter die Nase, schenkt einen Schluck ein. Ich nehme an, daß von mir erwartet wird, daß ich koste. Das mache ich, schmecke aber natürlich nicht mehr und nicht weniger als *Wein* und sage: »Ausgezeichnet«. Er schenkt Inges und dann mein Glas zu dreiviertel voll. Der eine Kellner wünscht: »Guten Appetit«, der andere Kellner sagt nichts. Beide ziehen sich zurück.

Die Portion ist nicht gerade groß, und ich stopfe sie innerhalb von ein paar Minuten in mich rein. »Ißt du immer so schnell?« fragt Inge, die gerade mal begonnen hat.

»Ja«, sage ich, »ich sehe im Langsamessen keinen Sinn. Aber laß dir ruhig Zeit. Es stört mich nicht, wenn andere Leute langsam essen. Solange ich es selbst nicht machen muß.«

Verunsichert fährt sie fort, den seltsamen Fraß wegzulöffeln, und es scheint mir so, als würde sie sich beeilen. Sie ist geradezu erleichtert, als sie fertig ist. Wie ich zündet sie sich eine Zigarette an. »So«, sage ich, »da sitzen wir also. Wir dürfen nicht unzufrieden sein. Viele Menschen sitzen *nicht* hier. Sie sterben in Kriegen, verhungern in Folterlagern, krepieren wie die Fliegen, du weißt schon. Nein, wir, wir dürfen uns wirklich nicht beklagen.«

»Was? Warum sagst du so was?«

»Weil's wahr ist. Die Wahrheit verlangt nach ihrem Recht, Inge.«

»Ich mag es nicht, wenn du solche Sachen sagst.«

»Und trotzdem sage ich sie. Es tut mir leid, daß sie dich stören. Manchmal bin ich gnadenlos, ich geb's zu.«

»Sieht ganz danach aus, ja. Ich meine, daß du gnaden ... Weißt du, eigentlich kenne ich dich gar nicht so gut.« Sie sieht mich an, als würde sie in meinem Gesicht nach etwas suchen. Nach ... meinem *tieferen Ich*.

»Das nehme ich dir nicht übel, Inge. Es gibt nur wenige Menschen, die mich gut kennen. Ich bin eher der mysteriöse Typ. Das habe ich von meinem Vater. Unberechenbar, rätselhaft, im Sommer Lust aufs Eislaufen und im Winter Lust auf Kirschen. Und du? Bist du auch mysteriös? Oder eher ... wie sagt man ... so leicht zu durchschauen wie Glas?«

»Du wirst es mir nicht glauben, aber ich weiß es selbst nicht.«

»Ja, das glaube ich dir. Es ist eine Frage des Selbstbewußtseins. Viele Menschen leiden darunter. Das ist ein typisches fin-de-siècle-Syndrom.« Ich fürchte, daß Inge in Atemnot gerät, wenn ich weiter auf diesem philosophischen Niveau daherrede. Schon jetzt sind winzigkleine Schweißperlen auf ihrer Stirn zu sehen, vielleicht auch, weil sie zu schnell gegessen hat.

»Aber gut«, sage ich, »jetzt mal was ganz anderes. Wie *geht* es dir eigentlich? Alles OK?«

»Wie ... meinst du das?«

»Na ja, sagen wir ... finanziell.«

»Tja, ich verdiene gut, aber beim Kauf meines Karmanns ist natürlich ein Haufen Geld draufgegangen.«

»Diesen Karmann, Inge, warum hast du den gekauft?«

»Weil alle einen haben«, antwortet sie resolut.

»Das siehst du falsch, Inge«, sage ich. »Ich zum Beispiel, ich habe keinen Karmann.«

»Nein, aber du bist ja auch so ein eigenartiger, mysteriöser Typ. Hast du selbst gesagt.«

»Ja, aber ich glaube, daß es auch andere, weniger mysteriöse Typen gibt, die keinen Karmann Ghia haben.«

»Na ja, Arbeiter und solche Leute, die natürlich, das weiß ich auch. Aber ich meine, Menschen so wie wir, aus unserer Szene, die haben inzwischen wirklich alle einen.«

»Das glaube ich einfach nicht«, sage ich zu Inge und winke den Ober her. »Ja?« fragt er. »Gibt es ein Problem? Hat es geschmeckt? Noch Wein? Ein Dessert?«

»Später vielleicht«, sage ich, »aber erst noch eine Frage: Haben Sie einen Karmann Ghia?«

»Ja«, sagt er, »warum?«

»Vergessen Sie's«, sage ich mit verhaltener Wut, »ich melde mich schon, wenn ich Sie brauche.« Der Ober geht ungerührt weg.

»Siehst du«, sagt Inge.

»Ja«, sage ich, »aber eigenartig bleibt es trotzdem. Ich meine nur, du bist Kellnerin in einer Bar – wenn auch in der Studiobar von Foaming Vomit –, und so ein Affe ist Ober – zwar im Kanaalzone –, und doch stellt sich die Frage: Wohin soll das führen? Wann werden die Karmann Ghias endgültig aus sein? Ehe man sich's versieht, wollen sich Bäckergehilfen, Arbeitslose und illegale Einwanderer auch einen anschaffen.«

»Endgültig aus? Was meinst du mit *endgültig aus*?«

»Vorrat erschöpft. Keine Karmann Ghias mehr erhältlich. Der Karmann Ghia wird nämlich nicht mehr produziert. Den Käufern müssen die Modelle genügen, die schon seit mindestens zwanzig Jahren auf dem Markt sind, viele davon in einem grotesk schlechten Zustand. Immer weniger Karmann Ghias sind erhältlich. Immer mehr Leute wollen einen. Ich meine, wohin soll das *führen*? Werdet ihr euch über kurz oder lang drum *prügeln*?«

Ich werde wohl noch einmal das Gesprächsthema wechseln müssen, denn Inge scheint nicht nur von meinen sozial-ökonomischen Ausführungen überfordert, sondern auch vom aggressiven Tonfall meiner Stimme verängstigt. Ich sehe schon förmlich, wie ihr die Frage »Aber warum machen sie dann nicht einfach wieder neue Karmann Ghias?« auf der Zunge brennt, aber es ist offensichtlich, daß sie diese Frage nicht zu stellen wagt. Ich zeige auf ein Pärchen an einem Tisch in der Ecke und frage – jetzt wieder ruhig: »Kennst du die Leute?« Inge sieht zu ihnen hin und verneint die Frage. »Was ... ist mit denen?« fragt sie.

Was soll ich mir zu dem uninteressanten, gesunden, reichen, mir unbekannten Paar einfallen lassen? Daß der Kerl ein erfolgreicher, homosexueller Zirkusjongleur ist? Daß sich das Mädchen um Schlag Mitternacht in einen Vampir verwandelt? Daß sie, der Kerl wie auch das Mädchen, *Zitzen* auf den Fußsohlen haben?

»Sie ... kauen mit geschlossenem Mund«, sage ich schließlich. Inge betrachtet sie nochmals aufmerksam und sagt: »Ja ... du hast recht ...«

Ich frage sie, ob sie Kaffee oder sonst was anderes – egal was – möchte.

»Äh ... was nimmst du?« will sie wissen. Ich sage, daß ich, glaube ich, Tee nehmen werde, aber daß ich mir noch nicht sicher bin. Ich verrate ihr, daß man von Tee mehr pissen muß als von Kaffee, weil im Tee Chinin ist und im Kaffee nicht. Und damit noch nicht genug: »Es gibt ein arabisches Sprichwort, das lautet: *Wer zum letzten Mal gepißt hat, wird nicht mehr lange leben.*« Dann halte ich den Mund. Inge bekommt noch mehr Schweißperlen auf der Stirn. Wir schauen uns beide eine Zeitlang das Restaurantambiente an, bis Inge fragt: »Wie lange seid ihr schon zusammen, Eva und du?«

»Schon eine ganze Weile«, antworte ich, »ein paar ... Monate. Ich glaube, daß ich ihr zum ersten Mal so um ... Allerheiligen begegnet bin. Das war in einem Einkaufszentrum. Eva war gerade dabei, Weihnachtseinkäufe zu erledigen, und ich hatte ein Dose Benzin für mein Feuerzeug gekauft.«

»Weihnachtseinkäufe?« fragt Inge. »Aber ... ist Allerheiligen nicht im November? Ich meine ...«

»Am *ersten* November ist es, und am zweiten November Allerseelen. Allerheiligen gilt als der wichtigere der beiden Feiertage, aber eigentlich ist es umgekehrt. Die Leute legen zu Allerheiligen Blumen auf die Gräber ihrer verstorbenen Angehörigen, obwohl sie das eigentlich zu Allerseelen machen müßten. Ich will damit sagen, nicht zu Allerheiligen wird der Verstorbenen gedacht, sondern zu Aller*seelen*. Zu Allerheiligen wird keiner Menschen gedacht, sondern der Heiligen. Und Heilige sind nie Menschen gewesen. Heilige sind Archetypen.«

Inge rutscht unbehaglich auf ihrem Stuhl hin und her und fragt: »Ja ...? Ist das so ...? Aber was ich eigentlich sagen wollte: ... Ist Allerheiligen nicht ziemlich früh für Weihnachtseinkäufe? Oder weiß Eva nicht, daß Allerheiligen am *ersten* November ist?«

»Wahrscheinlich nicht«, sage ich, »aber selbst wenn sie's wüßte, würde sie ihre Weihnachtseinkäufe trotzdem zu Allerheiligen erledigen. Weißt du, Inge, ich werde dir was verraten: Menschen wie Eva, die machen das ganze Jahr hindurch Weihnachtseinkäufe.«

Sie weiß nicht, wie sie mit dieser Information umgehen soll. Sie denkt darüber nach und fragt dann: »Ja?«

»Ja«, sage ich, »Weihnachten ist ein symbolischer Tag, der für einen Neubeginn steht. Nun ja, für Menschen wie Eva steht jeder Tag, symbolisch oder nicht, für einen Neubeginn. Das kommt daher, daß Menschen wie Eva Geld haben. Was anderes haben sie nicht, aber Geld haben sie. Viel Geld. Haufenweise Geld. Darum sind sie auch so glücklich.«

»Glaubst du wirklich, daß reiche Menschen immer glücklich sind?«

»Na klar. Was sollten sie sonst sein? *Un*glücklich? Mach dich bitte nicht lächerlich, Inge.«

Das scheint sie auch nicht vorzuhaben. Sie glotzt nachdenklich vor sich hin und fragt nach einer Weile: »Können *arme* Menschen auch glücklich sein? Ohne Geld eben, meine ich.«

»Nur die Dummköpfe unter ihnen. Und selbst die zweifeln mit ihrem beschränkten Verstand meistens daran, ob sie wirklich so glücklich sind, wie sie glauben.«

Inge kommt nicht mehr mit und gibt dem Gespräch vollkommen verwirrt eine andere Wendung. »Liebst du Eva?« will sie jetzt nämlich wissen.

»Nein«, sage ich, »ich liebe niemanden. Aber würde ich jemanden lieben, wäre es nicht Eva.«

Sie sieht mich an wie am Boden zerstört. »Warum seid ihr dann zusammen?« fragt sie verzweifelt.

»Weil wir beide reich und erfolgreich und jung und schön und gesund sind.«

Inge beginnt zu heulen. Ich tröste sie nicht. Was sollte ich auch sagen? Ich warte, bis ihre Tränen getrocknet sind, und sie die nächste Frage stellt. Das scheint eine Weile zu dauern.

Ich winke einem Kellner und bestelle einen Kaffee und einen Tee. Damit taucht der Kellner wenig später auf. Inge tut Milch in ihren Kaffee, rührt um und sagt niedergeschlagen: »Ich ... bin auch gesund und jung und ... schön, glaube ich ...«

»Stimmt«, sage ich, »und weiter?«

»Na ... Meinst du, daß auch ich nie die wahre ... Liebe erleben werde?«

»Ich fürchte, du hast einige falsche Schlüsse gezogen. Aber abgesehen davon will ich dir doch meine persönliche Sicht der Dinge erläutern: Ich meine tatsächlich, daß auch du nie die wahre Liebe erleben wirst. Wenn's hochkommt und du Glück hast, vielleicht echten Sex. Das ist so ziemlich das einzige, wozu Menschen, *manche* Menschen, in einer Beziehung imstande sind: echter Sex. Der Rest ist Scheitern, vergebliche Liebesmüh, Zeitverschwendung.«

Inge beginnt wieder zu schluchzen und ihre Niedergeschlagenheit weicht einer leichten Form von Aggression. »Warum um alles in der Welt leben wir dann?« brüllt sie. Einige Leute in der Nähe – andere Gäste, Kellner, der Ober – konnten deutlich hören, was sie gebrüllt hat. Es hat den Anschein, als wären sie auf meine Antwort neugierig. Die rufe ich dann auch ziemlich laut: »Weil wir Angst haben vor dem Tod!« Ich höre, wie jemand, ein alter Mann in Gesellschaft vier weiterer Personen, sagt: »Er hat recht.« Danach scheint alles seinen gewohnten Gang zu gehen, und Inge und ich werden nicht länger beachtet.

Inge geht es plötzlich nicht mehr so gut. Sie sitzt in sich zusammengesunken wie ein kränkliches Tier. Ihre Augen sind geschwollen, und sie hat kleine weiße Flecken in ihrem rotangelaufenen Gesicht. Als würde ich nicht nur zu ihr sprechen, sage ich: »Wenn man einen Buckel hat und den wegmachen läßt, kann man nicht mehr schön singen.«

»Was ...?« fragt sie nach einiger Zeit mit erstickter Stimme.

»Wenn man einen Buckel hat«, sage ich, »und man läßt den entfernen, von einem plastischen Chirurgen zum Beispiel, kann man nachher nicht mehr schön singen. Ich will damit nichts sagen, Inge, du brauchst nicht nach einem tieferen Sinn dahinter zu suchen. Ich will damit sagen, es ist schlicht und einfach eine *Tatsache*.«

Sie reagiert nicht. Sagt aber, daß sie sich kurz frischmachen geht. Sie steht auf und geht taumelnd in Richtung Toilette. Ich nehme einen Schluck Tee und denke an meine Mutter. Wie sie mir eines Tages das Versprechen abnahm, immer lieb zu sein, falls ich jemals eine Frau haben würde. Ich mußte ihr versprechen, daß ich diese Frau nie schlagen würde, selbst wenn sich nach einiger Zeit herausstellen sollte, daß diese Frau ein Miststück ist. »Ich verspreche es«, sagte ich zu meiner Mutter.

Irgendwer redet mich an. Es ist ein Typ mit Gel in den Haaren. Neben ihm steht ein Mädchen, das meiner Einschätzung nach nicht älter als fünfzehn ist, aber große Brüste und lange Beine hat. Aber ihre Augen sind die eines ... Säuglings. Der Typ fragt, ob ich mich an ihn erinnern kann. »Nein«, antworte ich.

Er erklärt, daß er das Coverfoto für die erste Foaming Vomit-CD gemacht hat. »Ach ja«, sage ich, »du warst das.« Er fragt, ob er sich kurz setzen darf. Meine Antwort fällt positiv für ihn aus, wobei ich ihn aber bitte, sich nicht auf Inges Platz zu setzen. »Von wem?« fragt er.

»Inge«, sage ich, »die ist kurz aufs Klo. Das ist ihr Platz.«

»Verstehe«, sagt er und holt zwei Stühle von einem Tisch, an dem niemand sitzt. Er setzt sich auf einen der Stühle und gibt der Kleinen ein Zeichen, daß sie sich auf den anderen Stuhl setzen soll. Das macht sie. »Das ist Evie«, stellt er sie mir vor, und ihr erklärt er: »Und das ist der Gitarrist von Foaming Vomit, du weißt schon.«

»Von Guess? ...?« fragt sie zögernd.

»Genau«, sagt der Typ.

»Ich bin der *Drummer* von Foaming Vomit«, sage ich, »nicht der Gitarrist«.

»Verdammt ja, du hast recht«, sagt der Typ, »der Drummer. Ich hab' dich doch noch fotografiert, wie du da mit dem Rücken zur Bassdrum gesessen bist. Sehr schönes Foto.« Ich kann mich nicht erinnern, daß mich ausgerechnet dieser Typ jemals fotografiert hat, wie ich mit dem Rücken zu meiner Bassdrum sitze.

»Ich habe gehört, daß eure dritte CD schon bald rauskommt«, sagt er.

»Ja«, sage ich.

»Wer macht ... die Fotos?«

»Ein Mädchen, Taïs ... Sie ist sehr berühmt.«

»Taïs ...? Ich kenne keine Taïs ... Sie ist berühmt, sagst du ...?«

»Ja. Sehr berühmt. Sie hat ein Cover für Elephant gemacht.«

»Ah ja ... Ach, sie hat das gemacht? Kein schlechtes Foto ... Vor allem die Rosen im Rüssel waren eine ziemlich gute Idee ...«

»Nein«, sage ich, »du meinst die anderen Elephant. Sie hat das Cover gemacht, auf dem ein Elefant mit nur einem Stoßzahn zu sehen ist. Dieser Elefant *grinst*.«

»Andere Elephant? Gibt's mehrere Elephant? Hier in Flandern? Davon hätte ich wohl schon ...«

»Ja«, unterbreche ich ihn, »es gibt *zwei* Elephant. Die, die du meinst, mit dem Cover, auf dem nur ein Rüssel mit Rosen zu sehen ist, und die, die ich meine, mit dem Cover, auf dem ein kompletter Elefant zu sehen ist, ein *grinsender* Elefant auf einem Hügel mit Büschen.«

»Shit, das ist komisch, ich weiß nur ... Aber gut, ich meine ... ist es schon vertraglich fixiert, daß diese ... Taïs die Fotos für eure neue CD macht? Oder soll ich mich damit an euren Manager wenden?«

»Ja«, sage ich, »wende dich an ihn. Ich halte es nicht für ausgeschlossen, daß er diese Taïs doch noch vor die Tür setzt und zum Beispiel ... *dich* anheuert.«

»Meinst du das im Ernst? Verdammt, das wäre großartig, das wäre ... Ich meine, ich rufe ihn gleich morgen an. Wie war doch gleich wieder sein Name?«

»Kurt. Kurt und dann natürlich noch irgendein Familienname, aber den habe ich ... Na ja, frag einfach nach Kurt.«

»Genau, ja, Kurt, jetzt wo du's sagst. Oder soll ich ihn besser jetzt gleich anrufen?« Er schaut auf seine Uhr, irgendein extrem flaches, goldenes Etwas an seinem *rechten* Handgelenk. Menschen, die die Uhr am rechten Handgelenk tragen, kotzen mich an. Mit solchen Menschen läuft irgendwas Grundlegendes *verkehrt*.

»Nein«, sage ich, »das wäre sinnlos. Er ist für eine Woche in London. Verhandlungen mit dem Vorstand der Plattenfirma.«

»Ja, klar ... Und ihn in London anzurufen ist ... Na gut, ich rufe ihn nächste Woche an. Aber ... du hast gerade gesagt, daß er diese Taïs fallenläßt ... Wie kommst du darauf? Macht sie ihren Job nicht gut? Oder ...«

»Sie macht ihren Job *durchaus* gut«, sage ich, »meiner Meinung nach ist sie die Beste, die man im Moment kriegen kann. Aber sie hat einen Sprachfehler.«

Der Fotograf sieht mich verständnislos an. »Einen Sprachfehler ...? Aber was hat das mit ...«

»Du fragst dich wahrscheinlich, womit das was zu tun hat. Nun, das ist so: in unserem Vertrag mit GUESS? steht, daß wir niemanden engagieren dürfen, der behindert ist. Und Kurt will diesen Vertrag auf Punkt und Komma einhalten. Womit ich ihm recht geben muß.«

»Ich auch, ganz bestimmt, ganz gewiß!«

»Wenn du den Job willst, hoffe ich für dich, daß du nicht das geringste Handicap hast.«

»Ich? Nicht doch! Ich bin ...«

»Aber Jan, du hast doch ...«

»Evie, halt den Mund! Ich meine, ich bin gerade dabei, übers Geschäft zu reden, und da hast du ruhig zu sein!«

Ich sehe Evie an. Sie ist ganz schön rot geworden. Der Kerl hat sie ziemlich in Verlegenheit gebracht. »Jan«, sage ich zu dem Typen – wo ich doch schon mal seinen Namen kenne – »ich finde, daß Evie ruhig Dinge sagen darf, die von Bedeutung sein können. Ich meine, es hat wenig Sinn, wenn du jetzt steif und fest behauptest, daß du kein Handicap hast, wenn sich später herausstellt, daß ...«

»Ich behaupte gar nichts! Ich habe nicht das geringste Handicap! Und überhaupt, wenn ich *wirklich* eines hätte, hätte ich doch nie das Coverfoto für eure erste CD machen dürfen?!« Er sieht mich triumphierend an, als säße ich in der Falle.

»Doch«, sage ich. »Die Klausel betreffend die Behinderung hat GUESS? erst später in den Vertrag hineingenommen, als wir während der Aufnahmen für unsere zweite CD eine gehandicapte Backgroundsängerin engagiert hatten. Sie hatte einen leichten Buckel. GUESS? hielt das für keine gute Reklame; jemand mit einem Buckel als Backgroundsängerin. Stell dir mal vor, die Presse hätte Wind davon bekommen. *Damals* ist die Behinderungs-Klausel in den Vertrag aufgenommen worden.«

»Ach so ...«, gibt der Fotograf klein bei. »Also ... gut, wie auch immer ... Wie ich bereits sagte, für mich macht das nicht den geringsten Unterschied, denn ich habe kein –«

»Aber was wolltest *du* eigentlich vorhin sagen, Evie?« Ich sehe dem Mädchen in die Augen. Es senkt den Blick. »Äh, nichts«, sagt es, »ich dachte nur, daß ...«

»Du hast hier nichts zu denken!« brüllt der Fotograf. Schon wieder schauen Leute zu unserem Tisch rüber.

»Laß sie ausreden«, sage ich drohend zu dem Fotografen, »oder du kannst den Job gleich vergessen.«

Er erstarrt und wird sogar so was wie ... bleich. Das Mädchen kann die Tränen nur mit Mühe zurückhalten – was mich plötzlich daran erinnert, daß Inge noch nicht von der Toilette zurück ist – und beginnt: »Ich wollte nur sagen,daß Jan ein Geschwür hat, auf seinem ...«

»Verdammte Hure, halt die Klappe!« brüllt der Fotograf. Er will das Mädchen schlagen, haut aber daneben. Sein Stuhl fällt um und er fast mit. Ich sage zu den Kellnern, die angerannt kommen: »Wären Sie so freundlich, diesen Kerl vor die Tür zu setzen? Er belästigt diese junge Dame. Er steht unter Drogeneinfluß.«

Die Kellner packen den sich sträubenden Fotografen bei den Armen. Er brüllt: »Arschloch! Dich kriege ich schon noch! Mein Vater ist Oberst beim Militär!« Diese letzte Information scheint die Kellner kurz abzuschrecken – sie lassen das Arschloch fast los, bis ich zurückbrülle: »Und meiner ist Oberst bei der *Polizei*!« Die Kellner verstärken ihren Griff wieder und setzen den Fotografen unsanft vor die Tür. Einer von ihnen paßt auf, daß der Typ nicht mehr zurückkommt. Der andere kommt zu mir an den Tisch. Er sagt nichts. Ich drücke ihm fünftausend Franken in die Hand und erkläre ihm leise, er möge die doch bitte mit seinem Kollegen teilen. Er nickt. Dann bitte ich ihn, mich bei den anderen Gästen zu entschuldigen. Das ist eine schwachsinnige Bitte, denn so gut wie niemand wurde durch den Vorfall wirklich gestört. »Das geht schon in Ordnung, mein Herr«, sagt der Kellner. »Kann ich Ihnen sonst noch irgendwie zu Diensten sein?«

»Nein«, sage ich, »nur die Rechnung, bitte.«

»Gerne, mein Herr.« Er entfernt sich.

Ich wende mich dem Mädchen, Evie, zu: »Alles OK?« frage ich sie.

»Ja«, sagt sie. Sie hat nicht geheult.

»Soll ich dich nach Hause bringen?« frage ich.

»Kann ich mit zu *dir*?« fragt sie.

»Kein Problem«, sage ich, obwohl es schon ein Problem ist: Ich muß sie auf dem Motorrad mitnehmen, ohne daß ich einen Helm für sie hätte. Ein weiteres Problem ist, daß Inge noch immer nicht von der Toilette zurück ist. Niemand außer mir scheint sich zu erinnern, daß sie überhaupt auf die Toilette verschwunden ist.

Der Ober bringt die Rechnung. Ich bezahle bar. Auch der Ober läßt keine Anzeichen von Verwunderung erkennen, daß ich mit einem anderem Mädchen rausgehe als ich reingekommen bin. Inge ist komplett aus dem kollektiven Kanaalzone-Gedächtnis gelöscht.

Kurz bevor ich mit Evie an meiner Seite und dem Helm in der Hand zur Tür rausgehe, werde ich noch von dem alten Mann angesprochen, der kurz zuvor »Er hat recht« gesagt hatte. Er fragt mich, wie mein Vater heißt, und bei welcher Polizeieinheit er Oberst ist. »Das darf ich nicht sagen«, antworte ich.

»Ach so«, sagt er, »verstehe, verstehe ...« Er sieht mich an, als würden wir ein Geheimnis teilen. Dann sagt er einfach: »Lassen Sie ihn trotzdem schön grüßen.«

»*Von*?« entgegne ich, »grüßen von?«

»Ach ja!« sagt er. »Natürlich. Grüße von General a.D. Van Landschoot.«

»Fein«, sage ich, »auf Wiedersehen, General.«

»Auf Wiedersehen.«

Gemeinsam mit Evie verlasse ich das Restaurant. Auf dem Nachhauseweg werden wir nicht angehalten, obwohl sie keinen Helm trägt. Ich parke die Honda in meiner Garage. Wir betreten das Haus. Ich ziehe meine Jacke aus und lege den Helm zur Seite. Evie zieht auch ihre Jacke aus. »Schöne Jacke«, sage ich, »Dogs & Bones?«

Sie muß lachen. »Dogs & Bones ist nur für Männer«, sagt sie. »Nein, die ist von Lautrec. Alle meine Sachen sind von Lautrec.«

»Ach so ...«, sage ich. Ich sehe einen Zettel am Tisch liegen. Ich lese ihn. In ungelenker Handschrift steht da geschrieben: »Danke fürs Reden. Emma.«

»Was ist das?« fragt Evie, »eine Nachricht von deiner ... Freundin? Ich meine, hast du eine feste Freundin?«

»Nein«, sage ich, »und das ...? Das ist nichts.« Ich verbrenne den Zettel über einem Aschenbecher, der auf dem Schrank steht, und den ich nie verwende, um darin Zigaretten auszumachen.

Ich frage Evie, die unglaublich hübsch ist, ob sie was trinken will. Sie sagt, daß sie nichts trinken will. Ich sage, daß ich auch nichts trinken muß; daß alles, egal was, auch ohne Alkohol funktionieren wird. Wir setzen uns jeder in einen Sessel. Ich stehe wieder auf und spiele »*Viva Hate*« von Morrissey. Ich bleibe kurz gebückt stehen und höre hin, als meinte ich, einen Kratzer auf der CD hören zu können, so wie früher bei den Vinyl-Platten. Evie reagiert nicht. Ich setze mich wieder in den Sessel.

»Wer ist das?« fragt Evie.

»Wo?« sage ich – urplötzlich auf hundertachtzig – und will aufspringen und zum Fenster rennen, um zu sehen, ob der Einbrecher wieder im Garten der Nachbarn rumhängt, aber Evie sagt: »Der Sänger. Oder die Gruppe. Wer ist das?«

»Ach so«, sage ich, »der Sänger ... Morrissey. Kennst du den?« Sie schüttelt den Kopf. »Früher bei The Smiths«, sage ich, als ob das helfen würde. »Nein«, antwortet sie.

Ich frage, ob ... Ob sie einen Karmann Ghia hat. Sie sagt, daß sie noch nicht fahren darf, daß sie erst fünfzehn ist. Aber daß Kate, ihre Schwester, einen Karmann hat. Und ihr Vater.

»Dein Vater ...«, sage ich, »was macht der? Ist er reich?«

»Er hat Fabriken. So ziemlich überall. Schaumgummi machen sie da. Gerade ist eine neue Produktserie herausgekommen. Jan hat die Fotos für den Folder gemacht. So habe ich ihn kennengelernt. Den Stümper.«

»Eine neue Produktserie Schaumgummi? Was war schlecht an der alten?«

»Wasweißdennich. Irgendwas mit ... Na ja, mit dem neuen Schaumgummi kann man viel mehr anfangen als mit dem alten. Er ist beständiger gegen ... Hitze, glaube ich. Oder Feuchtigkeit. Ja, Feuchtigkeit ... ich glaube, daß es Feuchtigkeit ist.«

»Wußtest du, daß manche Walfische Pfoten haben?« frage ich.

»Was?«

»Nichts. Vergiß es.« Ich bin nicht in der Stimmung, lange Erklärungen über die Pfoten von irgendwelchen Walfischen abzugeben. Was gibt's da überhaupt groß zu erzählen? Worüber gibt es *überhaupt* groß was zu erzählen? Über arabische Kamele, die vom Schaumgummikauen eine weiße Zunge haben? Über Inge in der Toilette vom Kanaalzone? Über die Asche, die vom Zettel der Putzfrau übriggeblieben ist? Daß ich die, wenn ich allein gewesen wäre, vielleicht über das Benzin in einer der Dosen mit der gefrorenen Asche gestreut hätte? Daß ich das jetzt wahrscheinlich vergessen werde? Daß es keine Schande ist, *in einen Dirigenten verliebt zu sein*?

Wenig später habe ich Sex mit Evie. Während ich sie mit geschlossenen Augen lecke, frage ich mich, ob Sex mit Fünfzehnjährigen noch immer verboten ist, so wie früher, in meiner Jugend, als ich selbst Fünfzehn und verzweifelt und erfolglos auf der Suche nach einem Mädchen war. Ich erinnere mich an den Tag, an dem ich meine Mutter fragte: »Mama, warum hat mich niemand lieb?«, und daß sie keine Antwort gab.

DIE THERAPEUTIN

DIE THERAPEUTIN

Emmy fragt, wie ich mich fühle. »Phantastisch«, sage ich. Sie zündet sich eine Zigarette an. »Und du?« frage ich.

»Beschissen«, antwortet sie, nimmt einen Zug und sagt: »Total beschissen«.

Früher dachte ich, daß sich Ärzte immer wohl fühlen, daß Installateure zu Hause nie tropfende Wasserhähne haben und daß Vogelfänger fliegen können. »Warum?« frage ich. »Ist die Batterie von deinem Karmann Ghia im Eimer?«

»Mit dem Ghia ist alles in Ordnung. Eigentlich ist mit *allem* alles in Ordnung. Ich fühle mich ganz einfach nur total beschissen.« Sie setzt sich. Emmy ist die attraktivste Psychotherapeutin, die ich kenne. Sie ist eine der attraktivsten *Frauen*, die ich kenne. Ihr Vater war früher ein berühmter Professor für Psychiatrie, genau wie ihre Mutter. Beide leben noch und sind gesund, obwohl sie schon über siebzig sind. Emmy hat keinen Kontakt mehr mit ihnen, das hat sie mir mal anvertraut.

Bart, der Bassist von Foaming Vomit, ist auch bei Emmy in Therapie. Einmal hat sie mir erzählt, daß er gestört ist, komplett durchgeknallt.

»Aber du fühlst dich also phantastisch?« fragt sie mit Müh' und Not interessiert.

»Nicht wirklich«, sage ich, »wenn ich das Wort ›phantastisch‹ verwende, ist das ironisch gemeint, Emmy.«

»Auf Ironie kann ich während der Sitzungen verzichten, habe ich dir das noch nicht gesagt?«

»Nein.«

»Dann sage ich es jetzt.«

»Emmy, worauf du während der Sitzungen verzichten kannst oder nicht, geht mir am Arsch vorbei.«

»Warum regst du dich jetzt künstlich auf?«

»Ich rege mich nicht künstlich auf. Meiner Meinung nach hast du gar keine Ahnung, was aufgeregt sein wirklich bedeutet. Schade, daß du meinen Vater nie als Patienten gehabt hast. *Dann*, Emmy, dann wüßtest du, was aufgeregt sein bedeutet.«

»Ja? Wieso? Was tat dein Vater, wenn er aufgeregt war?« Sie ist noch immer total desinteressiert, hat ihre Zigarette ausgemacht und spielt mit ihrem Feuerzeug.

»Das, zum Beispiel«, sage ich. Ich nehme den Aschenbecher von ihrem Schreibtisch und lasse ihn an einer Wand in tausend Stücke zerspringen. Um ein Haar verfehle ich ein Gemälde.

»Herrgottnochmal! Blöder Idiot!« Sie springt von ihrem Sessel auf. »Weißt du, wieviel der Aschenbecher gekostet hat?! Herr*gott* noch einmal! Ich ... ich werde ...« Wütend starrt sie auf die Scherben des Aschenbechers. Sie trägt einen Rock und eine Bluse von ... wasweißdennich, irgendeiner berühmten Marke eben. So wie zweifellos auch ihre Schuhe. Bordeauxrote Pumps.

Auch ich betrachte die Scherben des Aschenbechers. Ich überlege mir, daß es lächerlich ist, daß man einen so teuren Aschenbecher – daß er teuer ist, das nehme ich mal an – einfach so an einer Wand in Scherben schmeißen kann. Die Wand ist übrigens auch nicht ungeschoren davongekommen. Sie hat eine Delle.

»Den Aschenbecher wirst du bezahlen, Arschloch!« faucht Emmy. Sie setzt sich wieder, steckt sich eine Zigarette an und betrachtet mich wütend.

»OK«, meine ich, »setz' ihn einfach auf die Rechnung. Tatsache ist nur: Wenn sich mein Vater aufregte, schmiß er regelmäßig mit Gegenständen. Das war es, was du wissen wolltest. Er schlug auch. Meine Mutter, mich. Einmal sogar jemanden, der auf Besuch war. Eine Nachbarin, glaube ich. Oder jemanden, der Fisch verkaufen wollte. So jemanden.«

Emmy steht auf, nimmt einen Aschenbecher von einem ihrer Schränke, stellt ihn auf ihren Schreibtisch und setzt sich wieder. Sie streift die Asche ab, sagt: »Von dem läßt du die Finger.« Dann wiederholt sie, daß ich den anderen Aschenbecher bezahlen muß, ebenso wie: »Weißt du überhaupt, wieviel so ein Aschenbecher kostet?« Diesmal antworte ich. Ich sage: »Nein.«

»Fünfundvierzigtausend«, erklärt sie, noch immer wütend.

»Ich kenne ein Mädchen«, sage ich, »das hat einen Aschenbecher auf dem Tisch stehen, der *sechzig*tausend gekostet hat. Der steht ganz einfach nur so auf ihrem Tisch herum.«

»Welche Marke?« fragt sie, auf einmal mit einem Ansatz von Interesse.

»D'Orsato«, sage ich.

»Kenn' ich nicht«, sagt sie, und dann fragt sie sarkastisch: »Und? Hast du den D'Orsato auch gegen die Wand geschmissen?«

Mir ist es einfach zu blöd, auf diese Frage zu antworten – so tief bin ich noch nicht gesunken – und sage: »Wußtest du, daß Benzin im Gefrierfach nicht gefrieren kann?«

»Du liebe Zeit«, sagt sie, »warum sollte jemals jemand Benzin einfrieren wollen?«

»Das ist die Frage«, sage ich. »Das ist die große Frage, Emmy ...« Ich zünde mir eine Zigarette an und schaue aus dem Fenster. Es gibt nichts zu sehen, wir befinden uns im neunten Stockwerk. Sie macht ihre Zigarette aus, schiebt den Aschenbecher in einem Reflex zu mir, will ihn wieder zurückziehen, läßt ihn dann aber doch stehen. »Danke«, sage ich.

»Ach, halt doch die Klappe«, sagt sie bissig. Sie lehnt sich in ihrem Sessel zurück, schließt die Augen. Ich überlege mir, daß ich viertausend Franken pro Stunde bezahle, um mich von jemandem anbrüllen zu lassen, daß ich seinen Aschenbecher bezahlen muß und daß ich die Klappe halten soll. Ich finde, daß das, wie man es auch dreht und wendet, viel Geld ist. »Emmy«, sage ich, »ich werde nicht mehr kommen. Ich meine, das ist das letzte Mal.«

»Was?« Sie macht die Augen auf.

»Daß heute das letzte Mal war, daß ich gekommen bin.«

»Warum?«

»Weil ... Aus verschiedenen Gründen. Weil du eine lausige Therapeutin bist, zum Beispiel.«

»Mein Gott, natürlich bin ich eine lausige Therapeutin. Was hast du denn erwartet? Daß ich *deine psychischen Probleme lösen würde*? Mach dich doch nicht lächerlich, mein Lieber. Ich weiß nicht einmal, was deine verdammten psychischen Probleme sind und will's auch gar nicht wissen.«

»Na ja ...«, sage ich, »mal sehen. Vielleicht komme ich das nächste Mal doch noch.«

»Mußt *du* wissen«, sagt sie und macht die Augen wieder zu. »Mir ist das echt egal. Shit, bin ich müde ...«

»Ich auch«, sage ich, »und ich muß dann auch noch einen Krankenbesuch machen.« Sie fragt mich nicht, bei wem. »Jemand, dem es ziemlich dreckig geht«, mache ich noch einen Versuch.

Sie sagt, murmelt: »Mein Friseur ist gestorben, und ich kann einfach keinen ordentlichen neuen Friseur auftreiben. Findest du nicht, daß meine Haare fürchterlich aussehen?« Sie macht die Augen auf und sieht mich an, bis ich »Nein« sage. Dann schließt sie ihre Augen wieder. »Doch ...«, murmelt sie, »doch ... Niemand kannte mein Haar so gut wie Romain. Und dann stirbt er ... Die Drecksschwuchtel ...«

Nach einiger Zeit sage ich: »Eigenartig, daß so viele Friseure

Schwuchteln sind. Man fragt sich, wieso. Bei Ballettänzern kann man sich das noch irgendwie erklären, bei Modeschöpfern vielleicht auch, aber bei Friseuren ...«

»Friseure sind Frauenkenner«, sagt Emmy, »deswegen sind das so oft Schwuchteln.«

»Ja?« frage ich. »Sind dann Ballettänzer auch Frauenkenner?«

»Was Ballettänzer sind, interessiert mich einen Scheißdreck.«

»Jetzt, wo du's sagst: mich auch.« Das Gespräch gerät wieder ins Stocken. Und wir haben noch gute fünfundzwanzig Minuten vor uns. Soll ich den zweiten Aschenbecher auch noch gegen die Wand schmeißen? Nein. Dafür gibt es keine Veranlassung. Soll ich ihr erzählen, daß ich heute mittag schon wieder keine Strafe bezahlen mußte, weil ich ein Mädchen ohne Helm mit dem Motorrad nach Hause gebracht habe? Daß unsere Exekutive in Wirklichkeit äußerst unwachsam ist? Soll ich Emmy das erzählen? Nein. Komplett unwichtige Informationen. Ich stehe auf und sehe mir das Gemälde aus der Nähe an. Was es darstellt, weiß ich nicht, aber es ist jedenfalls etwas Grünes. Ich betrachte die Signatur, kann aber nicht erkennen, wie der Maler heißt. Ich schaue aus dem Fenster, sehe noch immer nichts außer so Sachen wie ... die Wolken am Himmel. »Habe ich dir schon erzählt, daß ich Höhenangst habe?« frage ich mit dem Rücken zu Emmy.

Ich höre, wie sie »Nein« sagt.

»Ja«, sage ich, »das habe ich also. Höhenangst. Angst vorm Runterfallen, du weißt schon. Das habe ich schon ... mein ganzes Leben lang, glaube ich.«

»So lange schon?« fragt Emmy.

»Ja«, sage ich, »ich denke schon.« Ich drehe mich um und betrachte sie. Sie döst. Sie erschrickt ganz ordentlich, als ihr Telefon *surrt*.

»Shit«, sagt sie. Sie beugt sich vor, hebt ab. »Ja?« sagt sie, und nach einer Weile: »Nein, zwei Valium à ... zwanzig Milligramm. Was? Dann nimm eben vier zu *zehn* Milligramm, meine Güte! Übrigens, weißt du, was dein Problem ist? Du mußt endlich einmal von diesem Weib weg! Warum um alles in der Welt bleibst du bei der? Hat sie einen goldenen Arsch, oder was? Mein Gott, ich sage dir jetzt schon seit ungefähr ... na mindestens *vier Monaten*, daß du von der Schlampe wegmußt. Es ist dein Leben, blablabla, aber wenn du trotzdem einen Rat hören willst, gut, hier ist mein Rat, Bester: Laß die blondierte Hure sitzen. Oder scheiß' ihr was. Und jetzt schluck vier Zehn-Milligramm-Pillen und mach so weiter, bis ... bis du *alt* wirst.« Sie legt auf, zündet nervös eine Zigarette an und zischt: »Loser.« Sie nimmt einen Zug, bläst den Rauch wütend aus und sagt dann: »Mein Gott, ich *hasse* Männer, die sich von Frauen manipulieren lassen.« Ich überlege, ob ich etwas Interessantes darauf sagen kann, etwas *Männliches*, aber mir fällt nichts ein, außer: »Ich auch.«

Sie sieht mich an. »Bist du noch immer hier?« fragt sie verwirrt.

»Sieht ganz so aus«, sage ich.

Sie schaut auf die Uhr.

Welche Marke ist das?

»Was ...? Fouttier. Aber ...«

»Ich habe eine Pontiac. Ziemlich altmodisch, hat neulich jemand gesagt.«

»Pontiac? Ja, das ist ... Hast du nicht Lust, ein bißchen ... spazierenzugehen? Oder sonst irgendwas. Ich meine, ich muß einfach mal raus hier. Ich werde hier drin noch wahnsinnig.«

»OK«, sage ich, »wieviel Zeit haben wir?«

»Was?«

»Wieviel Zeit wir haben? Zum Spazierengehen. Soweit ich das abschätzen kann, nicht viel, denn meine Stunde ist so gut wie um, und ich nehme an, daß du nach mir gleich jemand anderen hast.«

Sie sieht mich wieder an, jetzt noch verwirrter. »Äh ... ja ... eine Viertelstunde. Eine Viertelstunde haben wir.«

»Komm«, sage ich, »gehen wir. Sonst zahlt es sich nicht mehr aus.«

Sie steht auf, nimmt eine Kostümjacke vom Kleiderständer und eine Tasche, die auf dem Boden steht, und will etwas sagen, aber ich komme ihr zuvor. Ich frage, ob ihre Jacke von Dogs & Bones ist. Sie sieht mich wie einen Schwachsinnigen an, sagt, daß es von Dogs & Bones nur Herrensakkos gibt und fragt, ob ich womöglich *hinterm Mond* lebe? »Nein«, antworte ich.

Im Lift hole ich meine Brieftasche raus, gebe ihr viertausend Franken cash und frage: »Geht das in Ordnung, wenn ich für den Aschenbecher einen Scheck ausstelle?« Obwohl ich nicht sicher bin, ob ich Schecks dabeihabe. Ich füge hinzu: »Soviel Bargeld habe ich nicht bei mir.«

»Vergiß den Aschenbecher!« faucht sie mich an. Wir steigen aus dem Lift, verlassen das Gebäude, gehen auf die Straße. Sie legt ein ordentliches Tempo vor. Nach einiger Zeit wird sie langsamer und wenig später bleibt sie stehen, fährt sich mit der Hand durch die Haare. »Ich fühle mich schon ein wenig besser«, sagt sie.

Wieder sage ich: »Ich auch.«

»Ich denke, ich werde schön langsam wieder zurückgehen.«

»OK.«

»Wir sehen uns. Ruf an wegen einer weiteren Sitzung.«

Sie geht zurück in Richtung des Gebäudes, in dem sie ihre Praxis hat. Ich starre ihr nach. Ich denke mir, daß sie ihre Patienten halten kann, weil sie so unfaßbar attraktiv ist. Mir fällt ein, daß sie, als ich von meinem Vater erzählte, nicht einmal wissen wollte, ob er noch lebt. Ich denke, daß ich den Aschenbecher höchstwahrscheinlich früher oder später bezahlt hätte, wenn sie nicht gesagt hätte, ich soll ihn vergessen. Ich überlege mir, was ich mir jedes Mal überlege, nachdem ich eine Stunde oder noch weniger mit ihr verbracht habe: daß sie die einzige Frau ist, in die ich mich je verlieben könnte.

Ich schaue mich um, um zu sehen, wo ich überhaupt bin, und dann gehe ich ... wohin? Ich betrete ein Café, das ich nicht kenne, setze mich an die Bar und bestelle einen Gin-Tonic. Ich bin der einzige Gast in dem Café.

Emmy war mal verheiratet, mit einem Anästhesisten, aber jetzt ist sie geschieden. Keine Kinder. Bart, der Bassist von Foaming Vomit, erzählte mal, daß er mit Emmy gebumst hat. Seitdem kann ich ihn noch weniger ausstehen als zuvor. Ich habe Emmy noch nicht gefragt, ob es stimmt, daß sie mal mit Bart gebumst hat; ich vergesse jedesmal, sie das zu fragen. Gerade eben schon wieder.

Was der Barkeeper mir vor die Nase stellt, ist kein Gin-Tonic. Es ist etwas *Blaues*. »Was ist das denn?« will ich wissen.

»Äh ... was Sie bestellt haben«, sagt er. Er schwitzt wie ein Schwein.

»Und was habe ich dann bestellt?« frage ich.

»Äh ... Curaçao mit Seven Up ...?« Er hat einen panischen Ausdruck in seinen wäßrigen Augen.

»Nein«, sage ich, »falsch. Einen *Gin-Tonic* habe ich bestellt. Was ist los mit Ihnen? Außerdem, wäre ich Barkeeper, ich würde mich weigern, jemanden zu bedienen, der Curaçao mit Seven Up bestellt. Großer Gott, *Curaçao mit Seven Up*! Das darf doch nicht wahr sein!«

»Es tut mir leid ...«, sagt er, »ich ...« Er nimmt das Glas mit etwas Blauem weg, stellt es woanders hin. »Einen Gin-Tonic also ... Es tut mir leid ... Ich bin frisch operiert ...«

»Ja«, sage ich, »und weiter?«

»Was ...?«

»Sie sind frisch operiert. Und was noch?«

»Ich bin ... Es ist noch nicht ganz in Ordnung ...«

»Sieht ganz so aus, ja. Meiner Meinung nach wissen Sie nicht einmal mehr, was ich jetzt schon zum zweiten Mal bestellt habe. Meiner Meinung nach glauben Sie noch immer, daß es ein Curaçao mit Seven Up war.«

»Nein, nein ... Es war ... ein Gin-Tonic!« Er blüht richtig auf und lächelt mich an.

»Ja«, gebe ich zu, »ein Gin-Tonic ... ja ... Soll ich es selbst machen?«

»Wenn *das* möglich wäre«, sagt er erleichtert.

Ich gehe hinter die Bar. »Aus dem Weg«, sage ich. Er tritt zur Seite. Ich mixe ein Gin-Tonic. »Sie auch was?« frage ich.

»Äh ... nein ...«, stammelt er, »danke ...«

Ich gehe wieder auf die andere Seite der Bar und setze mich auf einen Barhocker.

»Oder ja ...«, sagt er, »ich nehme dann eben den Curaçao mit Seven Up ...« Er schnappt sich das Glas und führt es zum Mund. Danach sagt er: »Zum Wohl«, und nimmt noch einen Schluck.

Ich sage auch »Zum Wohl«, trinke und frage dann: »Wo wurden Sie operiert? Am Gehirn? Dann haben Sie jetzt also eine Narbe am Arsch?«

»Was?«

»Nichts. Vergessen Sie's. Ich habe mich nur gefragt, wo Sie operiert wurden.«

»Äh ... am ... Rücken.«

»Am Rücken? Bestimmt schmerzhaft?«

»Die Operation selbst nicht. Aber nachher schon, wenn die Narkose nachläßt. Eigentlich tut es noch immer weh, und es ist jetzt schon eine Woche her, seit ich operiert wurde. Bücken geht noch nicht.«

»Natürlich nicht«, sage ich. Ich nehme noch einen Schluck. »Natürlich nicht.«

»Drum hören Sie hier auch keine Musik. Der CD-Player steht da unten.« Er zeigt auf einen CD-Player, der knapp über dem Fußboden in einem offenen Fach steht.

»Ist es nicht sogar für jemanden mit einem gesunden Rücken ziemlich dumm, seinen CD-Player so niedrig aufzustellen?«

»Äh ... ja ... Eigentlich schon ... Aber das ist nicht meine Schuld ... Das Café hat meine Frau eingerichtet ...«

»Wirklich? Ihre Frau? Wo ist sie? Wo treibt sie sich herum?«

»Sie ist ... einkaufen gegangen. Donnerstag Nachmittag ist ihr Einkaufstag. Darum springe ich heute für sie ein. Bis sie zurück ist. Ich bin hier nicht wirklich der Cafébesitzer, müssen Sie wissen, das ist meine Frau. Ich selbst bin Maurer. Aber jetzt bin ich krank geschrieben, wegen dem Rücken ...«

»Natürlich«, sage ich, »darf ich kurz telefonieren?«

»Ja, selbstverständlich ... Äh, würden Sie ...« Er zeigt auf das Telefon, das hinter der Bar am untersten Regal steht. Ich gehe zum Telefon, und auf dem Weg dorthin frage ich den Mann: »Ihre Frau ist ein Zwerg, oder täusche ich mich da?« Ich setze mich wieder auf den Barhocker.

»Nein«, sagt er, »sie ist kein Zwerg, sie ist nur ziemlich ... *dumm*, fürchte ich.«

Ich blicke ihm direkt in die Augen und sage: »Frauen sind *nie* dumm, Kumpel.« Er weicht meinem Blick aus, murmelt etwas Unverständliches und beginnt, ungeschickt die Gläser zu spülen.

Ich hatte vor, Emmy anzurufen und sie zu fragen, ob sie den aktuellen Patienten nicht zum Teufel schicken könnte und in dieses Café kommen wollte. Ich glaube, daß ich ihr sogar gestehen wollte: »Ich vermisse dich«. Aber ich rufe Emmy nicht an. Ich traue mich nicht. Ich habe Angst, daß sie mich anbrüllen würde, daß ich vier Pillen zu zehn Milligramm schlucken soll, bis ich alt bin. Ich schiebe das Telefon zur Seite. Ich nehme einen Schluck, zünde eine Zigarette an, ignoriere den Maurer.

Ich denke an Evie und wie ich ihr gestern, als Morrissey die Nummer ›Bengali in platforms‹ sang, erzählte, daß das eine Nummer über Bengalen ist, die Schuhe mit Plateausohlen tragen, und wie lächerlich das aussieht. Und dann fragte Evie: »Was sind Bengalen?« Ich sagte ihr: »Illegale Einwanderer«, und sie sagte: »Dann ist einer der Gärtner meines Vaters ein Bengale«, und ich fragte, ob der Bengale einen Karmann hat, und Evie antwortete: »Nein, ein City-Bike.«

Ich ziehe das Telefon wieder zu mir her und rufe das Studio an. Ich bitte die Rezeptionistin, mich mit Inge von Foaming Vomit zu verbinden. Die Rezeptionistin – Sam heißt sie, glaube ich – sagt, daß Inge die letzten Tage nicht bei der Arbeit erschienen ist. Daß niemand weiß, wo sie sich herumtreibt. »Wie meinst du das, Sam?« frage ich.

»San«, sagt die Rezeptionistin. »Es heißt San, mit einem ›n‹. Nicht Sam. San.«

»Sorry, San«, sage ich.

»Laß nur. Viele Leute machen diesen Fehler. Fast alle nennen mich Sam. Du brauchst dich nicht zu entschuldigen. Auf Wiederhören.« Sie legt auf. Sie hat vergessen, daß ich wissen wollte, wie's Inge geht. Ich überlege, nochmal anzurufen, tue es aber nicht. Ich bin mir sicher, daß diese San keine Ahnung hat, was mit Inge los ist.

Ich gehe hinter die Bar und mixe mir noch einen Gin-Tonic. Ich frage den Maurer, ob er noch einen Curaçao mit Seven Up will. »Äh ... gerne«, sagt er. Erst jetzt fällt mir auf, daß die Flasche Curaçao auf einem hoch montierten Regal steht und der Gin irgendwo ganz weit unten. Ich mixe einen Curaçao mit Seven Up, gebe ihn dem Mann. Er sagt: »Danke schön ... Vielen Dank ...« Ich mixe auch einen Gin-Tonic, stelle das Telefon wieder an seinen Platz, schaue kurz die CD-Sammlung durch: lauter Schrott, darunter die zweite CD von Foaming Vomit. Ich setze mich wieder auf meinen Barhocker.

»Zum Wohl«, sagt der Mann.

»Ihnen auch, Rücken hin oder her«, sage ich. Wir nehmen beide einen Schluck.

Ich frage mich, ob ich gestern, nachdem ich mit Evie nach Hause gekommen war, nachgesehen habe, ob Nachrichten auf meinem Anrufbeantworter waren. Ich glaube nicht. Vergessen. Und heute habe ich auch noch nicht nachgesehen. Schon wieder vergessen. Das letzte Mal, daß ich die Stimme meiner Mutter hörte, war auf meinem Anrufbeantworter. »Ich rufe später noch mal an«, sagte sie.

Eine Frau mit einer Tasche in der Hand betritt das Café. Sie sagt nichts, öffnet eine Tür, die mir noch nicht aufgefallen war, und verschwindet. »Das ist meine Frau«, sagt der Mann und macht dabei ein Gesicht, als wäre er stolz auf sie. Vielleicht hat er ja auch *Grund*, stolz auf sie zu sein.

»Ja«, sage ich, »gratuliere. Sie ist hübsch, Ihre Frau.«

Er lächelt. »Das finde ich auch«, sagt er. »Und sie kann gut kochen.«

Die Frau taucht wieder auf, jetzt ohne die Jacke an.

»Schatz«, sagt der Mann zu ihr, »ich habe diesem Herrn gerade erzählt, daß du gut kochen kannst.«

»Ja«, sagt die Frau, »und das fand der Herr bestimmt großartig, daß du das gesagt hast?«

Der Mann errötet, murmelt etwas. Die Frau sagt: »Leg dich lieber ein bißchen hin, du siehst müde aus. Und trinkst du den Curaçao mit Seven Up jetzt auch schon *selbst?*« Sie nimmt ihm das Glas aus der Hand und gießt es in die Spüle. Der Mann murmelt etwas und verschwindet hinter der Tür, die mir vor dem Auftritt der Frau noch nicht aufgefallen war.

Jetzt bin ich mit der Frau allein. Sie sagt: »Er wurde operiert. Am Rücken.«

»Hat er erzählt«, sage ich.

»Klar«, sagt sie, »was sollte er sonst erzählen? Er hat sonst nichts zu erzählen. Daß er am Rücken operiert wurde, ist *das* Abenteuer seines Lebens.« Sie seufzt.

»Und was ist Ihres?« erkundige ich mich.

Sie sieht mich an. »Wissen Sie es?« sagt sie. »Wenn Sie es wissen, können Sie es mir ruhig sagen, dann lern' ich noch was dazu.« Sie steckt sich eine Zigarette an. Als ich zu ihrem Mann sagte, daß sie hübsch ist, habe ich gelogen. Sie ist nicht hübsch.

»Nein«, sage ich, »ich weiß nicht, was das Abenteuer Ihres Lebens ist. Vielleicht kommt es ja erst, genausogut kann es aber auch sein, daß Sie es schon hinter sich haben. Ohne daß Sie es bemerkt hätten.«

»Ja, das wird es sein ... Es würde mich nicht wundern, wenn ich es schon hinter mir hätte. Vielleicht habe ich ausgerechnet in diesem Moment gerade woanders hingeschaut. Das wird es sein, ja ...« Mit einer ungepflegten Hand streicht sie sich eine Haarsträhne hinters linke Ohr. Sie sagt: »Und Sie?«

»Ich? Ich bin in meine Therapeutin verliebt.«

»Und umgekehrt auch?«

»Nein.«

»Immer dasselbe. Finden Sie es schlimm, daß sie nicht in Sie verliebt ist?«

»Lieber würde ich auf der Stelle tot umfallen, als es schlimm zu finden.«

»Hilft das?«

»Ja.«

Sie macht ihre Zigarette aus. Ich bitte sie, ob sie so freundlich wäre, die Asche aus dem Aschenbecher in einem Plastikbeutel zu sammeln. Sie fragt: »Warum?« Ich sage ihr, daß ich Aschesammler bin. Noch einmal fragt sie: »Warum?« Ich sage ihr, daß ich das nicht weiß. Daß ich, einfach nur so, Asche sammle. Sie sagt, daß die Asche aus den Aschenbechern ihres Café nicht wert ist, Teil einer Sammlung zu sein, und lächelt mich traurig an. Ich lasse das Thema Asche, schaue nach draußen, dann wieder zu ihr hin. Ich sage: »Würde es Ihnen was ausmachen, wenn ich gehe? Oder soll ich noch kurz bleiben, bis ein anderer Gast kommt?«

»Gehen Sie ruhig«, meint sie. Sie steckt sich eine Zigarette an. »Sie werden es mir nicht glauben, aber ich bin mir fast sicher, daß heute kein anderer Gast mehr kommt.«

»Doch, das glaube ich Ihnen. Ich habe zwei Gin-Tonic gehabt. Oder drei. Ja, drei. Wieviel macht das?«

»Lassen Sie nur.«

»Danke«, sage ich. Über die Bar hinweg streichle ich kurz ihre Wange.

Sie läßt mich gewähren. Es ist ja auch nur ein ganz kurzes Streicheln.

»Wiedersehen«, sage ich.

»Wiedersehen.«

Ich trete ins Freie, gehe zum Taxistand – was eine ganze Weile dauert – und steige in ein Taxi. Ich sage zum Fahrer, einer glatzköpfigen jungen Frau, daß ich in die Leeuwstraat will, Nummer 132. Sie läßt den Motor an, schaltet den Taxameter ein, fährt los. Sie betrachtet mich im Rückspiegel: »Bist du nicht einer von Under the Ocean?«

»Nein«, sage ich, »von Foaming Vomit.«

»Habt ihr früher nicht Under the Ocean geheißen?«

»Nein. Wir haben früher auch schon Foaming Vomit geheißen. Von Anfang an. Sogar schon vorher. Irgend jemand hat sich den Namen Foaming Vomit ausgedacht, und da wurde dann eine Gruppe für gesucht. Aber wer ist Under the Ocean?«

»Auch eine Gruppe. Möglich, daß sich die inzwischen einen anderen Namen zugelegt haben.«

»Ja«, sage ich. Sie fährt viel zu schnell. Sie beachtet die Verkehrsschilder überhaupt nicht. Immerhin hält sie an, als nicht weit von meinem Haus eine Ampel von Gelb auf Rot schaltet. Sie hat ein Tattoo auf ihrem Schädel. Eine Spinne. Ich frage nicht, warum sie eine Spinne auf ihrem Schädel hat. Das wäre eine schrecklich banale Frage. Aber dann überlege ich mir, warum ich sie nicht *doch* fragen sollte. Als ich es mache, antwortet sie: »Weil ich eine Spinnenfrau bin.« Ich habe gute Lust, ihr eine Kopfnuß zu verpassen. Ich bezahle, denn wir sind da. Ich steige aus, gehe zur Eingangstür meines Hauses, sperre auf und gehe rein.

Wenig später liege ich so gut wie regungslos in der Badewanne und höre ›Drive‹ von R.E.M.. Ich habe – keine Ahnung zum wievielten Mal, zum dritten Mal, glaube ich – vergessen nachzusehen, ob ich Nachrichten auf meinem Anrufbeantworter habe. Ich starre an die Badezimmerdecke. Das Telefon läutet zweimal, dann wird aufgelegt. Als ich noch ein Kind war, war unsere Telefonnummer zu Hause 052 47093. Ich bin mir sicher, daß ich diese Nummer nie vergessen werde. Was werde ich noch nie vergessen, frage ich mich. Die Namen von mindestens fünf unserer Hunde. Donna 1, Donna 2, Dixie, Beau ... Na schön, die Namen von mindestens *vier* unserer Hunde.

Ich komme ganz einfach nicht über den Tod meiner Mutter hinweg. Es ist jetzt fast drei Jahre her, daß sie starb, und noch immer kann ich nicht wirklich glauben, daß sie tot ist. Noch immer denke ich regelmäßig, daß sie es ist, die anruft, wenn das Telefon läutet. Aber warum sollte sie mich anrufen? Wenn sie sich nach meinem Leben erkundigen würde, würde ich ihr doch nur nichtssagende Antworten geben. Würde sie es auf Dauer nicht leid werden, mich anzurufen?

›Drive‹ ist zu Ende und fängt wieder von vorne an. Das Wasser kühlt ab. Ich wasche mir die Haare, steige aus der Wanne, trockne mich ab, putze mir die Zähne, ziehe mich an und rasiere mich. ›Drive‹ war in der Zwischenzeit schon wieder zweimal vorbei und hat zweimal wieder von vorne begonnen.

Im Schlafzimmer öffne ich den Kühlschrank, hole die Dose, in der sich Asche und Benzin befinden, aus dem Gefrierfach und mache sie auf. Ich schaue. Ich sehe gefrorene Asche, auf der eine Schicht Benzin schwimmt. Es riecht angenehm. Während ich so draufstarre, kommt mir kein einziger Gedanke. Zumindest bilde ich mir das ein.

Ich höre einen gellenden Schrei. Ich schließe die Dose und verstaue sie im Gefrierfach des Kühlschranks. Ich schaue durchs Fenster. Ich sehe, wie sich im Garten der Nachbarn jemand aufrappelt und zur Straße hinkt. Der Mann drückt eine Hand auf die Hüfte. Ich rufe durchs Fenster: »Das tut weh! Das sieht man! *Das tut weh!*« Der Mann ignoriert mein Geplärre, beginnt ungeschickt zu laufen und ist nach ein paar Sekunden aus meinem Blickfeld verschwunden.

Im Badezimmer schalte ich den Kassettenrekorder aus. Ich gehe mit einer Zigarette in der Hand nach unten und checke den Anrufbeantworter. Drei Nachrichten. Zwei davon vom Manager von Foaming Vomit, dessen Name mir plötzlich nicht mehr einfällt. Er beginnt übrigens keine der beiden Nachrichten mit seinem Namen. Er legt sofort los, das erste Mal mit einer Geschichte über die Fotosession für die neue CD, das zweite Mal mit einer Geschichte über ein PR-Mädchen von GUESS?, das möglichst bald mit der Gruppe sprechen will. Zweimal sagt er, daß ich zurückrufen soll. Wie heißt er doch gleich wieder? Mir fällt's echt nicht ein.

Die dritte Nachricht ist von Eva. Nicht meine Eva, sondern die andere Eva. Die bittet mich nur, zurückzurufen. Wie soll ich zurückrufen, wenn ich ihre Nummer nicht habe?

Während ich was esse – Makrelenfilets aus der Dose und zwei Brötchen – fällt mir der Name des Managers ein. Er heißt Kurt.

Nach dem Essen höre ich *»Viva Hate«* von Morrissey und die ersten drei Nummern von *Paris 1919* von John Cale. Danach ziehe ich meine Motorradjacke an, nehme meinen Helm und gehe raus. Bei den Nachbarn ist eine Leiter gegen eine der Hausmauern gelehnt. Ich habe keinen Alarm gehört. Nur diesen gellenden Schrei habe ich gehört.

DIE KINDFRAU

Ich parke auf dem Besucherparkplatz des Krankenhauses. Ich nehme an, daß Ilse noch mehr Besuch hat, denn ohne echt zu zählen, sehe ich vier oder fünf Karmann Ghias rumstehen.

Soll ich den Helm mit ins Krankenhaus nehmen? Ist es nicht lächerlich, einen Helm mit in ein Krankenhaus zu nehmen? Ist es nicht anstößig? Provoziert so was die Kranken nicht? Wird ihnen beim Anblick des Helms nicht bewußt werden, daß es das ist, was sie – für die nächste Zeit oder für immer – *nicht* sind: frei wie ein Vogel, den Blick in weite Ferne gerichtet und durch den Wind sausend? Andererseits: Was kümmert mich das, was einem Haufen Kranker bewußt werden könnte. Tatsache ist, daß ich nicht will, daß mein Helm geklaut wird. Also nehme ich ihn mit rein.

Im Foyer sehe ich Eva. *Meine* Eva. Sie steht da und regt sich über den Automaten auf, der einem gegen Bargeld eine Marke herausgibt, um durch die Schranke an der Ausfahrt des Parkplatzes zu kommen. Eva sucht in ihrer Handtasche nach Kleingeld. Im Schutze einer Pflanze setze ich mich auf eine Bank und beobachte sie. Ich kann mir nicht vorstellen, daß sie Kleingeld hat. Sie hat nur Kreditkarten, nehme ich mal an. Sie sieht extrem attraktiv aus. Würde sie es sich zur Gewohnheit machen, öfter ihren Verstand zu gebrauchen, sie wäre so ziemlich die perfekte Frau.

Ich frage mich, ob Eva Ilse kennt. Muß ja wohl so sein, denn sonst wäre sie nicht bei ihr zu Besuch gewesen. Es sei denn, sie war bei jemand anderem in diesem Krankenhaus zu Besuch. Bei wem? Ein ungelöstes Rätsel.

Ich kann mich nicht erinnern, wo und wann ich Eva und Ilse

zusammen gesehen hätte. Aber in den letzten Jahren kann ich mich bei sehr wenigen Menschen erinnern, wo und wann ich sie zusammen gesehen habe.

Ich beobachte, wie Eva zu einem Mann geht, der in einem Pyjama im Rollstuhl sitzt und vor sich hin starrt. Ich höre, wie sie den Mann fragt, ob er ihr denn nicht fünfzig Franken borgen könnte. Der Mann erwidert, daß sein Geld in seinem Jackett ist und daß er nicht weiß, wo sein Jackett ist. Daß ihm sein Jackett abgenommen wurde, als er vor vierzehn Tagen hier landete, und daß er es seitdem nicht wiedergesehen hat. Dann fragt er zögerlich, ob Eva mit ihm in der Cafeteria des Krankenhauses was trinken gehen will. »Großer Gott«, sagt sie, und dann: »Und wie wollen Sie das bezahlen? Ihr Geld ist in Ihrem Jackett, und Sie haben kein Jackett.« Sie ignoriert den Mann endgültig, sieht sich um, will gerade jemand anderen – einen Pfleger – anhauen, als sie mich sieht. Sie kommt zu mir her und läßt sich neben mich auf die Bank fallen. »Hallo, Schatz«, sagt sie. Sie gibt mir einen Kuß auf die Wange. »Hast du fünfzig Franken? Sorry, daß ich dich eine Weile nicht angerufen habe, ich war eine Woche im Urlaub. In Ägypten. Hast du wirklich keine fünfzig Franken?«

»In Ägypten?« frage ich.

»Was?«

»Du warst in Ägypten?«

»Ja. Und übrigens, du hast recht, es ist eine Insel.«

»Wieso? Ich meine, woher weißt du das?«

»Woher ich das weiß? Weil du es mir gesagt hast. Meine Güte. Hast du *wirklich* keine fünfzig Franken? Das ist doch ein Skandal, daß man zahlen muß, um von so einem Krankenhaus-Parkplatz runterzukommen!«

Ich durchsuche meine Taschen nach Geld. »Wie geht es Ilse?« erkundige ich mich.

»Wem? Ilse? Nicht so besonders, glaube ich. Sie trägt nicht

mal Make-up ...« Sie folgt der Bewegung meiner Hände in den Taschen. »Warum nimmst du deinen Helm mit in ein Krankenhaus?« fragt sie.

»Zum *Spaß*«, sage ich. Ich gebe ihr eine Fünfzig-Franken-Münze. Sie seufzt erleichtert. Ich bin mir sicher, daß sie nahe dran war, »Geht das nicht ein bißchen schneller?« zu fauchen. »Danke«, sagt sie jetzt, »ich rufe dich dann heute abend noch an. Oder morgen. Jetzt muß ich dringend ins Kanaalzone. Ich habe Eva zum Essen eingeladen.«

»Eva? Mit der warst du doch zerkracht?«

»Ja. Aber seit kurzem nicht mehr. Lieber Eva als beste Freundin als diese Sue, weißt du. *Jede* lieber als diese Sue, kann man sagen. Mein Gott, so eine blöde Ziege, das kannst du dir gar nicht vorstellen. Bis bald.« Sie küßt mich, sagt mit einem erschütternden Mangel an Überzeugungskraft: »Du siehst gut aus«, und geht weg. Der Mann im Rollstuhl sagt: »Auf Wiedersehen« zu ihr, worauf sie mit »Denkste« antwortet und dann ist sie auch schon weg.

Ich stehe auf und habe gute Lust, wieder nach Hause zu gehen. Jetzt bin ich aber schon mal hier. Also erkundige ich mich am Schalter, in welchem Zimmer Ilse liegt. Die Frau hinter dem Pult schickt mich in den vierten Stock, Abteilung Neurologie. Dort gibt es wieder einen Schalter und ein Pult und eine Frau. Die sagt mir, daß Ilse in Zimmer 412 liegt.

Als ich da ohne vorher anzuklopfen reingehe, sehe ich jemanden in einem Bett liegen. Zweifellos Ilse – auch wenn sie kahlgeschoren ist – und vier weitere Personen, die auf Stühlen herumsitzen. Wen soll ich zuerst ansprechen? Die Kahle? Das erscheint mir am höflichsten. Ich gebe ihr einen Kuß und sage: »Ilse ... Du siehst ... Ich meine, wie geht es dir?« Sie sagt, daß es ihr gut geht. Ich glaube ihr nicht, aber ich habe nicht vor, sie als Lügnerin hinzustellen.

Es hat durchaus einen guten Grund, warum ich ihr nicht glaube: Sie sieht extrem *schlecht* aus. Nicht nur kahlgeschoren, sondern auch, wie Eva schon sagte, ungeschminkt. Außerdem blau und geschwollen im Gesicht. Ihren Nasenring ist sie auch los. Nein, Ilse geht's nicht so toll. Ich verkneife mir den Vorschlag, daß sie sich eine Spinne auf den Schädel tätowieren lassen soll. Daß so eine Spinne am Schädel total super ist, total ... symbolisch.

Ich begrüße die anderen. Von denen kenne ich Yves, den Sänger von Foaming Vomit. Die übrigen drei sind mir vollkommen unbekannt. Einer ist ein surfmäßiger Kerl, blonde, kurze Haare, braungebrannt, das volle Programm. Vielleicht kenne ich ihn doch, aber ich kann mich absolut nicht mehr an ihn erinnern. Die andere ist ein ungefähr zwanzigjähriges Mädchen, extrem hübsch, große Titten, blond, gut angezogen. Die dritte ist ebenfalls ein Mädchen. Nachdem ich sie betrachtet habe, denke ich mir: Mein Gott, *das* ist die Frau meines Lebens! Unmittelbar nach diesem Gedanken spüre ich, daß die Verliebtheit in Emmy, meine Therapeutin, *komplett* dahin ist. Ist das wirklich alles so einfach? Ja, ab einem bestimmten Augenblick ist alles so extrem einfach geworden.

Das Mädchen sieht mich erst an und senkt dann den Blick. Es ist nicht allzu groß, zart, dunkel, hübsch. Viel hübscher als die blonde Mieze, aber nicht auf eine so auffallende Art. Selbstverständlich ist auch sie viel hübscher als Ilse, wobei man aber nicht vergessen darf, daß die kahlgeschoren, verletzt, kränklich, absolut nicht mehr sie selbst ist.

Niemand sagt was, bis ich zu Yves sage: »Yves, dich kenne ich ja, und Ilse auch, aber die anderen nicht. Würdest du ...«

»Ich kenne die auch nicht«, unterbricht mich Yves. Mir scheint, daß er bis oben hin voll mit Coke ist. »Außer Luk«, fährt er fort, »Luk von Elephant.«

Dieser Luk, der Surftyp, sagt: »Das bin ich.« Ich glaube, daß auch dieser Luk bis oben hin voll mit Coke ist. Ich bin nahe dran zu fragen, von *welchen* Elephant er ist, bis mir klar wird, daß mich die Antwort einen Dreck interessiert.

»Und das ist Kate«, sagt Ilse angestrengt und zeigt auf die blonde Mieze. Kate? Kenn' ich eine Kate? Schon, oder? Da war doch jemand, der mir irgendwannmal – vor langer Zeit? Vorige Woche? Gestern? – von einer Kate erzählt hat. Ich weiß nicht mehr genau, um welche Kate es ging, und ich weiß nicht mehr, wer mir von ihr erzählt hat. »Kate ist Luks Freundin«, liefert Ilse als Zusatzinformation.

»Ach so«, sage ich, »das erklärt alles ...« In Wirklichkeit erklärt das natürlich nichts, außer warum auch diese Kate bis oben hin voll mit Coke zu sein scheint. Sie wiegt mit geschlossenen Augen leicht den Kopf hin und her und sagt kein Wort.

»Und wer bist du?« frage ich die Frau meines Lebens.

»Judy«, sagt sie. Sie sieht mich an. In ihren Augen gibt es bei diesem ersten Blickkontakt nicht wirklich viel abzulesen, aber das macht nichts. »Ich wollte eigentlich das Mädchen besuchen, das vor ihr hier in diesem Zimmer lag«, sagt sie. »Ich meine, ich wollte eine Freundin besuchen. Sieht aber ganz so aus, als wäre sie in ein anderes Krankenhaus verlegt worden ... Und jetzt liegt *sie* hier in diesem Zimmer.« Sie zeigt auf Ilse.

»Also«, sage ich, »ihr kennt einander eigentlich gar nicht ...«

»Nein«, sagt Judy, »ich kenne niemanden hier.« Ich frage mich, warum sie dann in diesem Zimmer voller fremder Leute auf einem Stuhl sitzt. Ohne sie ausgesprochen zu haben, wird diese Frage von Judy beantwortet. Sie sagt: »Ich dachte mir, na schön, dann gebe ich die Blumen eben diesem Mädchen statt meiner Freundin und bleibe auch noch ein bißchen.« Sie zeigt auf einen Strauß, der auf dem Tisch liegt. Den Blumenstrauß finde ich rührend. »Das war es also, was ich mir gedacht habe ...«

fährt Judy unschlüssig fort, »und so bin ich einfach geblieben ... Aber ich glaube, ich mache mich dann mal wieder auf die Socken ...« Sie steht von ihrem Stuhl auf und sagt zu Ilse: »Gute Besserung ...« Zu den anderen sagt sie: »Äh ... auf Wiedersehen.« Nur der Surftyp von Elephant reagiert. »Yep«, sagt er. Ich selbst sage: »Ich mache mich dann auch auf die Socken. Alles Gute, Ilse.«

»Äh ... ja ...«, sagt sie unendlich müde und hilflos.

»Sag«, fragt Yves plötzlich, »hast du schon mit Bart gesprochen, wegen ...« Er denkt nach. »Wegen ... irgendwas Wichtigem, bilde ich mir ein.«

»Nein, noch nicht«, antworte ich, »aber ich habe es mir vorgenommen.«

»Prima. Und ... äh ... shit, da war noch was ... Ja, jetzt weiß ich's wieder. Unsere nächste CD wird ... wird ...«

»Phantastisch?« tippe ich.

»Shit, das ist es«, sagt Yves, »phantastisch ... Ja ... Hast du übrigens ...«

»Habe ich übrigens *was*, Yves?«

»Vergiß es, in Krankenhäusern fallen mir nie die richtigen Worte ein ...«

»Das macht nichts«, sage ich. »Komm, Judy.« Ich gehe raus. Judy folgt mir. »Du fragst dich wahrscheinlich ...«, fange ich an, während ich mir überlege: *was* fragt sie sich wahrscheinlich? »Warum ich nur so kurz geblieben bin«, komplettiere ich die Vermutung. »Nun ja, um ehrlich zu sein, ich bin nicht gerade verrückt auf diese Art von Leuten.« Wir steigen aus dem Lift.

Wir stehen im Foyer. »Welche Art von Leuten?« fragt sie.

»Nun ja ... Leute mit ... einem Karmann Ghia.«

Sie fragt mich, was ein Karmann Ghia ist, und statt zu denken: blöde Kuh, denke ich: endlich mal jemand, der nicht weiß, was ein Karmann Ghia ist. Ich sage ihr, daß ein Karmann Ghia irgendein häßliches Auto ist und daß außer uns beiden *sämtliche* Leute in Zimmer 412 einen Karmann Ghia fahren. Ich sage ihr auch, daß jenes Mädchen, das weggegangen war, kurz bevor ich kam – womit ich Eva meine – daß dieses Mädchen *auch* einen Karmann Ghia fährt.

»Die war schon sehr hübsch«, meint Judy.

»Ja«, sage ich, »das ist meine Ex-Freundin.«

»Ja ...?« Darüber will sie eindeutig mehr wissen, beherrscht sich aber. Was soll ich ihr da groß erklären? »Ja«, sage ich, »wir sind als Freunde auseinandergegangen, aber wir sehen einander noch regelmäßig. Kann ich dich auf was einladen?« Diese letzte Frage läßt sie hochschrecken. »Wo?« fragt sie.

»Egal. Bist du mit dem Auto da?«

»Nein. Ich ... äh ... habe kein Auto. Ich bin mit dem Bus gekommen.«

»Ich habe ein Motorrad«, sage ich und deute auf meinen Helm, den ich übrigens die ganze Zeit festgehalten habe. »Du kannst ruhig hinten drauf.«

»Hast du einen zweiten Helm?« fragt sie.

»Nein, das nicht ... Aber das riskier' ich. Und du?«

Zum ersten Mal in meiner Gegenwart lächelt sie. »Ich auch«, sagt sie.

»Sekunde«, sage ich. Ich ziehe eine Marke aus dem Automaten, und wenig später sausen wir – frei wie die Vögel – durch den Wind, den Blick in weite Ferne gerichtet – was ziemlich gefährlich ist, wenn man mit dem Motorrad unterwegs ist. Während der Fahrt denke ich hin und wieder: Ich bin verliebt, zum ersten Mal in meinem Leben bin ich *wirklich* verliebt. Ich überlege, ob mir dieser Gedanke neu ist. Natürlich nicht, aber was um alles in der Welt macht das schon?

Ich halte beim Café Paganini, in dem ich schon seit Jahren

nicht mehr gewesen bin. Wir steigen ab. »Gut gefahren«, sagt Judy, »du bist ein guter Fahrer.«

»Danke«, sage ich, »und du eine gute Beifahrerin.« Wir betreten das Café. Es sind nur wenige Leute da. Der Besitzer des Cafés scheint mich nicht zu erkennen. Im übrigen glaube ich, daß es ein anderer Besitzer ist als früher. Wir setzen uns an einen Tisch, und es liegt auf der Hand, daß ich jetzt mit Judy ein *Gespräch* führen werde. Ich werde auf ein paar Dinge achtgeben müssen, denn jemandem, in den man verliebt ist, erzählt man *nicht*, daß Ägypten eine Insel ist; daß manche Walfische Pfoten haben; daß René Plastron der Erfinder der Krawatte ist, Stylo der Erfinder des Kugelschreibers und daß einem bei 180°C oder mehr die Haare ausgehen (so was hätte ich vielleicht zu Ilse sagen können, wobei es durchaus möglich ist, daß ich das schon mal zu Ilse gesagt *habe*.)

Es ist für mich alles andere als einfach, einem Mädchen *nicht* zu erzählen, daß Ägypten eine Insel ist, blablabla. Ich bin es nicht mehr gewohnt, einem Mädchen so was nicht zu erzählen. Ich werde mich extrem konzentrieren müssen.

Zuvor frage ich sie, was sie trinken will. »Einen Weißwein«, sagt sie. Ich winke dem Cafébesitzer. Er kommt an unseren Tisch. Jetzt, wo er so nahe ist, erkenne ich ihn doch und er mich auch: »He!« ruft er. »Dich gibt's auch noch?«

»Ja«, sage ich, »einen Weißwein und einen Gin-Tonic, Ronnie.«

»OK«, sagt er.

»Bist du oft hier?« fragt Judy. Eine debile Frage, aber was sollte sie sonst fragen, um das Eis zu brechen? Verliebtheit ist: im richtigen Moment seinen Ekel unterdrücken, ignorieren, leugnen, durch Verständnis ersetzen.

»Früher schon«, antworte ich. Ronnie bringt die Getränke, ich bezahle. Er betrachtet Judy, gibt mir mit den Augen ein Zeichen, daß sie super ist, ich gebe ihm mit den Augen ein

Zeichen, daß er sich zum Teufel scheren kann, was er auch macht.

Ich hämmere mir ein, daß ich mit diesem Mädchen heute nacht keinen Sex haben darf. Mit jemandem, in den man verliebt ist, darf man nicht sofort Sex haben. Die Wahrscheinlichkeit ist groß, daß der schnelle erste Sex der Verliebtheit den Todesstoß versetzt.

Im übrigen ist Judy nicht mehr wirklich ein Mädchen, sondern eher eine junge Frau. »Wie alt bist du?« frage ich sie.

»Fünfundzwanzig.«

»Schönes Alter.«

»Ja?«

»Ja. Manchmal schon.« Mein Gott, was *bin* ich verliebt.

»Was machst du?« fragt sie. »Irgendwas mit Musik?«

»Schlagzeug spielen«, sage ich, »ich bin fulltime Drummer bei Foaming Vomit.«

»Foaming Vomit? Der Name sagt mir was. Ich kenne eure Platten nicht oder so, aber der Name sagt mir was. Ich muß dauernd an schäumende Kotze denken, wenn ich diesen Namen höre ...«

Sie wird rot. »Sorry«, sagt sie, »ich will damit nichts ...«

»Du brauchst dich absolut nicht zu entschuldigen. Es wird höchste Zeit, *daß* mal jemand an schäumende Kotze denkt, wenn der Name Foaming Vomit fällt.« Ich lächle sie an. Sie mich. Ich habe Lust, meine Hand auf ihre zu legen; ich tu's nicht. »Und was machst du?« frage ich.

»Äh ... zur Zeit ... nichts. Ich meine, ich kümmere mich um mein Kind.«

Shit, sie hat ein Kind. Sie ist nicht mehr Jungfrau. Sie wird nie wirklich *meine* Frau sein. »Ein Kind ...« wiederhole ich und bin mir unschlüssig, wie meine nächste Frage lauten soll: Ist es ein Junge oder ein Mädchen? Wie heißt es? Wie alt ist es? Wer ist der Vater? Hat es einen Buckel? Zuerst teste ich, ob meine Verliebtheit durch die Existenz dieses Kindes nicht verschwunden ist. Ich schaue Judy in die Augen. Ich bin noch immer total verliebt.

»Ist es ein Junge oder ein Mädchen?« frage ich.

»Ein Mädchen. Melanie heißt sie. Drei Jahre. Der Vater kommt manchmal auf Besuch, meistens nicht. Wenn das Kind nicht wäre, ich wüßte nicht, ob ich noch leben wollte.«

Sie scheint mir reif für den Psychiater, aber vorläufig werde ich nichts in diese Richtung vorschlagen. »Ich habe kein Kind«, sage ich, »und ich weiß genausowenig, ob ich noch leben will.«

»Das weiß man nie ...« sagt sie sinnierend.

»Nein«, sage ich, »aber was wäre die Alternative? Der Tod, kann man fast mit Sicherheit behaupten. Aber ich fürchte, daß dieser Zustand nicht besonders interessant ist. Der Tod ist ein bei weitem überschätztes Phänomen. Oder besser gesagt, die Angst davor. Ja, die *Angst* vor dem Tod, *das* ist ein bei weitem überschätztes Phänomen. Der Tod selbst, der ist *nichts*.«

»Ja ...« sagt sie zögernd. Sie nimmt einen Schluck von ihrem Wein und steckt sich eine Zigarette an. Ich habe Lust, sie zu fragen, ob sie auch in mich verliebt ist. Es würde helfen, das zu wissen. Aber ich traue mich nicht, das zu fragen. Es ist doch nicht zu fassen, ich *traue* mich einfach nicht. Eine ziemlich unangenehme Stille tritt ein. »Wußtest du, daß manche Walfische ...« beginne ich, aber ich kann mich gerade noch rechtzeitig bremsen. Natürlich fragt sie: »Was? Was ist mit manchen Walfischen?«

»Manche Walfische ...« sage ich, »haben so wenig Angst vor dem Tod, daß sie mit einem Lächeln auf den Lippen sterben.« Nachdem ich das ausgesprochen habe, überlege ich mir, daß ich genausogut hätte sagen können, daß manche Walfische *Pfoten haben*. Verdammtnochmal, das Gespräch, das so gut begonnen hat, beginnt schon jetzt auszuarten. Alles nur die Schuld von diesem Kind. Warum hat sie ein Kind? Ist es wirklich notwendig, daß eine Frau, in die ich mich endlich mal wirklich verliebe, ein *Kind* hat?

»Das ist ein schönes Bild«, höre ich sie sagen.

»Was?« frage ich genervt. Wovon redet sie?

»Das mit den Walfischen. Daß die mit einem Lächeln auf den Lippen sterben.«

»Ja«, sage ich, »Walfische sind ... das sind ... *kluge* Tiere ...« Sie schweigt wieder, streift die Asche von ihrer Zigarette ab, trinkt. Sie ist kaum geschminkt. Sie trägt einen grauen Pulli mit oben drei Knöpfen. Ohrringe, hat sie Ohrringe? Nein.

Plötzlich – ehe ich mich's versehe – frage ich sie folgendes: »Judy ... lebt deine Mutter noch?«

Diese Frage bringt sie nicht aus der Fassung. »Nein«, sagt sie, »die ist schon vor langer Zeit gestorben.«

»Meine vor ein paar Jahren«, erwidere ich. »Und dein Vater?«

»Der lebt noch.«

»Meiner auch. Sollen wir noch was trinken?« Es ist offensichtlich, daß ich Schwierigkeiten habe, mit einer Frau, in die ich verliebt bin, ein Gespräch zu führen.

»OK«, sagt sie, »diesmal zahle ich.«

»Nein, nein, ich zahle schon.«

»*Ich* zahle«, bestimmt sie. Sie winkt Ronnie. »Nochmal dasselbe«, erklärt sie ihm. Ich trinke meinen Gin-Tonic schnell aus.

Ronnie bringt die Getränke, Judy zahlt, Ronnie geht wieder weg.

»Wo ist dein Kind jetzt?« frage ich.

»Bei einer Freundin. Die paßt auf Melanie auf, wenn ich ausgehe.«

»Wie schön von ihr ... Wo wir gerade über Freundinnen reden ... Du hast also auch eine Freundin, die im Krankenhaus liegt?«

»Ja, sie hat eine Zeitlang in dem Krankenhaus gelegen, in dem wir gerade waren. Dort sagte man mir, daß sie in ein anderes Krankenhaus verlegt wurde, wo man Brandwunden besser behandeln kann und wo Patienten mit Brandwunden nicht auf der Neurologie liegen müssen. In Nederoverheembeek ist das. Ich glaube nicht, daß ich sie *dort* besuchen werde. Ich habe keine Lust, mit Zug und Bus nach Nederoverheembeek zu fahren. Oder vielleicht doch. Mal sehen.«

»Wie hat sie sich verbrannt?« frage ich. »Ich meine, wie ist es passiert?«

»Im Bett eingeschlafen. Mit einer brennenden Zigarette in der Hand. Ein Nachbar war noch ziemlich schnell zur Stelle, sonst wäre es aus gewesen mit ihr. Ihr Kopf stand in Flammen. Weißt du, als ich da eben das Zimmer betrat, dachte ich, daß sie es ist. Sie ist auch kahlköpfig, deswegen. Aber dieses Mädchen, diese Ilse, die hat sich nicht verbrannt, glaube ich.«

»Nein, die hatte einen Unfall. Mit ihrem Karmann. Wahrscheinlich mußten sie ihr den Schädel ausräumen oder so und haben sie deshalb kahlgeschoren. Obwohl ... ich habe auf ihrem Kopf keine Narbe gesehen. Ich muß aber zugeben, daß ich sie mir nicht wirklich genau angesehen habe. Es könnte sein, daß sie die Narbe im Genick hat oder irgendwo anders, wo es nicht sofort auffällt.«

»Ja ...« sagt Judy, »ich habe auch keine Narbe gesehen.«

Keiner von uns beiden hat Ilses Narbe gesehen: da ist etwas, das uns verbindet.

Auf der Suche nach einem neuen Gesprächsthema fällt mir auf, daß ich im Prinzip – verliebt hin oder her – sehr wenig zu sagen habe. Es gibt natürlich immer irgendwelche Sachen, die man jemandem erzählen kann, aber worin liegt der Sinn solcher Geschichten? Was hat jemand anders davon? Wenn ich Judy erzählen würde, daß schon seit Wochen ein Einbrecher im Garten meiner verreisten Nachbarn auftaucht – was hat sie dann von dieser Information? Rein gar nichts, das wird jeder zugeben. Oder wenn ich ihr das ein oder andere über meine Beziehung mit Eva anvertrauen würde? Würde diese Vertraulichkeit irgendeine Bedeutung haben, würde sie Perspektiven eröffnen, Horizonte erweitern? Ich bin mir so gut wie sicher, daß nicht. Oder soll ich sie in die Geheimnisse meiner *Vergangenheit* einweihen? *Das* ist absolut ausgeschlossen. Aber was sollen wir sonst machen? Schweigen? Mit Streicheln und Küssen beginnen, einander einzelne, immer hitziger werdende Worte in die Ohren flüstern? Nicht doch? Ist meine Beziehung zu Judy schon in diesem frühen Stadium zum Scheitern verurteilt? Klar ist sie das – nicht nur, weil ich im Prinzip nichts zu erzählen habe, sondern auch, weil Beziehungen in ihrem Frühstadium *immer* zum Scheitern verurteilt sind. Sieh mal, ich könnte ihr schlicht und einfach erzählen, daß ich gefrorene Asche sammle, einfach nur so. Daß ich zwei Dosen voll und eine dritte fast voll habe. Und daß sich in der dritten Dose auch eine Schicht Benzin befindet, die nicht gefrieren will. Und daß Bart kein GUESS? tragen will. Und daß ich – wann war das doch gleich wieder? – eine Minderjährige geleckt habe. Und daß meine Putzfrau ein Auge auf den Dirigenten vom Kirchenchor geworfen hat. Und daß Kirchenchöre, daß es die noch *gibt*, und ob das nicht wirklich sensationell ist. Daß ich verdammtnochmal schon seit Jahren in der Überzeugung lebe, daß Kirchenchöre schon vor ewigen Zeiten mit Stumpf und Stiel ausgerottet wurden. Auch vom Ober und den Kellnern im ... na ja, in irgendeinem Restaurant eben, daß die also *grüne* Krawatten tragen, könnte ich Geschichten erzählen. Oder was genausogut möglich wäre: daß ich selbst nichts sage und statt dessen Judy zuhöre. *Ihren* Erzählungen. Über ihr Kind, über den Vater ihres Kindes, über den Tod ihrer Mutter, über das Leben ihres Vaters; über *ihre*

Vergangenheit, über ihre Zukunftspläne ... Mein Gott, ihre *Zukunftspläne* ... Ich seufze tief, nehme einen Schluck vom zweiten Gin-Tonic, nehme mir eine Zigarette, biete Judy auch eine an, gebe Feuer. Wir rauchen.

»Was ist?« fragt sie. »Du bist auf einmal so still ... und so ... traurig.«

Sie *muß* ganz einfach die Frau meines Lebens sein: sie hat es sofort mitbekommen, daß ich traurig bin.

»Ich ...«, sage ich, »ich bin traurig, weil ich ... *unser Glück am liebsten einfrieren würde* ...« Ich warte darauf, daß sie fragt »Wie bitte?«, aber sie sagt: »Ich verstehe schon, was du meinst«, und legt eine Hand auf meine und schaut mir in die Augen. Soll ich sie küssen oder nicht? Ich weiß es nicht, ich habe Lust zu heulen oder loszuschreien und den Laden hier kurz und klein zu schlagen. Ich sage: »In Evas Gegenwart bin ich nie traurig geworden, weil ich unser Glück einfrieren wollte. In Emmys Gegenwart genausowenig. In niemandes Gegenwart.«

»Wer ist Emmy?« fragt sie.

»Meine Therapeutin. In sie war ich eine Zeitlang jedesmal für eine Stunde verliebt, aber das ist jetzt endgültig vorbei. Jetzt bin ich ... in dich verliebt.«

Sie lächelt. »Und ich in dich«, wispert sie.

So, das war's dann. Der Schlußpunkt hinter unser gemeinsames Glück ist bereits gesetzt. Besser wir – Judy und ich – verschwinden jetzt, lösen uns in Nichts auf.

Ich küsse sie auf den Mund, will einen Zungenkuß, aber sie zieht sich zurück und flüstert: »Nein ... lieber nicht ... Ich kann nicht zungenküssen ... Tut mir leid, ich *kann* es einfach nicht ... Es ist mir peinlich, aber ich will ehrlich zu dir sein ... Ich kann nicht zungenküssen ...«

Es gibt Leute, die können nicht schwimmen, es gibt Leute, die können nicht Saxofon spielen, es gibt Leute, die können nicht Auto fahren, es gibt Leute, die können nicht reden, es gibt Leute, die können dies nicht, und es gibt Leute, die können das nicht. Und das ist eben eine Frau, die kann nicht zungenküssen.

»Es braucht dir nicht peinlich zu sein«, sage ich und meine es ernst. Und was ich ganz bestimmt nicht machen darf, ist ihr zu versichern, daß ich ihr das Zungenküssen *beibringen* werde. Daß es mit *mir* schon klappen wird. Das haben ihr zweifellos schon unzählige Männer vor mir gesagt.

»Danke«, sagt sie, rutscht mit ihrem Stuhl neben meinen und bittet: »Aber könntest du mich mal ordentlich halten?« Das mache ich. Sie klammert sich an mir fest. Ich küsse ihren Hals, ich küsse ihr Ohr, ich küsse sie sogar auf den Mund; sie bekommt eine Gänsehaut, sie flüstert, daß sich das phantastisch anfühlt, daß sie schrecklich verliebt in mich ist, schon von der ersten Sekunde an, als sie mich sah, daß sie sich sicher fühlt bei mir.

Aber dann kommt der Moment, in dem man einander loslassen muß, weil man von der unnatürlichen Haltung irgendwo einen Krampf bekommt. Also lasse ich sie los, küsse sie noch einmal auf den Mund und verteile Zigaretten und Feuer. Jetzt sollte ich eigentlich fragen: »Judy, wohin soll das führen mit unserer Verliebtheit? Wie soll das weitergehen? Wie sieht der nächste Schritt aus? Kann ich deine Telefonnummer haben? Soll ich dich morgen anrufen?«

Ehe ich dazu komme, eine dieser Fragen zu stellen oder auch nicht, meint sie: »Du riechst gut.«

»Du auch«, sage ich.

»Sollen wir noch einen trinken?« fragt sie.

»Ja«, sage ich, »und *ich* zahle.« Sie lächelt. Ich winke Ronnie, bestelle und zahle wenig später die beiden Colas, denn ich will keinen Gin-Tonic mehr und sie will keinen Weißwein mehr. Sie trinkt ihre Cola schnell aus und küßt mich mehrmals zwischen den Schlucken. Ich betrachte sie. Sie ist hübsch, sie ist lieb.

»Jetzt muß ich los«, sagt sie. Sie kramt in ihrer Handtasche, findet einen Kuli, schreibt eine Nummer auf einen Bierdeckel. »Bitte sehr«, sagt sie, »du kannst anrufen. Es muß nicht unbedingt sein, ich bin auch ohne Anruf schon froh, daß ich dich kennengelernt habe und daß ich verliebt in dich bin. Vielleicht bin ich es ja morgen schon nicht mehr, aber so verliebt wie heute war ich noch nie in meinem Leben.«

Sie gibt mir noch einen Kuß, dann ist sie weg.

Ich starre vor mich hin, und erst nach ein paar Minuten frage ich mich: Ist sie zu Fuß nach Hause? Mit dem Bus? Hätte ich ihr nicht anbieten sollen, sie heimzubringen? Wo wohnt sie? Ich schaue mir ihre Telefonnummer an, bis ich das Gefühl habe, daß ich sie auswendig kann. Ich, mit meinem lausigen Gedächtnis. Ich zerreiße den Bierdeckel in unzählige Stückchen.

Ich setze mich an die Bar. »Neue Flamme?« will Ronnie wissen.

»Nein«, sage ich.

Er fragt, ob ich es keine gute Idee von ihm gefunden hätte.

»Was?« erwache ich. »Was für eine gute Idee?«

»Na ja, daß ich eure erste CD aufgelegt habe«, sagt er, »gerade vorhin.«

Ich habe nicht bemerkt, daß er Musik von Foaming Vomit gespielt hat. Ich habe überhaupt keine Musik gehört, so sehr war ich mit Judy beschäftigt.

»Ja ...« sage ich, »danke. Nette Geste.«

»Ich finde eure zweite CD auch toll«, sagt Ronnie, »aber ich bin mehr ein Fan der ersten, wegen des Covers. Ich muß immer lachen, wenn ich dieses Cover sehe. Es sieht ganz so aus, als ob der Elefant Zahnschmerzen hätte.«

»Wie bitte?« frage ich.

»Der Elefant auf dem Cover. Das ist der witzigste Elefant, den ich je gesehen habe. Er schaut drein, als würden ihn die Zahnschmerzen umbringen.«

»Nein«, sage ich, »das siehst du falsch. Der Elefant grinst. Er hat überhaupt keine Zahnschmerzen, er *grinst.*«

»Ja?« sagt Ronnie. »Du wirst es nicht glauben, aber ich dachte wirklich, daß er ...« Er nimmt die CD in die Hand und studiert das Cover.

»Ja«, sagt er, »vielleicht hast du ja recht ... Ich dachte, daß er ... Wie auch immer, es ist jedenfalls ein super Foto ...« Er legt die CD von Elephant zur Seite und fragt, ob ich noch was auf Rechnung des Hauses trinke.

»Noch eine Cola«, sage ich.

Ich trinke bis tief in die Nacht Colas. Bis genug Leute im Café sind, um mir ein Mädchen aussuchen zu können, das bereit ist, ohne Helm mit mir mitzufahren.

Ich habe mit ihr im Badezimmer Sex. Der Sex dauert drei Mal ›Drive‹ von R.E.M. und ein Mal ›Everyday Is like Sunday‹ von Morrissey. So ungefähr eine Viertelstunde. Nach dem Sex zeige ich dem Mädchen meine Aschesammlung. Das jagt der Kleinen aus irgendeinem Grund Angst ein, und sie bittet mich, ihr ein Taxi zu rufen. Das mache ich. Sie sagt, daß sie auf das Taxi warten wird, draußen, auf der Straße. Ich erkläre ihr, daß sie das besser nicht tun sollte, daß zur Zeit regelmäßig jemand im Garten der verreisten Nachbarn herumschleicht. Daß sie besser hier bei mir auf das Taxi warten soll.

Unbehaglich, oder genauer gesagt zitternd vor Angst, sitzt sie da und wartet auf das Taxi. Ich frage sie, ob sie weiß, daß Ägypten eine Insel ist. »Nein«, sagt sie. Ich frage sie, ob sie einen Karmann Ghia hat. »Mein Freund«, sagt sie. Ich frage sie, ob sie sich bewußt ist, daß sie ihren Freund gerade *betrogen* hat. »Ja ...«

sagt sie und beginnt zu heulen. »Das wollte ich nicht«, schluchzt sie, »ich betrüge ihn sonst nie, aber als du mich ansprachst ... da ... ich meine, ich bin ein riesengroßer Fan von Foaming Vomit, und ich dachte ...« Als es an der Tür läutet, wischt sie sich die Tränen von den Wangen. »Das wird das Taxi sein«, sagt sie, »ich finde den Weg schon« und läuft zur Eingangstür. Wenig später höre ich das Taxi wegfahren.

Ich lege *Paris 1919* von John Cale auf, esse ein Brötchen, schaue nach, ob ich Nachrichten auf meinem Anrufbeantworter habe (zweimal Kurt, einmal eine der beiden Evas und einmal eine mir unbekannte Männerstimme; keine dieser Stimmen hat was zu vermelden, womit ich mich weiter beschäftigen müßte) und schlucke ein Valium. Ich denke nach, ob ich Judys Telefonnummer noch auswendig kann. Ja. Ich überlege, ob ich sie – jetzt – anrufen soll. Nein. Ich rufe sie nicht an.

DIE JEANSTUSSI
DIE JEANSTUSSI

Das Mädchen von Guess? heißt Vivi und ist eine totale Scheißtante. Aber wahnsinnig hübsch. Gemeinsam mit Kurt, dem Manager, sitze ich mit ihr in der Bar des Foaming Vomit-Studios. Bart ist nicht aufgetaucht, obwohl man ihn darum gebeten hatte. Yves und Rik sind auch nicht aufgetaucht, aber das brauchten sie auch nicht.

Ich habe Kurt versichert, daß ich vorgestern ein ernsthaftes Gespräch mit Bart geführt hätte. In Wirklichkeit ist es glaube ich eine Woche her, seit ich was von Bart gesehen oder gehört habe – eher noch länger – und ich kann mich nicht erinnern, daß ich ihm gegenüber das Guess?-Problem auch nur mit einem Wort erwähnt hätte.

Ich habe Kurt erklärt, daß da alle Versuche für die Katz' sind: daß Bart lieber tot umfällt, als jemals Guess?-Klamotten zu tragen. Das erkläre ich nun auch Vivi. Kurt rutscht unbehaglich auf seinem Stuhl hin und her. »Aber warum?« fragt Vivi mit schriller Stimme. »War*um*, um Gottes Willen?«

»Tja ...«, sage ich, »weiß ich es?«

»Das ist eine Katastrophe, weißt du«, sagt Vivi, »eine *Katastrophe* ...«

»Eine Katastrophe ...?« frage ich. »Hunderttausend tote Schwarze in irgendeinem Entwicklungsland, verhungert oder im Krieg krepiert, *das* kommt mir eher wie eine Katastrophe vor. Selbst wenn's irgendwo weit weg ist.«

Vivi sieht mich fassungslos an. Kurt verflucht mich zweifellos innerlich wegen meiner Bemerkung, die seiner Ansicht nach – nehme ich mal an – *strategisch* nicht gerade geschickt war.

»Sieh mal«, sagt Vivi im belehrenden Tonfall einer Oberlehrerin mit einem Vorhängeschloß zwischen den Beinen, »Tatsache ist: ihr werdet nicht von hunderttausend toten Schwarzen gesponsort, sondern von GUESS? Also komm mir nicht mit hunderttausend toten Schwarzen. GUESS? ist keine Menschenrechtsorganisation, GUESS? macht in Jeans.«

»Wie wär's«, denke ich mir, während ich sie ansehe, »wenn ich dir eine umgedrehte 2-Literflasche Cola in deine Fotze schiebe?«

»Ja«, sagt Kurt, »Vivi hat recht.«

»Klar hat sie recht«, sage ich. »Leute wie Vivi haben immer recht.«

»Was soll das jetzt wieder heißen?« fragt sie gehässig.

»Ich weiß es bei Gott nicht«, sage ich und bitte das Mädchen, das die Nachfolge von Inge angetreten hat und Tina heißt, mir noch einen Gin-Tonic zu bringen.

Tina ist eine Cousine von San, der Telefonistin, die von allen Sam genannt wird, und die deswegen ganz schön sauer ist. Trotzdem nennen sie alle weiter Sam.

Von Inge hat offensichtlich niemand mehr was gehört. Zumindest ist sie kein Thema mehr. Tina bringt mein Gin-Tonic. Sie ist nicht so hübsch wie Inge, aber viel größer. Meiner Einschätzung nach muß sie so um die zwei Meter sein – natürlich viel zu groß für eine Frau. Was mich überrascht, ist, daß sie deswegen keine Komplexe zu haben scheint. So geht sie zum Beispiel total selbstbewußt aufrecht statt irgendwie gebückt, um ihre lachhafte Größe einigermaßen zu kaschieren. Bevor Kurt und Vivi kamen, vor ein paar Minuten noch, habe ich kurz mit ihr gesprochen. Gerade lange genug, um sie davon zu überzeugen, daß Ägypten eine Insel ist und daß manche Walfische Pfoten haben. Und daß ich jemanden kenne, der Asche sammelt und davon total irre geworden ist. Ich habe sie auch gefragt, ob sie Basketball oder Volleyball spielt. »Nein«, sagte sie, »ich gehe mountainbiken.«

Vivi trommelt mit den Fingern auf der Tischplatte. Kurt sitzt daneben, als könnte er nicht bis drei zählen, was er, so hat es jedenfalls immer öfter den Anschein, *tatsächlich* nicht kann.

»Hör zu«, sagt Vivi, »im Prinzip ist alles ganz einfach. Entweder der Bassist trägt ab sofort GUESS?. Oder er fliegt aus der Band und wird durch jemanden ersetzt, der nicht so stur ist.« Sie fummelt an einem ihrer Ringe herum und meint: »Du liebe Zeit, der muß schon ein ganz besonders dummes Arschloch sein. Der Blödmann spielt in einer erfolgreichen Band, verdient Geld wie Heu und das einzige, was man von ihm erwartet, ist, daß er die Kleidung einer bestimmten Marke trägt, noch dazu Kleidung einer absoluten Top-Marke. Und der Idiot verbockt es. So was begreif' ich nicht.«

»Ich auch nicht«, sagt Kurt, »und ich versichere dir, Vivi, daß ich mein Bestes getan habe, um ihn zur Besinnung zu bringen. Absolut mein Bestes. Aber er will einfach nicht auf meine Argumente hören. Darum habe ich auch ihn« – er zeigt auf mich – »ins Spiel gebracht, denn in gewisser Weise vergöttert Bart ihn.«

»Ich habe dir schon einmal gesagt, daß das nicht stimmt. Ich weiß nicht, wie du auf die Idee kommst, daß Bart mich vergöttert. Das stimmt ganz einfach nicht. Würde er mich wirklich vergöttern, Kurt, hätte ich das sicher schon mitbekommen.«

»Wenn du es noch nicht mitbekommen hast, ist das dein Problem«, sagt Kurt, »*ich* habe es schon mehr als einmal bemerkt.«

»Nenn mir ein konkretes Beispiel«, verlange ich.

»Ein konkretes Beispiel ...? Na ja, voriges Jahr, während unseres PR-Wochenendes in Deutschland ... Da ...«

»Ja? Was da?«

»Da ... habe ich gehört, wie er zu einem deutschen Journalisten gesagt hat, daß du der talentierteste Drummer von ... von Flandern bist.«

»Punkt eins: Ich glaube dir kein Wort. Bart redet nicht mit Journalisten, geschweige denn mit deutschen Journalisten. Er bringt nicht einmal einen halben Satz auf Deutsch heraus. Und Punkt zwei: Ich bin keineswegs der talentierteste Drummer von Flandern. Ich bin nicht einmal unter den Top Zwanzig der talentiertesten Schlagzeug spielenden Flamen. Wenn man jemanden vergöttert, erzählt man nicht so einen Scheiß über ihn.«

»Das siehst du falsch«, sagt Kurt, »jemanden vergöttern impliziert ja gerade, daß ...«

»Ob er nun ihn vergöttert oder den lieben Gott höchstpersönlich«, unterbricht Vivi, »hat keine Bedeutung. Das einzige was von diesem Bart erwartet wird, ist, daß er GUESS? vergöttert. Ende der Durchsage.«

Kurt nimmt einen Schluck von seinem Gin-Tonic und scheint mit seinem Latein am Ende. Vivi schaut erregt um sich. Ihr Blick fällt auf das Cover der CD von Elephant. »Elephant ...«, sagt sie, »mit denen waren wir auch mal im Gespräch. Aber *die* schieden wieder aus, weil sie einen Keyboarder mit einem Sprachfehler haben. Er nuschelt, glaube ich. Im nachhinein betrachtet ist ein nuschelnder Keyboarder ein geringeres Problem als ein Bassist, der kein GUESS? tragen will.« Sie blickt Kurt wütend an.

»Der Nuschler ist bei den anderen Elephant«, werfe ich ein, »nicht die Elephant, von denen das Coverfoto da an der Wand hängt. Auf deren Cover hat der Elefant Rosen in seinem Rüssel, auf diesem *grinst* der Elefant.«

»Gibt's denn *zwei* Elephant?« fragt Vivi.

»Ja«, antworte ich.

»Na ja, dann wird's vielleicht Zeit, daß wir die Elephant ohne Nuschler kontaktieren«, sagt sie boshaft.

Kurt wird von einer Panikattacke überwältigt, aber es fällt ihm nichts ein, um Vivi von ihrer Idee abzubringen. Mir schon. Ich sage zu ihr: »Könntest du, aber ich an deiner Stelle würde es nicht machen. Die Elephant ohne Nuschler haben einen Gitarristen mit einem Tumor.«

Kurt atmet auf.

»Einem Tumor?« fragt Vivi nachdenklich.

»Ja«, sage ich, »man hat schon versucht, den wegzumachen, aber die Operation ist mißlungen. Jetzt hat er eine riesen Narbe im Nacken.«

»Na toll«, sagt Vivi, »einen mit Narben braucht GUESS? so dringend wie die Pest.«

»Er hat sich den Tumor in Ägypten eingefangen«, erzähle ich weiter, »bevor er nach Ägypten fuhr, war alles in Ordnung. Nachdem er zurück war, bekam er Kopfschmerzen ohne Ende. Dann hat sein Arzt den Tumor entdeckt. Sieht fast so aus, als würde man sich auf Inseln leicht alle möglichen Krankheiten einfangen. Viel eher als auf dem Festland.«

Vivi sieht mich an. »Inseln? Ägypten ist doch keine Insel?« sagt sie zweifelnd.

»Da liegst du falsch«, erkläre ich ihr, »Ägypten ist sehr wohl eine Insel. Es überrascht mich, daß du das nicht weißt.«

»Äh ...«, macht Kurt.

»Ich war noch nicht dort«, sagt Vivi, »aber mein Freund. Erst vor kurzem. Und er hat mit keinem Wort erwähnt, daß es eine Insel ist.«

»Dann hast du einen Freund, der dir etwas verheimlicht«, sage ich. »Mein Gott, daß Ägypten eine Insel ist, das weiß doch jeder. Kurt, ist Ägypten eine Insel oder nicht?«

»Äh ...«, stammelt er schwitzend, »ich selbst war auch noch nicht da, aber ich denke schon. Es ist eine Insel, ja ...«

»Voilà«, sage ich, »außerdem, Vivi, wenn dein Freund unlängst in Ägypten war, dann würde ich ihm raten, sich einmal gründlich untersuchen zu lassen. Ich will damit nicht unterstellen, daß er einen Tumor hat oder sonstwas, aber ich sage nochmals – und ich habe es wie gesagt aus verläßlicher Quelle: Inselbesucher müssen aufpassen, ob sie sich nichts eingehandelt haben.«

Sie sieht mich argwöhnisch an. »Willst du mich verarschen oder wie sehe ich das?« fragt sie.

»Ich verarsche nie jemanden.«

»Ja, das stimmt«, pflichtet mir Kurt bei, »er lügt nie.«

»Exakt«, sage ich, »ich lüge *nie*, Vivi.«

Die Wahrheit ist, daß es mir immer leichter fällt, zu lügen. Weil es da, in meinen Gedanken, jemanden gibt, dem ich die Wahrheit erzählen kann und *will* – Judy natürlich – belüge ich alle anderen mit noch weniger Skrupeln als zuvor.

Ich habe übrigens noch niemandem von Judy erzählt. Die beste Liebe ist die geheime, die verborgene. Ich meine damit *nicht* die *verbotene*: eine Liebe kann nie verboten sein. Es sei denn, daß man es selbst so will. Aber andererseits: wenn man selbst will, daß die Liebe verboten ist, kann von Liebe keine Rede mehr sein.

Da fällt mir noch was ein: Ich habe meine geliebte Judy seit unserer Begegnung im Krankenhaus und unserem Gespräch und Abschied im Paganini nicht mehr gesehen. Ich habe sie auch noch nicht angerufen. Genausowenig hat sie versucht, mich zu erreichen, wo es doch gar nicht so schwer wäre: Sie könnte jederzeit im Studio oder beim Foaming Vomit-Fanclub oder der Plattenfirma anrufen, um sich nach meiner Nummer oder meiner Adresse zu erkundigen. Das hat sie aber nicht getan. Das gefällt mir. So sind unsere Verliebtheit und unser Glück noch genauso frisch wie an jenem Abend im Paganini.

Aber ich denke viel an sie, das schon.

»Ja«, sagt Vivi, »vielleicht rate ich ihm ja, sich mal gründlich untersuchen zu lassen. Vielleicht aber auch nicht, unsere Beziehung pfeift sowieso schon aus dem letzten Loch ...« Sie erschrickt selbst wegen dieses Eingeständnisses und sagt, oder besser gesagt, sie *schnauzt* uns an: »Jetzt aber zur Sache. Wir schweifen ab. Wie sieht's aus: Wird dieser Bart ab heute GUESS? tragen oder nicht?«

»Nun ...«, beginnt Kurt schlapp, »ich kann versuchen, noch einmal ...«

»Dafür ist es jetzt zu spät! Du wirst es noch solange weiterversuchen, bis der Vertrag ausgelaufen ist! Ich habe es satt! Dieser Bassist wird GUESS? tragen oder wir ziehen die Konsequenzen!«

Kurt wird blaß. Ich sage: »Es gibt immer noch die Möglichkeit, die du gerade selbst vorgeschlagen hast, Vivi. Wir setzen Bart vor die Tür. Genaugenommen ist er ja doch nur ein Arschloch. Was meinst du, Kurt?«

Ich habe den Eindruck, daß Kurt am Rande eines Nervenzusammenbruchs steht. »Ja ...«, sagt er. »Aber ... Ich meine ... Wenn Bart nun ... Oder ...«

»Was jetzt, ja oder nein?« fragt Vivi. »Fliegt er raus oder nicht?«

»Er fliegt raus«, sage ich, »oder fliegt er nicht raus, Kurt?«

Vivi sieht Kurt mit durchdringendem Blick an. Kurt sackt in sich zusammen und sagt: »Er fliegt raus. Ich meine, er ...«

»Gut so«, stelle ich fest, »damit wäre das Problem gelöst, Vivi.«

»Daß wir da nicht früher draufgekommen sind«, flötet sie, jetzt plötzlich milde gestimmt.

»Eine andere Frage ist: Wer ersetzt ihn?«

»Auf jeden Fall ein Arschloch, das GUESS? tragen will«, sage ich, »ich will diese Scheiße kein zweites Mal mitmachen.«

»Klar«, sagt Vivi, »klar muß es ein GUESS?-Träger sein. Außerdem keiner, der nuschelt, keiner mit einem Tumor oder was es da sonst noch gibt. Sorgt schlicht und einfach für einen Bassisten, der aussieht wie ein junger Gott und über den keine seltsamen Geschichten kursieren. Und der ein bißchen Baß spielen kann.«

»Kurt, du hast eine faszinierende Aufgabe«, sage ich. »Finde so einen Bassisten, und alle sind zufrieden.«

»Ich habe Hunger«, meint Vivi. »Gibt's hier in der Gegend irgendwo ein Feinschmeckerrestaurant?«

»Ja«, sage ich, »ich zeige dir schnell den Weg. Es wäre übrigens praktisch für mich, wenn ich mit dir mitfahren könnte. Ich bin mit dem Taxi gekommen. Außerdem habe ich auch Hunger.« Ich trinke meinen Gin-Tonic aus, stehe auf und sage zu Kurt: »Du weißt, was du zu tun hast. Ruf mich an, wenn's was Neues gibt.« Zu Tina sage ich: »Tschüs, Tina« und zu Vivi: »Komm, Vivi.«

Wir verlassen die Bar und das Studio. »Der blaue Karmann ist meiner«, sagt Vivi und zeigt auf den Karmann, der zwischen dem von Kurt und dem von San geparkt ist. Tina hat keinen Karmann, ihre Größe läßt sich mit dem niedrigen Dach nicht unter einen Hut bringen. Sie hat einen Toyota Landcruiser, nicht zuletzt deshalb, weil das ein praktisches Auto ist, um darin Mountainbikes zu transportieren. Tina und ihre Freundin – Tina ist eine Lesbe – vergeuden ganze Wochenenden und Ferien mit Mountainbiken. Großer Gott.

Ich lotse Vivi zum De Brugse Poorte. Unterwegs reden wir kein Wort. Vivi ist eine extrem schlechte Fahrerin. Zweimal baut sie fast einen Unfall.

Im De Brugse Poorte sitzen nur ganz wenige Gäste. Trotzdem sage ich zum Ober: »Einen Tisch für zwei in einer ruhigen Ecke, bitte.«

»Selbstverständlich, mein Herr ...« Es hat den Anschein, als wollte er an den Herrn noch einen Namen anhängen, überlegt es sich aber anders. Er könnte ja einmal den falschen Namen erwischen. Er geleitet uns in eine Ecke. Ich habe so das Gefühl, daß in dieser Ecke schon seit hundert Jahren niemand mehr gegessen hat. Der Ober winkt einen Kellner her und verschwindet. Der Kellner bringt die Speisekarten und fragt, ob wir einen Aperitif wollen. »Für mich einen Gin-Tonic«, sage ich. Vivi bestellt auch einen.

»Weißt du, warum der Ober und die Kellner hier grüne Krawatten tragen?« frage ich sie.

»Tragen sie denn grüne Krawatten?« fragt sie, während sie die Speisekarte aufklappt.

»Ja«, sage ich, »und zwar deshalb, weil sie *einzigartig* sein wollen. Weil sie denken, daß der Ober und die Kellner in keinem anderen Restaurant grüne Krawatten tragen. Genau das ist das Problem, Vivi: alle wollen auf irgendeine Art einzigartig sein, auch kollektiv.« Ich bin mir sicher, daß sie nicht zugehört hat.

»Aha ...«, sagt sie, während sie die Liste mit den Speisen studiert. »Nehmen wir eine Vorspeise?«

»Du kannst so viele Vorspeisen nehmen, wie du willst«, antworte ich, »aber ich nehme keine.«

»Was?«

»Nein«, sage ich, »der Hauptgang hier ist eine Riesenportion, ich würde also keine Vorspeise nehmen.«

»Aber ich habe Hunger wie ein *Pferd*.«

»Dann nimm doch einen Ballen Stroh als Vorspeise. Und ein Kilo Hafer als Dessert.«

»Was?«

»Nichts. Vergiß es.« Wenn Mord legal wäre, würde ich dann diese dumme Tussi am Leben lassen? Ich glaube nicht. Ein Kellner, ein anderer als der von vorhin, bringt die beiden Gin-Tonics und einen Teller mit amuse-gueules. Es sieht nach kleinen Toastscheiben mit Kaviar aus. Während Vivi weiter in der Speisekarte blättert, verbringe ich einige Minuten damit, mir eine umfassende Theorie zum Thema Kaviar zusammenzubasteln: daß allgemein angenommen wird, Kaviar werde aus den Eiern des Störs gewonnen, aber daß das nicht immer so ist; es gibt auch Kaviar, der aus den Pfoten mancher Walfische gemacht wird. Danach präsentiere ich diese Theorie. Vivi sieht mich mißtrauisch an.

»Eier?« fragt sie, »ein Stör legt doch keine Eier?«

»Doch, doch«, sage ich, »es gibt übrigens ein indisches Sprichwort, das lautet: *Setze dich nie auf die Eier des Störs, denn sie könnten zerbrechen.*« Sie sieht mich noch mißtrauischer an.

»Und was will dieses Sprichwort sagen?« fragt sie mit einem Anflug von Zweifel in ihrer Stimme.

»Daß die oberflächlichsten Dinge nicht immer in der Tiefe zu finden sind«, sage ich, womit ich sie irgendwie verwirre, denn sie beginnt zu schwitzen und zieht ihre Jacke aus. Ich frage sie, ob die Jacke von Dogs & Bones ist. Sie sieht mich grimmig an.

»Dogs & Bones macht nur Männersakkos«, sagt sie. »Und was das Entscheidende ist: alle meine Klamotten sind von GUESS?«

»Klar«, sage ich, »sorry. Wie dumm von mir. Obwohl ... alles? Macht GUESS? auch Damenunterwäsche? Ich meine, nur so, aber mir ist nicht bekannt, daß GUESS? auch Damenunterwäsche macht.«

»Na ja ... meine Unterwäsche ist nicht von GUESS?, OK, die ist von La Veritata, aber meine Jacke, die ist jedenfalls von GUESS?. Genau wie deine. Wie sich's gehört. Das hätte dieser Bart auch wissen müssen: daß es sich so *gehört.*«

Ein Kellner kommt, um sich zu erkundigen, ob wir uns schon etwas ausgesucht haben. Ich schlage die Speisekarte auf und sage: »Ja ... für mich keine Vorspeise und als Hauptgericht ... die Spareribs mit Mangosauce.«

»Für mich dasselbe«, sagt Vivi.

Wir reichen dem Kellner die Speisekarten, der fragt: »Soll ich den Sommelier rufen?«

»Nein«, sage ich, »lassen Sie den Sommelier ruhig weiterdösen. Bringen Sie mir nur ein Glas Wasser. Und du, Vivi ...« – ich sehe ihr mit haßerfülltem Blick in die Augen – »für dich *auch* ein Glas Wasser?«

»Äh ...«, stammelt sie verschüchtert, »ja, gut, ein Glas Wasser, ja. Mineralwasser.«

»Selbstverständlich, gnädige Frau«, sagt der Kellner, »*Mineral*wasser.« Er zieht Leine.

»So«, sage ich, jetzt in einem freundlichen Ton, »das hätten wir. Und, Vivi, erzähl mal über deine Karriere bei GUESS? Wie hast du es geschafft, dich zu deiner momentanen Position hochzuarbeiten?«

Mit dieser Frage habe ich ihr ein Terrain eröffnet, das sie nach Herzenslust beackern kann. Ab und zu werfe ich ein: »Echt wahr?« und »Jaja« und in der Zwischenzeit denke ich über Judy nach. Was weiß ich über sie? Daß sie gesagt hat, daß sie verliebt in mich ist. Daß ich ihr glaube. Daß sie ein Kind hat von einem Mann, mit dem sie nicht zusammen ist. Daß ihre Mutter vor längerer Zeit gestorben ist. Daß sie Angst vor Zungenküssen hat. Daß sie an schäumende Kotze denken muß, wenn sie den Namen Foaming Vomit hört. Daß sie keinen Karmann Ghia hat. Daß sie nicht einmal wußte, was ein Karmann Ghia ist, bis ich sie diesbezüglich aufklärte. Daß sie raucht. Letzteres ist extrem wichtig. Ich will keine Beziehung, keine Freundschaft, *nichts*, mit einer Frau, die nicht raucht.

Ein Kellner bringt das Essen und das Wasser. Vivi, mit ihrem Hunger wie ein Pferd, beginnt lustlos an den Rippchen herumzuzupfen und hört nicht auf zu plappern. Ich schlinge mein Zeug schnell runter.

Ich stelle mir vor, daß Judy jemand ist, der zuhören würde,

wirklich zuhören würde, wenn ich ihr einige Sachen erzählen würde. Zum Beispiel, daß ich die Kassette aus meinem Anrufbeantworter, jene Kassette, auf der meine Mutter ihre allerletzten Worte zu mir gesprochen hat, daß ich diese Kassette *gelöscht* habe. Daß ich die allerletzten Worte meiner Mutter vernichtet habe. Weil ich nicht wollte, daß von meiner Mutter noch Worte übrigbleiben, während sie selbst schon *tot* ist. Daß ich die Kassette gelöscht, aber nicht weggeworfen habe. Daß ich sie unter einem Haufen gefrorener Asche aufbewahre. Ich stelle mir vor, daß Judy sich diese Geschichte anhören würde, ohne mich zu unterbrechen oder sich zu denken: Und weiter?

Ich höre, wie Vivi sagt, daß sie hundertachtzigtausend netto im Monat verdient, daß sie aber bald eine Gehaltserhöhung bekommt.

Ich stelle mir vor, daß Judy ein Mädchen ist, das sich am Valentinstag eine Schleife um die Taille bindet und ihren Liebhaber – das bin in diesem Fall ich – fragt: »Und? Bist du mit deinem Geschenk zufrieden?« Und daß sie dann, eine Spur ängstlich, vorschlägt: »Du brauchst es nicht selbst auszupakken, das mache schon ich.«

»Jaja«, sage ich zu Vivi.

»Ja«, plappert sie weiter, »ich hoffe, auf zweihundertzwanzigtausend zu kommen.«

Ich stelle mir vor, daß ich Judy durchaus viel erzählen könnte, auch über meine *Vergangenheit*, und daß ich mit ihr stundenlang rede, während wir auf Kissen auf dem Fußboden in ihrem Haus sitzen, und daß sie währenddessen unbewußt so viel von dem Wein trinkt, den ich mitgebracht habe, daß sie ganz langsam wegpennt, und daß ich sie zudecke und sie zärtlich betrachte, wie das echte Liebende so gut können, und mich dann ganz leise aus ihrem Haus schleiche. Hinaus in die Nacht. Heimatlos. Sie in dem Moment schon vermissend.

Ich stelle mir vor, daß sie auf meine Frage, welcher Song von Bruce Springsteen für sie der allerschönste ist, ›Brilliant Disguise‹ antwortet.

»Ich habe genug«, sagt Vivi und schiebt den Teller von sich. Aber das stelle ich mir natürlich nur vor, weil für *mich* ›Brilliant Disguise‹ der allerschönste Springsteen-Song ist.

Vielleicht kennt Judy die Songs von Bruce Springsteen ja gar nicht, überlege ich mir. Außerdem hat sie dieses Kind ... Von irgendeinem Arschloch, das ich nicht kenne. Das ich nicht kennen *will*.

»Was?« frage ich.

»Ob du ein Dessert nimmst?«

»Nein«, sage ich. »Ja. Einen Kaffee trinke ich noch.«

»Ich auch«, sagt sie, »einen koffeinfreien.«

»Einen koffeinfreien ...« murmle ich, »einen koffeinfreien«, und winke einem Kellner. Ich sage ihm, daß er zwei koffeinfreie bringen kann.

Wenig später trinken die Jeanstussi und ich koffeinfreien. Viel zu teuren koffeinfreien. Koffeinfreien ohne viel Aroma, Koffeinfreien, der in meinem Weltbild keine neuen Akzente zu setzen vermag; Koffeinfreien, der mich allein schon mit dem *Wort* ›koffeinfrei‹ fast zum Kotzen bringt.

Auf einmal habe ich den Namen der Jeanstussi vergessen. Nicht, daß es mich groß stören würde. Trotzdem versuche ich, mich an ihren Namen zu erinnern. Das klappt nicht. Ich geb's auf. Und überhaupt, warum sollte sich jemand, ich, ihren Namen merken? Außerdem funktioniert es sehr gut, sich mit jemandem zu unterhalten, dessen Namen man vergessen hat. Im Prinzip brauche ich mir nur noch einen einzigen Namen zu merken. Den von Judy. Obwohl, es wäre auch praktisch, den ihrer kleinen Tochter im Hinterkopf zu behalten. Melanie. Auch wenn es gut möglich ist, daß ich diese kleine Tochter nie zu

Gesicht bekommen werde. In genau diesem Moment, hier in diesem Restaurant, wird mir bewußt, daß es gut möglich ist, daß ich *Judy* nie mehr zu Gesicht bekommen werde. Weil ich so große Angst habe, daß nach der nächsten Begegnung unsere Verliebtheit dahin sein könnte. Vor solchen Dingen habe ich schon mein ganzes Leben lang Angst. Übrigens ... wer sagt mir, daß Judy ihre Verliebtheit nicht *simulierte*? Wer garantiert mir, daß sie nicht doch »Und weiter?« sagen würde, wenn ich ihr von meiner toten Mutter erzähle? Wer kann mir hoch und heilig versprechen, daß ich mit Judy endlich die letzte große Liebe meines Lebens getroffen habe?

Niemand kann das, nicht einmal Judy selbst. *Ich* könnte es vielleicht. Aber ich bin zu feige dafür. Als Hosenscheißer auf die Welt gekommen, und als Hosenscheißer geendet. Zu schlapp, um mich zu der Entscheidung durchzuringen, daß genau *das* meinem Leben jenen Sinn gibt, den es nie hatte. Genau *das*. Was immer es auch sein mag. Die Liebe zu Judy, zum Beispiel. Warum kann ich mich nicht einfach zu folgendem Entschluß durchringen: »Meine Liebe zu Judy gibt meinem Leben jenen Sinn, den es nie hatte«? Nicht nur, weil ich ein zu großer Hosenscheißer, zu feige und zu schlapp bin, sondern auch, weil es so ... *weinerlich* klingt.

»Was?« frage ich.

»Daß ich gerade daran denken muß, daß ich morgen zwei Besprechungen habe«, sagt die Jeanstussi. »Und daß ich noch dazu um elf Uhr meinen Bruder aus Zaventem abholen muß.«

»Muß er denn abgeholt werden?« frage ich, wobei ich mit viel Mühe eine neue Welle von Haß und Abscheu unterdrücke. »Kann er Zaventem nicht aus eigener Kraft verlassen?«

»Natürlich«, antwortet sie, »aber für jemanden, der von einer langen Reise nach Hause kommt, ist es immer angenehmer, abgeholt zu werden.«

»Ach, wirklich?« frage ich sie. »Ich meine, bist du dir da sicher? Vielleicht würden viele Leute lieber *nicht* abgeholt werden.«

»Mein Bruder jedenfalls schon«, fährt sie unbeirrt fort, »er ist der Typ dazu. Weißt du, wenn er auf Reisen ist, aber hin und wieder auch, wenn er ganz einfach nur zu Hause ist – da ruft er mich manchmal zweimal am Tag an, um sich zu erkundigen, ob alles in Ordnung ist.«

»Zweimal?« frage ich mit geheucheltem Erstaunen. »Warum? Hat er so wenig Vertrauen in dich? Denkt er, daß du imstande bist, zweimal pro Tag ins Verderben zu rennen?«

Sie sieht mich böse an. »Natürlich nicht!« faucht sie. »Natürlich hat er Vertrauen in mich! Er macht das, weil er ... na ja ... weil ... ich ihm etwas bedeute.«

»Mein Bruder ruft mich nie an«, sage ich, »und weißt du auch, warum?«

»Äh ... Nein ... Vielleicht, weil er ...«

»Weil ich ihm *nichts* bedeute«, erkläre ich. »Und so hat jeder den Bruder, den er verdient.« Sie weiß nicht, wie sie auf diese Worte reagieren soll. Das Gespräch läuft in ihren Augen eindeutig in die falsche Richtung. Es wird ihr eine Spur zu *negativ*, wie ich ihr ansehen kann. Sie fragt dann auch prompt: »Sollen wir zahlen?«

»Gut«, sage ich, »aber zuerst muß ich noch schnell loswerden, daß sich der Mensch besser nicht allzusehr den Kopf über seinen Bruder zerbrechen sollte. Es gibt ein irisches Sprichwort, das lautet: *Brüder und Schwestern sind nichts anderes als überflüssige Kopien.*«

»Irisch?« fragt sie, wieder am Rande der Angst. »Ein *irisches* Sprichwort ...?«

»Ja«, sage ich, »irisch. Die Iren sind ein grausames Volk. Wie sieht's aus: Zahlst du oder zahle ich? Wenn du zahlst, geht es auf Kosten von GUESS? und wenn ich zahle eigentlich auch. GUESS? kommt also nicht drum herum, irgendwann einmal – direkt oder indirekt – für dieses Essen zu bezahlen, Koffeinfreie inclusive.« Sie wird noch verängstigter als zuvor. »Äh ... nein«, murmelt sie, »ich meine, ich zahle schon.« Sie winkt dem Ober, gibt ihm eine American Express-Karte.

Vor dem Lokal sage ich: »Kommst du noch auf einen Schluck mit zu mir?« Sie zögert, aber nicht lange. Zwei Sekunden. Dann ist sie einverstanden. »Abmarsch«, sage ich.

Bei mir zu Hause serviere ich ihr einen Gin-Tonic und nehme mir selbst auch einen. Schon nach ungefähr drei Schlucken scheint sie sternhagelvoll zu sein. Lallend fängt sie wieder mit ihrer Karriere bei GUESS? und den zwei Besprechungen an, die sie morgen hat. Von ihrem Bruder redet sie jetzt nicht mehr. Das rettet ihr wahrscheinlich das Leben, denn ich komme mir selbst extrem aggressiv vor. Schon fast blutrünstig.

Mitten in ihrer Geschichte sage ich ihr, daß ich kurz telefonieren muß. Mit dem Telefon in der Hand gehe ich – plötzlich am ganzen Körper zitternd – in die Küche und tippe dort Judys Nummer ein. Genaugenommen hoffe ich, daß sie nicht abhebt. Das tut sie aber. Sie klingt verschlafen. Wie spät ist es? Elf Uhr oder so. Judy ist also jemand, der *vor elf Uhr* schlafen geht. Ist das ein Pluspunkt oder ein Minuspunkt? Darüber werde ich später noch nachdenken. Jetzt sage ich, wer ich bin und frage sie, wie es ihr geht. »Gut«, murmelt sie. Ich wünschte, ich könnte ihre Stimme *aufessen.* Ich erkundige mich, wie es ihrer kleinen Tochter geht. Wieder sagt sie: »Gut.« Ich denke fieberhaft nach, um eine Frage zu finden, auf die man nicht mit »Gut« antworten kann, denn es kotzt mich an, daß Judy offensichtlich vorhat, alles *gut* zu finden. »Was denkst du, wie ich mich fühle, so ohne dich?« frage ich sie.

»Schlecht, hoffe ich«, erwidert sie. Ist das eine gute Antwort? Auch darüber werde ich später noch nachdenken.

»Ja«, sage ich jetzt erstmal, »schlecht. Ich meine, liebst du mich noch?«

»Ja. Du mich noch?«

»Sehr, *sehr* viel«, sage ich, »jede Sekunde mehr und mehr. Und *mehr.*«

Sie lächelt. Ich kann sie lächeln hören. »Wann sehe ich dich?« fragt sie. Das ist eine schwierige Frage. Die Sorte Frage, die man am besten mit »Schon sehr bald« beantworten sollte. Das tue ich auch.

»Gut«, meint sie, »schon sehr bald. Aber lieber noch früher. Lieber *jetzt*, eigentlich.«

»OK«, sage ich. Ich unterbreche die Verbindung, gehe ins Wohnzimmer und sage zu der Jeanstussi, die sich in Fötusstellung auf meinem Sofa räkelt: »Ich muß weg.« Sie setzt sich auf.

»Wie, du mußt weg? Und ich? Ich dachte, daß ...«

»Daß wir bumsen würden? Nun, das dachte ich auch. Aber hundertprozentig sicher war ich mir nicht. Und zurecht. Denn ich werde keineswegs mit dir bumsen.«

Sie steht wütend auf, zischt mir zu: »Arschloch! Du bist ein –«

»Was ich bin, geht dich einen Scheißdreck an«, unterbreche ich sie. »Daß ich GUESS? trage, ist der einzige Aspekt meiner Persönlichkeit, der dich zu interessieren hat. Da ist die Tür.«

»Das wird dich noch teuer zu stehen kommen!«, faucht sie mich an. »Komm dich bloß nicht bei mir ausheulen, wenn GUESS? euer ganzes pathetisches Foaming Vomit-Getue wie eine heiße Kartoffel fallen läßt! Denn das werden sie! Dafür werde ich selbst sorgen!«

»Mach ruhig«, sage ich total desinteressiert, »*da* ist die Tür.« Schwankend vor Wut oder wegen eineinhalb Gin-Tonics – beides ist möglich – verschwindet sie. Ich warte, bis ich ihren Karmann mit aufheulendem Motor wegfahren höre, und wenig später schaue ich auf meinem Stadtplan von Gent nach, wo denn nun die Straße ist, in der Judy wohnt.

Ich bin in weniger als zehn Minuten dort. Sie wohnt in einem kleinen Appartement. Sie scheint froh zu sein, mich zu sehen; meiner Meinung nach ist sie sogar *überglücklich.* Als ich flüstere, um das Kind nicht zu wecken, sagt sie, daß ich ruhig normal reden kann. Trotzdem flüstere ich weiter. Ich erzähle ihr ein paar Sachen, nicht wirklich wesentliche Sachen. Daß ich oft an sie denke. Daß ich verliebt in sie bin. Daß sie hübsch ist. Dann gehe ich wieder. Sie hat noch immer Angst vor Zungenküssen. Zu Hause höre ich *Monster* von R.E.M., trinke ein paar Gin-Tonics, und in dem Moment, in dem ich den Drang zu spüren beginne, mir eine Dose mit gefrorener Asche anzusehen, unterdrücke ich ihn und gehe ins Bett. Ich fühle mich durch und durch unglücklich. Ich kann mich nicht erinnern, jemals in meinem Leben so abgrundtief unglücklich gewesen zu sein.

DIE GROSSMUTTER

DIE GROSSMUTTER

Foaming Vomit hat eine Fotosession fürs Cover der neuen CD. Taïs ist die Fotografin. Sie benimmt sich, als wäre das, womit wir gerade beschäftigt sind, enorm wichtig. Sie war es auch, die angeordnet hat, daß die Session *geheim* stattfinden muß; daß die Presse oder wer auch immer auf keinen Fall Wind davon bekommen darf. »Jungs«, sagt sie, »wenn wir jetzt noch mal *echt* unser Bestes geben, sind wir so um fünf, Viertel über fünf fertig. Anders geht's auch gar nicht, wegen des Lichts.«

»Nach fünf«, sage ich mit metallischer Stimme. Ich habe einen Eimer überm Kopf. Taïs' Idee ist folgende: ein Foto von Foaming Vomit im Wald, und auf dem Foto haben drei der vier Typen von Foaming Vomit keinen Eimer überm Kopf und einer schon. Wer den Eimer über den Kopf kriegt, darüber wurde fast den ganzen Vormittag lang diskutiert. Zuerst wollte Yves den Eimer überm Kopf haben, aber Rik auch. Und Jan, der neue Bassist, der von Last Tango abgeworben wurde, auch. Dann wollte Yves den Eimer plötzlich nicht mehr überm Kopf haben. Ein Sänger mit einem Eimer überm Kopf ist ein debiler Anblick, war ihm eingefallen. Auch Rik wollte den Eimer nicht mehr überm Kopf haben. Ein *Gitarrist* mit einem Eimer überm Kopf ist ein debiler Anblick, lautete sein Urteil. Und Jan wollte den Eimer auch nicht mehr überm Kopf haben. Er hätte kurz überlegt, sagte er, und dann entschieden, daß er ein viel zu attraktives Gesicht hätte, um es unter einem Eimer zu verstecken. Schließlich habe ich gesagt: »Dann nehme eben ich den Eimer.« Taïs seufzte erleichtert, als ich das sagte, denn sie will diesen Eimer unbedingt haben. Sie findet ihre Idee mit dem Eimer überm Kopf von irgend jemandem besonders *ori-*

ginell. Sie sieht es als ihre Berufung an, nur originelle Fotos zu machen.

»Was?« schreit sie jetzt.

»Nach fünf«, sage ich. »Du sagtest Viertel *über* fünf. Es muß *nach* fünf heißen. Das sage ich schon seit Jahren, auch wenn es mir jetzt so vorkommt, als wäre seit dem letzten Mal schon wieder ein Weilchen vergangen. Aber ich sage es wirklich schon seit Jahren, zu unzähligen Tussis. Keine von denen hört jemals zu, wenn ich was sage.«

»Ich verstehe kein Wort!«, höre ich Taïs brüllen.

»Blöde Kuh, das kommt«, sage ich, »weil ich einen Eimer überm Kopf habe. Und weil du Scheiße in den Ohren hast.«

»Äh ... laßt uns um Gottes Willen einen kühlen Kopf bewahren«, fleht Kurt, »mir ist schon klar, daß wir alle unter enormem Druck stehen, aber laßt uns um Gottes Willen vor allem einen kühlen Kopf bewahren ...« Seit Kurt Taïs' fester Freund ist, ist er noch nervöser und leichter aus dem Konzept zu bringen als vorher. Ihre Beziehung ist eindeutig zum Scheitern verurteilt. Schon allein deshalb, weil sie viel zu oft zusammen sind. Genaugenommen sollte man mit demjenigen, von dem man glaubt, ihn zu lieben, so wenig wie möglich zusammen sein. Die Wahrscheinlichkeit ist groß, daß vielfacher persönlicher Kontakt die Liebe – oder was immer es auch sein mag – ruiniert.

Noch in der letzten Woche oder der vorletzten Woche habe ich zu Kurt gesagt: »Und, Kurt? Irgendwie seid ihr, du und Taïs, also ein Pärchen geworden. Ihr seid zusammen, wie's so schön heißt. Aber ich meine, wie soll's jetzt weitergehen?«

»Weitergehen?« fragte er, »wieso weitergehen? Es geht einfach so weiter wie's im Moment ist. Wir sind total verliebt. Wir wollen so viel Zeit wie möglich miteinander verbringen. Und so soll's doch auch sein.«

»Eben nicht«, sage ich. »Reden wir nicht um den heißen Brei

rum, Kurt. Ich gebe dir und Taïs ungefähr zwei Monate.« Diese Prognose machte ihn rasend vor Wut. Er schien mich anmachen zu wollen, auf seine verblödete Art, die er hat, aber in dem Moment betrat Taïs den Raum und er hielt die Klappe.

»Mein Eimer juckt!« rufe ich, obwohl ich meine, daß mein *Kopf* juckt. Wegen des Eimers. Warum habe ich mich bloß breitschlagen lassen, diesen Eimer zu tragen? Weil ich dann die gottverdammte, vermeintliche *Professionalität* nicht mitansehen muß, mit der Taïs ihre originellen Fotos zu machen versucht.

»Was?« schreit sie, »was sagst du?«

Ich nehme den Eimer ab. »Mein Kopf juckt«, sage ich.

»OK, von mir aus«, sagt sie, »wir machen fünf Minuten Pause.«

»Mein Gott, fünf Minuten, ist das alles?« sagt Jan, über den die seltsamsten Geschichten kursieren. Ob er ein guter Bassist ist, weiß ich nicht. Ist mir auch egal. Tatsache ist nur, daß über ihn die seltsamsten Geschichten kursieren.

»Gut, dann eben eine halbe Stunde«, seufzt Taïs. Ich bin mir sicher, daß sie geil ist auf diesen Jan. Und vice versa. Bassisten sind immer geil auf so Miezen wie Taïs. Und Typen wie Kurt, die sind auch geil auf sie. So ungefähr jeder ist geil auf sie. Außer mir. Ich war *nie* geil auf sie, auch wenn's heute erst das zweite oder dritte Mal ist, daß ich sie sehe. Zur Zeit bin ich nur geil auf Judy, die ich so gut wie nie sehe, mit der ich noch nicht im Bett war, und die ich noch nicht einmal richtig geküßt habe.

Wir schlendern zum Waldesrand, wo ein Cateringservice ein Buffet oder so was in der Art mit zwei Mann Besatzung aufgebaut hat. Die Fotosession findet in diesem Wald statt, weil Taïs das für eine originelle Idee hielt. Kurt sagte, daß auch er es für eine originelle Idee hielt, aber als er das sagte, konnte man an seinem Gesicht ablesen, daß es seiner Ansicht nach eine absolute Scheißidee war, genauso wie das Herumgetue mit dem Eimer. Wegen dieses Eimers hat er hinter Taïs' Rücken noch mit GUESS? herumtelefoniert, in der Hoffnung, *die* würden es für eine absolute Scheißidee halten. Sie hielten es aber für eine außergewöhnlich originelle Idee, und Vivis (die ehemalige GUESS?-Jeanstussi, die jetzt für Rifle arbeitet) Nachfolgerin hat sogar ein Fax geschickt, um zu unterstreichen, daß man bei GUESS? von der Idee mit dem Eimer extrem angetan war. Und von der Idee mit dem Wald. Dafür muß aber jetzt wieder der Titel der CD abgeändert werden. Die CD wird jetzt *Bucketbush* heißen statt *Get Eve*. Als ich das hörte, gab ich zu bedenken, daß ›bush‹ das englische Wort für ›Busch‹ ist und nicht für ›Wald‹. Kurt leitete diese Information an Taïs und an GUESS? weiter, aber die kamen übereinstimmend zu dem Ergebnis, daß mein Argument schwachsinnig ist und daß ja in jedem Wald der ein oder andere Busch steht. Als sich dann herausstellte, daß in dem Wald, in dem die Session stattfinden sollte, kein einziger Busch steht, hat GUESS? ein paar Kunstbüsche organisiert. Der Busch also, neben dem der neue Bassist, Jan, heute posiert, ist kein echter, sondern ein Neppbusch. Wobei ich zugeben muß, daß er von einem echten nicht zu unterscheiden ist.

Alle – Foaming Vomit, Taïs, Kurt, alle möglichen Assistenten – essen und trinken was, und Kurt, der eine halbe Kiwi auslöffelt, steht da und sieht hypernervös zu, wie Taïs und Jan miteinander Konversation machen. Sieht ganz so aus, als wäre das Bumsen nicht mehr fern.

Dieser Jan wird nicht allzu lange Mitglied von Foaming Vomit sein, darauf kann ich wetten, vor allem, weil ich selbst keine Gelegenheit auslasse, um seine Stellung innerhalb der Band zu untergraben. Man wird das übrigens nicht für möglich halten, aber er hat einen *orangen* Karmann Ghia. Außerdem ist er ein Arschloch, es kursieren zu viele eigenartige Geschichten über ihn, und – nehme ich der Einfachheit halber mal an – er ist ein schlechter Bassist. »Und als ob das nicht schon genug wäre«, werde ich demnächst zu Kurt sagen, »ist er noch dazu hinter Taïs her. Das sieht ein Blinder.« Demnächst? Warum nicht gleich jetzt? Ich schlendere zu Kurt hinüber und sage: »Kurt, weißt du, warum die Session so zäh läuft? Ich werd's dir verraten. Nicht nur wegen des Herumgetues mit dem Eimer und dem Scheißwald, sondern vor allem, weil's da zwei gibt, die ihr kleines bißchen Verstand nicht auf die Arbeit konzentrieren können. Welche zwei das sind, brauche ich dir nicht sagen, das kannst du selbst sehen.«

Er sieht mich nervös an und sagt: »Nein, das kann ich nicht selbst sehen. Ich meine, ich habe nicht die geringste Ahnung, wovon du redest. Glaub übrigens nicht, daß du mich aus der Fassung bringen kannst. Ich weiß nicht, was in letzter Zeit mit dir los ist und ob ich dir irgendwas getan habe, aber du versuchst die ganze Zeit, mich zu provozieren, und auf so was steh' ich nicht.«

»Kurt«, sage ich zu ihm, »in meinem ganzen Leben hatte ich keine Sekunde vor, dich zu provozieren. Ich provoziere nie jemanden. Ich *beobachte* nur.«

»Ein Arschloch, das bist du.«

»Das ist gut möglich, aber dann ein Arschloch mit Augen im Kopf. Ich müßte schon eine extrem blickdichte Augenbinde tragen, um nicht mitzubekommen, daß Taïs und dieser Jan permanent am Flirten sind, daß es schon nicht mehr feierlich ist. Sieh dir doch nur mal an, was sie jetzt wieder machen. Wäre sie nackt, der Bassist würde keine Sekunde lang zögern, sein Baguette in ihren warmen Ofen zu schieben.«

Das ist ordinäres Gerede, aber es bringt Kurt durchaus zum Explodieren. Man fragt sich, warum. Und ausgerechnet ich kann es dann ausbaden. Unter dem Geplärre »Verdammtes Arschloch! Verdammtes, dreckiges Arschloch!« verpaßt er mir einen

Faustschlag ins Gesicht, der sich gewaschen hat. Ich kippe sogar hintenüber. Kurts Anfall sorgt für einige Betroffenheit. Taïs ist die erste, die angerannt kommt. »Mein Gott! Was ist denn in euch gefahren!« kreischt sie. »Wir sind mitten in einer gottverdammten Fotosession! Wir haben absolut keine *Zeit*, um einander totzuprügeln!« Yves steht jetzt auch daneben. Er hält Kurt zurück, denn der scheint nicht vorzuhaben, es bei dem einen Faustschlag in mein Gesicht belassen zu wollen. »Er ist entlassen!« brüllt Kurt. »Er fliegt raus! Ich habe ihn so was von satt! Ich bin der Manager, und ich entlasse ihn! Hier und jetzt! Das Arschloch!«

»Aber Kurt!« brüllt Taïs hysterisch. »Er ist *der* mit dem Eimer überm Kopf! Wer soll denn sonst den Eimer überm Kopf tragen!«

»Mir doch egal!« brüllt Kurt. »Und wenn du ihn dir selbst in den Arsch schiebst! Aber der Scheißkerl fliegt! Er und Bart waren schon immer wie Eitergeschwüre! Dieses Arschloch von einem Bart ist weg und jetzt fliegt auch *dieses* Arschloch noch raus! Ich kenne hunderttausend Drummer, die besser sind als dieser Pfuscher!«

Yves sagt: »Ich glaube, es ist wirklich besser, wenn du abhaust. Ich weiß nicht, was zwischen euch vorgefallen ist, aber Kurt hat jedenfalls recht, wenn er sagt, daß irgendwo da draußen hunderttausend Drummer rumlaufen, die besser sind als du.«

»Ja«, sagt Rik, »vielleicht sogar zweihunderttausend.« Er wirft einen Apfelrest weg und nimmt dann einen Spiegel aus seiner Hosentasche. »Hat irgendwer eine Line über?« fragt er.

»Hier, Rik«, sagt einer der Assistenten.

Ich selbst habe mich inzwischen wieder hochgerappelt. Meine Guess?-Jacke ist voller Blut. Ich nehme einige Papierservietten vom Buffet und tupfe mir die Nase ab. Kurt sieht mich zitternd an. Ich glaube nicht, daß er noch vor Wut zittert, sondern weil ihm seine Entscheidung jetzt schon leid tut. Vielleicht würde er über diese Entscheidung noch einmal reden wollen, wenn nicht Taïs genau in diesem Augenblick sagen würde: »OK, ich habe mir das gerade überlegt. Im Prinzip ist das mit dem Eimer überhaupt kein Problem. Einer meiner Assistenten kann einspringen. Mit dem Eimer sieht man ja doch nicht, wer das ist. Daß ich da nicht früher dran gedacht habe.« Sie schaut herum und zeigt auf den Assistenten, der Rik gerade mit einer Line Koks versorgt hat. »Du«, sagt sie zu ihm, »läufst hier ja doch nur unnötig rum. Du machst statt ihm weiter« und zeigt dabei auf mich.

»OK«, sagt der Bursche, »kein Problem.«

»Äh ...« sagt Kurt, dessen Aggression komplett verraucht ist. »Äh, Schatz, er trägt kein GUESS?«

»Verdammt!« schreit Taïs und beschimpft den Assistenten wie irre. »Blödes Schwein, warum trägst du kein GUESS? Ist es nicht absolut *logisch*, daß du während dieser Session GUESS? trägst? Muß man euch denn *alles* erklären? Ist denn sonst keiner da, der GUESS? trägt?« Auch ihre beiden anderen Assistenten scheinen kein GUESS? zu tragen, genausowenig wie die beiden Angestellten vom Catering. Taïs stampft wütend auf den Boden, bis sie plötzlich wieder einen genialen Einfall hat. Ich betrachte das ganze Schauspiel, während ich mir weiter die Nase abtupfe und mittlerweile von allen ignoriert werde. »Kurt«, sagt Taïs, »*du* trägst natürlich GUESS?!«

»Schatz ...« antwortet Kurt, ein gebrochener Mann, »ich möchte nicht mit einem Eimer überm Kopf in einem Wald herumstehen. Wirklich nicht.«

»Das möchtest du schon, Kurt«, sagt Taïs seelenruhig, »das möchtest du wirklich *schon*. GUESS? würde es alles andere als gut finden, wenn du das nicht möchtest. Und ich genauso. Nimm jetzt also sofort den Eimer mit in den Wald. Ich sage dir dann schon, was du zu tun hast. Und du ...« – jetzt redet sie mit mir – »du hast gehört, daß du gefeuert bist. Deine Anwesenheit hier ist überflüssig geworden.«

Kurt will was sagen, hält sich aber zurück und sagt dann: »Ich sorge schon dafür, daß finanziell alles korrekt abgewickelt wird. Laut Vertrag.«

»OK, Kurt«, sage ich, »aber ich bleibe dabei, daß Taïs und dieser neue Bassist demnächst miteinander vögeln werden.«

Rik kichert. Kurt sieht schweigend zu Boden. Der neue Bassist ist schon auf dem Weg zu seinem Neppbusch im Wald, und Taïs kreischt: »Hau ab, Arschloch!«

Ich haue tatsächlich ab. Meine Shadow steht geparkt zwischen ungefähr sieben Karmann Ghias (sogar der eine Typ vom Catering hat einen) auf dem Asphaltweg, der beim Wald endet. Ich setze meinen Helm auf und fahre in Richtung Stadt. Unterwegs überlege ich: Soll ich zu Judy fahren und ihr erzählen, daß ich gefeuert bin; würde sie dann auch nur das geringste Interesse zeigen? Würde sie mich trösten? Ich möchte nicht riskieren, daß sie mich womöglich *nicht* tröstet, daß sie womöglich *kein* Interesse zeigt, und ich fahre nicht zu ihr. Statt dessen fahre ich zu Bart, dem Ex-Bassisten von Foaming Vomit.

Wie scheißegal es mir auch ist, was sich in meinem Leben tut, und wie belanglos ich das alles nach und nach finde, so scheine ich doch immer noch das *menschliche* Bedürfnis zu haben, mein Herz bei jemandem auszuschütten, wenn etwas schiefläuft. Obwohl ich hundertprozentig weiß, daß mich das Ausschütten dieses Herzens, bei wem auch immer, nicht einen Millimeter weiterbringt.

Jetzt, wo ich bei Foaming Vomit rausgeflogen bin, ist es am naheliegendsten, daß ich mein Herz bei Bart ausschütte: Er wird mich verstehen, *denn er hat dasselbe durchgemacht.* Großer bullshit natürlich. Bart wird mich nicht im geringsten verstehen. Er wird mich gar nicht verstehen *wollen*, ja, er wird nicht einmal mitbekommen, daß es überhaupt was zu verstehen *gibt*.

Nachdem ich zweimal lange geklingelt habe, öffnet er die Tür. Er sieht nicht besonders fit aus: fettige Haare, unrasiert, grau im Gesicht, bekleidet mit einem Morgenmantel und Combat-Boots. Er hat etwas in der Hand, das wie ein falsches Gebiß aussieht.

»Ja?« fragt er.

»Bart, ich bin es. Wie geht's?«

Er erkennt mich. »Ach ja, du«, sagt er, »jetzt weiß ich. Ich dachte zuerst, who the fuck ist das. Komm rein.« Ich folge ihm in sein Wohnzimmer. Es läuft laute Gitarrenmusik. »Setz dich«, sagt Bart. Er dreht die Musik ab. Wir setzen uns beide. Er sagt nichts; betrachtet, was er da in der Hand hat. Es *ist* ein falsches Gebiß. »Eklig, was?« fragt er. Er schmeißt das Gebiß unter einen Schrank. »Willst du was trinken? Ich habe ... alles, glaube ich.«

»Einen Gin-Tonic«, sage ich, »das kann ich im Moment echt brauchen. Ich bin gerade von Foaming Vomit abgesägt worden.«

»Abgesägt ...?« sagt er geistesabwesend. »Von Foaming Vomit ... Und ... wie fühlt man sich dabei?«

»So, als ob ich es noch nicht genau wüßte. Wie war es bei dir?«

»Bei mir ... war es, als ob ... als ob ... ich ... als ob ich nach drei Monaten Fischen in einem ausgetrockneten Fluß keinen einzigen Fisch gefangen hätte. Mein Gott, was für ein Gewäsch ... Einen Gin-Tonic sagtest du?«

»Ja, bitte.«

In der Küche ruft er: »Es gibt kein Tonic!«

»Dann ohne Tonic«, rufe ich. Was soll ich sonst rufen?

Bart bringt mir ein Glas mit purem Gin; er selbst hat auch

eines. Er setzt sich, glotzt vor sich hin, kichert, sagt nichts, kichert wieder. Mir fällt genausowenig ein. Schließlich frage ich: »Wo ist deine Großmutter?«

Er kichert nochmal, sagt: »Ich habe gerade an sie gedacht. Du wirst es nicht glauben, aber sie ist heute in der Früh gestorben. Oder heute nacht. Jedenfalls liegt sie tot in ihrem Bett. Gestern abend lebte sie noch. Ganz ohne Beschwerden. Nichts in der Art von »Ich fühle mich nicht gut« oder »Ich glaube, ich werde sterben«, du weißt schon. Nichts. Ihre Flasche Zaubertrank ausgetrunken und früh ins Bett, denn morgen geht die Sonne wieder auf, mein Lieber. Na ja, das mit dem Sonnenaufgang kann sie jetzt vergessen. Mausetot in ihrem Bett liegt sie.«

»Großer Gott ...«, sage ich, und »... ich meine, mußt du da nicht jemanden anrufen? Wegen der ... wie heißt das ... Bestattungsformalitäten oder so?«

»Ich denke schon. Ich denke schon, daß man so was von mir erwartet ... Willst du sie noch kurz sehen?«

»Nein ... Nein ... Ich ... ich will mir keine tote Frau ansehen ...«

»Wie du willst, Kumpel. Du versäumst was. Na ja, den Abgang der Zähne hast du ja miterlebt. Wenn du dir die noch einmal ansehen willst, die liegen unter dem Schrank da ... Aber im Ernst, du versäumst wirklich 'ne ganze Menge. Sie hat sich von oben bis unten vollgekackt. Es muß also doch so was wie einen Todeskampf gegeben haben. Aber einen ziemlich stillen, ich habe überhaupt nichts gehört ...«

Er nimmt einen Schluck von seinem Gin und sagt: »Daß sie so lange gelebt hat, es ist nicht zu fassen ... Wie, in Gottes Namen, wie ist es möglich, daß ein Weib, das *jeden einzelnen Tag* seines Lebens von seiner Fußballkarriere erzählt – wie ist es möglich, daß *so ein* Weib so lange am Leben bleibt? Ich schwöre dir, es verging kein Tag, ohne daß sie *mich* oder Gott und die

Welt mit ihrer Fußballkarriere vollaberte. Kannst du dir vorstellen, daß sie mir in letzter Zeit mehr und mehr zum Hals heraushing?«

»Ja«, antworte ich, »das kann ich mir vorstellen ...«

Er kichert, schüttelt den Kopf, trinkt von seinem Gin. Ich frage mich, was ich heute das *einschneidendste Ereignis* finden soll: Daß ich meinen Job los bin oder daß Barts Großmutter gestorben ist. Mein Entschluß, daß keines von beiden ein einschneidendes Ereignis ist, steht praktisch sofort fest. Der eine verliert seinen Job, der andere verliert seine Großmutter. Mein Gott, ich finde schon einen neuen Job.

Bart sagt: »Ich habe gerade vorhin noch ein bißchen auf ihrer Leiche getanzt. Dafür habe ich extra noch einmal diese Schuhe angezogen. Ich trage sie schon eine Ewigkeit nicht mehr, aber heute ... heute trage ich sie ... Durchs Tanzen kam noch ein bißchen Kacke aus ihrem Hintern. Zum Totlachen, Alter, ich mußte mit dem Tanzen aufhören, vor lauter Lachen. Wegen der Kacke, du weißt schon ... Ich schwöre dir, du lachst dich tot, wenn du die Kacke aus einer Leiche heraustanzen kannst ...« Der Gedanke daran bringt ihn wieder zum Lachen.

»Ich glaube«, bemerke ich, »daß du besser nicht auf ihrer Leiche getanzt hättest. Und schon gar nicht mit diesen Schuhen. Ich meine, wer die Leichenwäsche vornimmt, wird unter Garantie die Spuren sehen und bestimmt denken, daß sie ... wie heißt das so schön ... daß sie eines *unnatürlichen* Todes gestorben ist.«

Er lacht noch unkontrollierter. »Du wirst es mir nicht glauben ...«, sagt er nach Luft japsend, »aber das habe ich mir noch nicht überlegt ... Junge, Junge ...«

Als er ausgelacht hat, sagt er: »Da fällt mir was ein ... Sammelst du noch immer Asche?«

»Nein«, sage ich, »damit habe ich aufgehört ...«

»Shit ... Schade ... Sonst hätte ich da ein Geschenk für dich gehabt ...«

Ich weiß nicht genau, wovon er spricht. Hätte er mir, nachdem seine Großmutter eingeäschert worden ist, ihre Asche geben wollen? Na ja, die hätte ich dann nicht angenommen. Nicht nur, weil ich aufgehört habe, Asche zu sammeln (wann eigentlich? Und warum? Ich kann mich nicht mehr erinnern), sondern vor allem, weil ich nie andere Asche als die von Zigaretten gesammelt habe. Ich habe zwar des öfteren *vorgehabt*, andere Arten von Asche in meine Sammlung aufzunehmen, aber getan habe ich es nie.

»Wie auch immer ...«, sagt Bart nachdenklich. Er steht auf, geht in Richtung Küche, fragt unterwegs: »Dir noch einen Gin?«

»Nein«, sage ich. Ich habe nicht einmal meinen ersten getrunken; ich kann puren Gin nicht ausstehen. Bart kommt aus der Küche und hat nicht nur die Flasche Gin in der Hand, sondern – in der anderen Hand – auch ein mittelgroßes Fleischmesser. Er schenkt Gin in sein Glas, nimmt einen Schluck und sagt: »Einen Augenblick.«

Obwohl Bart ganz offensichtlich so was wie geisteskrank geworden ist, habe ich keine Angst vor ihm. Er war auch vorher schon geisteskrank. Vielleicht nicht so auffallend oder nicht so extrem, aber er war es. Ich habe keine Angst vor geisteskranken Menschen. Nur vor Menschen, die mir etwas bedeuten, kann ich eventuell Angst empfinden. Geisteskranke Menschen bedeuten mir *nichts.*

»Was soll das werden?« frage ich trotzdem.

»Nur eine Kleinigkeit«, sagt er, »einen Augenblick.« Er geht aus dem Zimmer, kommt ungefähr zwei Minuten später zurück und legt das Messer auf den Tisch. Daneben einen Finger. »Ihr kleiner Finger«, sagt er. »Du liebe Zeit, der kleine Finger, der hing mir schon viel länger zum Hals raus als alles andere. Dauernd dieselbe Geschichte, wie sie sich einmal beim Fußballspielen den *kleinen Finger* gebrochen hat, so daß der für den Rest ihres Lebens *schief* abstand. Na ja, jetzt steht er nicht mehr schief ab. Jetzt liegt er hier auf dem Tisch. Eklig, was?«

»Und das hätte das Geschenk sein sollen, wenn ich noch Asche gesammelt hätte?«

»Ja. Dann hätte ich ihn für dich verbrannt.«

»Das muß ja jetzt nicht mehr sein«, sage ich.

»Warum nicht?« fragt er. »Ich kann ihn doch auch ... Oder nein, du hast recht, ...« Er wirft den Finger unter den Schrank, kichert und nimmt einen Schluck von seinem Gin.

»Jetzt wird ihr Tod *noch* unnatürlicher wirken«, sage ich.

»Ja ... das schon ...«, sagt er nachdenklich und plötzlich nicht mehr in ausgelassener, euphorischer, sondern in pessimistischer, ja depressiver Stimmung. »Warum haben sie dich bei Foaming Vomit in die Wüste geschickt?« will er wissen.

»Weil ... Weil ich mit Blutflecken auf meiner GUESS? aufgekreuzt bin«, sage ich. Ich zeige ihm die Blutflecken auf meiner Jacke.

»Wessen Blut ist das?«

»Meines.«

»Ach so ...« Er schließt die Augen. »Ach so ...«

»Warum wolltest du nie die Klamotten von GUESS? tragen, Bart?«

»Weil ...« Er läßt die Augen zu, sagt eine ganze Weile nichts. »Weil ... ich die Klamotten von GUESS? ... *zum Kotzen* finde ... Übrigens, wußtest du, daß ich das PR-Weib von GUESS? gebumst habe?«

»Vivi?«

»Nein, nein ... so hieß die nicht ... Die hieß ... anders ... Wie hieß ... Jetzt fällt's mir wieder ein! Taïs hieß die. Was für ein Scheißname. Taïs.«

»Nein«, sage ich, »das war nicht die PR-Tussi von Guess? Das ist eine Fotografin. Sie macht die Aufnahmen für die neue CD. Und ja, ich weiß, daß du sie gebumst hast. Ich habe euch dabei gesehen.«

»Ja? Ach so ... Na ja, und wenn schon ...« Mit geschlossenen Augen nimmt er noch einen Schluck von seinem Gin, den er in der Hand hält. »Ich habe einen ganzen Haufen Weiber gebumst aus dem ... dem ... *Umfeld* von dem ganzen Foaming Vomit ... Die Dings habe ich gebumst ... Riks Frau ... wie ...«

»Ilse.«

»Genau. Ilse. Und die von Yves, dem Sänger, ... Oder nein, der hat keine Frau ... Die andere ... auch eine Ilse, glaube ich ...«

»Riks Geliebte. *Eine* seiner Geliebten.«

»War sie das? Kann sein ... Und noch ein paar von der Sorte habe ich gebumst ... Die Kleine hinter der Bar ...«

»Inge?«

»So irgendwie. Die wollte und wollte nicht kommen. Es war ein Ding der Unmöglichkeit, die zum Höhepunkt zu kriegen ... Mein Gott, was für eine Ziege ...«

Wo Inge sich wohl jetzt gerade herumtreibt? Nie wieder was von ihr gehört. Vielleicht hat sie doch *ein neues Leben* begonnen. Jetzt bin ich es, der kichert.

»Und ...«, redet Bart weiter, »und ... Eva ... eine gewisse Eva ...«

»Welche Eva?« will ich wissen, von einer Sekunde auf die andere so unruhig wie ein Haufen Ameisen. »*Meine* Eva?«

»Hattest du denn eine Eva? Das tut mir dann leid ...«

»Es gibt noch eine andere Eva«, sage ich. Ist Bart jemals auch der anderen Eva begegnet? Woher soll ich denn das wissen?

»Beschreib sie kurz«, sagt er. »Hat sie ein Muttermal auf der linken Brust?«

»*Meine* Eva hat ein Muttermal auf der linken Brust«, sage ich.

»Wie gesagt: Das tut mir dann leid.« Er nippt an seinem Gin.

Das Glas gleitet ihm aus der Hand. Er macht die Augen auf und sagt: »Shit ...«

Es gab eine Zeit, da fand ich Evas Muttermal auf ihrer linken Brust *rührend*. Bis ich Eva besser kennenlernte – eine Frage von Tagen – dann fand ich nichts mehr rührend an ihr.

Im Moment finde ich es noch immer rührend, daß Judy keine Zungenküsse will und daß sie ... na ja, alle möglichen Sachen.

Aber wie sieht's aus? Wie fühle ich mich mit dem Wissen, daß sich Eva von Bart hat bumsen lassen? Angenommen, er sagt die Wahrheit. Und das nehme ich an: Er sieht nicht aus wie einer, der sich lange den Kopf zerbricht, um dann wegen irgendwas zu lügen. Er hat das Bedürfnis zu lügen schon lange abgelegt. Aber wie fühle ich mich? Meine plötzliche Unruhe ist weg, das schon, und trotzdem fühle ich mich mit dem Wissen, daß sich Eva von Bart hat bumsen lassen, nicht besonders *gut*; ich fühle mich sogar ziemlich *beschissen*.

Bart trinkt den Gin jetzt aus der Flasche. Er zermalmt das Glas, das er fallengelassen hat, unter seinen Boots. »Meine Großmutter wollte ich auch mal bumsen«, sagt er, mit geschlossenen Augen vor sich hin kichernd. »Aber sie wurde wach, bevor ich ihre Möse zwischen all den Falten finden konnte ... Vielleicht kann ich es ja jetzt noch einmal versuchen ... Wetten, daß es *diesmal* funktioniert ...«

»Sicher doch«, sage ich, »ich mach' mich dann wieder auf die Socken, Bart.«

»Yep«, sagt er, »du weißt ja, wo die Tür ist.«

Auf dem Nachhauseweg fällt mir plötzlich auf, daß Bart nicht erwähnt hat, daß er Emmy, die Therapeutin, gebumst hat. Emmy hinterläßt offensichtlich bei niemandem einen bleibenden Eindruck. Aber das weiß ich selbst auch schon eine ganze Weile. Seit dem Moment, in dem ich – im Vollbesitz meiner geistigen Kräfte – beschloß, nicht mehr in sie verliebt zu sein.

Als ich bei mir zu Hause ankomme, ist meine Putzfrau – ihr Name fällt mir nicht ein – gerade am Gehen. Ist heute Putztag? Wird schon so sein. Sie grüßt mich und sagt mir, daß sie meinem Kristalleuchter eine Spezialbehandlung verpaßt hat. Hatte mein Kristalleuchter eine Spezialbehandlung nötig? Wird schon so sein.

Ich nehme meinen Helm ab und sage: »Äh ... und wie geht es Ihnen?«

»Gut, mein Herr«, sagt sie, »prima.«

Wieso prima? Ist der Buckel ihrer Tochter verschwunden? Hat sie die Romanze des Jahrhunderts mit dem Dirigenten vom Kirchenchor? Hat sie in einer verdammten Tombola für Minderbemittelte einen verdammten Karmann Ghia gewonnen?

»Ach so«, sage ich, »prima. Das ist ... das ist ... schön für Sie.« Mir fällt ganz einfach ihr Name nicht ein. »Wann fährt Ihr Bus?« frage ich vollkommen grundlos.

»Um Viertel über fünf«, antwortet sie.

»*Nach* fünf«, sage ich. Es wird Zeit, daß auch die arbeitende Klasse, die Klasse der *Debilen*, einmal kapiert, daß es *nach* fünf statt *über* fünf heißt. Ich habe gute Lust, ihr eine in die Fresse zu verpassen.

»Was?« fragt sie.

»Ob Ihnen im Garten der Nachbarn nichts Merkwürdiges aufgefallen ist«, sage ich.

»Im Garten? Was sollte mir ...«

»Nichts. Vergessen Sie's. Ich wollte sagen, in letzter Zeit ist da ein Einbrecher. Irgend so ein Trottel, der ... Wasweißdennich, was der ... Aber sagen Sie mal, finden Sie es nicht eigenartig, daß die Nachbarn so lange wegbleiben?«

»Ich ... Ich weiß nicht ... Ich ...«

»Ich weiß es auch nicht«, sage ich, »bis nächste Woche also?«

»Äh ... ja, mein Herr, bis nächste Woche. In alter Frische.«

Ich gehe zu meiner Tür. »In alter Frische«, murmle ich. »Wie kommt sie da drauf?«

Nicht viel später liege ich in der Badewanne. Ich höre gerade zum siebtenmal ›Everyday Is Like Sunday‹. Ich habe mir überlegt, wie ich mich verhalten soll. Was einen neuen Job betrifft. Was die Nachricht von Kurt auf dem Anrufbeantworter (»Es tut mir leid«) betrifft. Was Judy betrifft. Was ... alles betrifft. In alter Frische: *Ich weiß es nicht.*

EVA

EVA

Eva wischt sich über die Wange. Weil sie böse auf mich sein will, hat sie es geschafft, eine Träne zu zerdrücken. Das, nachdem ich ihr gerade erzählt hatte, daß ich bei Foaming Vomit rausgeflogen bin. Während sie sich die nächste Träne wegwischt, sagt sie, daß sie diese Nachricht erschüttert. Und: »Ich glaube nicht, daß ich weiterhin mit jemandem zusammenleben kann, der von Foaming Vomit gefeuert wurde.« Weiterhin zusammenleben? Sagt sie *weiterhin zusammenleben*? Was genau könnte dieses Mädchen damit meinen?

Ich bleibe ruhig und sage: »Die von Elephant sind an mir interessiert.«

Ihr Gesichtsausdruck hellt sich auf, wild entschlossen verkneift sie sich eine dritte Träne.

»Echt?« kreischt sie. »Sag das doch gleich! Mein Gott, warum erzählst du zuerst die schlechte Nachricht und dann erst die gute?« Beruhigt nimmt sie das Stochern in ihrer Vorspeise – irgendeine Variation von Lachsmousse – wieder auf.

»Willst du gar nicht wissen, *welche* Elephant?« frage ich sie.

»Wie meinst du, welche Elephant? Es gibt doch nur *eine* Band namens Elephant? Die, die über hunderttausend Debut-CDs verkauft haben?«

»Nein, Eva«, sage ich, »es gibt noch eine andere Band namens Elephant. Die haben auch über hunderttausend Debut-CDs verkauft.«

»Wo liegt dann der Unterschied? Du meine Güte. Weißt du, was dein Problem ist? Du *analysierst* die Dinge zu viel.«

»Vielleicht hast du ja recht«, sage ich. »Ich denke über alles viel zu viel nach, das ist der Jammer. Das vermiest mir so ziemlich mein ganzes Leben. So läßt es mir zur Zeit keine Ruhe, daß es Wälder ohne Büsche gibt. Wußtest du das?«

»Wie soll das denn gehen? In jedem Wald gibt's doch Büsche?«

»Nein, das ist ja gerade der Punkt. Es gibt Wälder *ohne* Büsche.« Ich denke mir: Es gibt Frauen ohne Zähne in der Fresse. Ohne Augen in den Augenhöhlen. Ohne *Kopf*.

»Sieh mal, Schatz«, sagt sie, »das ist genau, was ich meine: was kümmert es uns, was kümmert es *dich* um alles in der Welt, ob es Wälder ohne Bäume gibt?«

»Ohne Büsche«, korrigiere ich, »ohne *Büsche*, Eva. Wälder ohne Bäume, *die* gibt's nicht. Das ist ja gerade das Wesen eines Waldes: daß da gottverdammte Bäume rumstehen.«

»Reg dich wieder ab. Sieh mal einer an, da kommt Sue. Ich ignoriere sie einfach. Ich ignoriere sie komplett, die blöde Kuh. Das muß man sich erst mal ansehen, mit wem sie jetzt wieder unterwegs ist. Mein Gott, was für ein häßlicher alter Sack. Ich schwöre dir, sie hat mich gesehen. Sie versucht mich wie blöde zu ignorieren. Aber ich schwöre dir: Sie *hat* mich gesehen.«

Sue ist eine große, rothaarige Mieze mit Brüsten und Beinen. Der Mann an ihrer Seite sieht reich und ungefähr wie fünfundvierzig aus. Der Ober kniet fast vor den beiden. Aber das macht er bei mir auch. Bei allen. Er wünscht sich ganz offensichtlich aus ganzem Herzen, daß aus diesem neuen Toprestaurant – Het Rabot heißt es – etwas *wird* und daß es nicht wie De Brugse Poorte – wo er vorher Kellner war – mit Pauken und Trompeten pleite geht. Vielleicht lag es ja an den grünen Krawatten, die das Personal trug, daß das De Brugse Poorte mit Pauken und Trompeten pleite ging. Mir doch scheißegal, woran es lag. Tatsache ist, daß der Ober und die Kellner im Het Rabot *gelbe* Krawatten tragen.

»Sue«, sagt Eva, während sie hinüberschielt, damit ihr keine einzige von Sues Bewegungen entgeht, »war die dümmste beste

Freundin, die ich jemals hatte. Nach Eva. Und nach ... wie hieß die doch ... dieses Miststück, das mir fast während unserer ganzen Freundschaft die Ohren damit vollaberte, wie sie sich einmal um die Ecke hatte bringen wollen. Aber Sue ist die allerdümmste. Wer könnte dieser alte Sack sein? Wie gibt's das, daß ich den nicht kenne ... Aber was sagtest du vorhin, Schatz? Worüber sprachen wir gerade?«

»Über nichts. Und ich sagte nichts.«

»Sieh dir das an! Wie sie ihn anstarrt! Dieser Blick in ihren Augen! Mein Gott, was ist sie doch für eine Hure!«

»Eva«, sage ich, »vergiß Sue mal kurz. Was ich dich fragen wollte: Habe ich das falsch verstanden, oder ist Eva, die *andere* Eva, schon wieder nicht mehr deine beste Freundin? Ich meine, wart ihr dann nicht doch wieder befreundet?«

»Was ...? Ja, nicht gerade gescheit von mir. Genauso gut kann man eine Topfpflanze als beste Freundin haben. Echt, ich habe es zweimal versucht, aber an die Dummheit dieser Person kann man sich einfach nicht gewöhnen. Man könnte versuchen, ihr zu erklären, daß es Wälder ohne Bäume gibt, aber nicht einmal das würde sie glauben. Weißt du, im Moment habe ich keine einzige beste Freundin, und ich fühle mich sehr gut dabei ...« Ich betrachte sie, ohne daß es ihr auffällt. Wir treffen einander sehr selten, und trotzdem ist unsere Beziehung schon lange keinen Pfifferling mehr wert. Wir haben nicht einmal mehr Sex. Das scheint Eva gar nicht aufzufallen.

Wie lange es wohl dauern wird, bis das mit Judy – obwohl ich die noch seltener sehe als Eva – vor die Hunde geht? Mit Judy hatte ich noch keinen Sex, das könnte vielleicht dazu beitragen, daß unsere Beziehung ein bißchen länger durchhält. So langsam beginnt es mich zu stören, daß ich sie nie auf meinem Anrufbeantworter habe. Ich meine, Verliebte im Anfangsstadium sollten doch ab und zu voneinander was auf dem Anrufbeantworter haben. OK, sie hat genausowenig von mir auf ihrem, aber das kommt daher, daß ich annehme, daß sie keinen Anrufbeantworter *hat*. Mein Gott, sie ist arbeitslos und muß ein Kind durchfüttern. Von so jemandem kann man doch wohl annehmen, daß er sich keinen Anrufbeantworter leisten kann. *Ich* könnte ihr einen Anrufbeantworter kaufen, das schon, aber mit Geschenken muß man vorsichtig sein. Ich kenne dutzende Beziehungen, die an zu vielen Geschenken und zu wenig Zuneigung – selbst wenn's nur Zuneigung auf Distanz ist – gescheitert sind. Und Zuneigung auf Distanz, die empfinde ich noch immer ganz ordentlich für Judy: Ich bin nämlich – glaube ich zumindest – noch immer total verliebt in sie.

Ich könnte Eva von dieser Verliebtheit erzählen, aber ich fürchte, daß sie dann wieder, und diesmal endgültig, ihr Lachsmousse stehen läßt. Und jetzt ist sie gerade so schön am Stochern und Herumknabbern. »Und ich habe ihn doch schon mal wo gesehen«, sinniert sie zwischen zwei Mini-Happen. »Da bin ich mir sicher.« Ich weiß, daß sie Sues Begleitung meint, aber trotzdem frage ich: »Wen?«

»Den Mann neben Sue.«

»Ignoriere ihn noch ein paar Minuten, dann wird's dir schon irgendwann einfallen«, schlage ich vor.

»OK«, sagt sie.

Ich denke, daß ich das Thema ›Bart‹ erst nach dem Hauptgang anschneiden werde. Ich werde seinen Selbstmord nicht oder nur nebenbei erwähnen, denn dieses Thema haben alle schon bis zum Erbrechen durchgekaut. Man hat seine Leiche an einem Türgriff erhängt aufgefunden, als sie auch die seiner Großmutter – mit Tanzspuren in der Bauchgegend und geschändet – gefunden haben. An jenem Tag, an dem der Leichengestank im Haus einen der Nachbarn zu stören begann. Das war ungefähr eine Woche, nachdem ich bei Bart zu Besuch gewesen war, unmittelbar nach meiner Trennung von Foaming Vomit. Und die liegt jetzt ungefähr zwölf Tage zurück. Aber gut, das Trara rund um Barts Selbstmord (und den Mord an seiner Großmutter, wie alle annehmen) hat sich gelegt. Es gab nicht einmal ein richtiges Trara. »Das steckte in ihm drinnen« und »Als sie ihn fanden, trug er Combat-Boots und einen *Morgenmantel*, kannst du dir das vorstellen?« waren die gängigsten Kommentare. Zumindest waren diese Kommentare auf meinem Anrufbeantworter, draufgesprochen von Kurt, der sich im Laufe derselben Nachricht nochmal wegen meines Rausschmisses bei Foaming Vomit entschuldigte. Und sagte, daß sie einen neuen Drummer hätten. Den von Elephant. Er sagte nicht einmal dazu, von *welchen* Elephant, die blöde Sau. Offenbar waren einige Zeitungsartikel erschienen, die sich mit der Affäre rund um Bart beschäftigten. Ich lese keine Zeitungen. Ich weiß nicht mal, ob je was drüber berichtet wurde, daß es bei Foaming Vomit einen Drummerwechsel gegeben hat. Nein, was ich mit Eva bezüglich Bart besprechen will, ist nicht sein Selbstmord (Eva findet Selbstmorde *dumm*. Sonst fällt ihr nichts dazu ein.) Statt dessen will ich doch noch kurz darauf zu sprechen kommen, daß Eva und Bart angeblich miteinander gebumst haben.

Sie ist fertig mit dem Lachsmousse. Meines muß inzwischen so ziemlich *verdaut* sein. Ein Kellner kommt, um die Teller abzuräumen und fragt, ob es geschmeckt hat. »Ich glaube, mich erinnern zu können, daß dem so war«, antworte ich. Eva sagt nichts. Sie starrt zu Sue hinüber. »Und jetzt den Hauptgang, bitte«, sage ich zu dem Kellner.

»Gewiß doch, mein Herr«, erwidert er arschkriecherisch. Gar nicht so viel später kommt er mit Hühnerhirn für mich und Seezunge für Eva angetrabt. Ich *vermute*, daß es Hühnerhirn ist, was ich da bestellt habe. Auf der Speisekarte heißt es anders, und als ich den Kellner fragte: »Was ist das?«, antwortete er: »Ich weiß es nicht genau, mein Herr, ich arbeite noch nicht so lange hier, aber ich glaube, daß es Hühnerhirn ist. Jedenfalls sehr zu empfehlen.« Nachdem er auch Wein gebracht hat, sagt er jetzt: »Guten Appetit«.

»Shit, jetzt weiß ich's«, sagt Eva.

»*Was* weißt du, Schatz?« frage ich mampfend. »Daß da eine Zunge auf deinem Teller liegt? Daß es zweifelsohne *zwei Stunden* dauern wird, bis du die auch nur zur Hälfte aufgegessen hast? Daß ich mein Hühnerhirn schon jetzt fast aufgegessen habe und daß Hühnerhirn nach ... *nichts* schmeckt? Ist es *das*, was du weißt?«

»Was sagst du ...? Warum redest du mit vollem Mund ...? Weißt du, wer der Mann neben Sue ist? Ihr Vater! Ich wußte, daß ich ihn schon mal gesehen hatte! Das war ...« Sie denkt gründlich nach. »Damals, als Sue und ich und ... Nein, es war noch davor. Es war ... damals ... damals auf diesem Schiff! Ja, es war auf einem Schiff. Sues Vater hat gut und gern zwanzig Schiffe, mußt du wissen, er baut die selbst oder so. Ja, da war das, da habe ich ihn gesehen, auf diesem Schiff. Nicht daß wir gefahren sind, denn das sind wir nämlich nicht, aber damals war ein Fest auf dem Schiff, ja, das ist es, siehst du, ich kann mich doch noch erinnern!«

»Sehr schön, Schatz«, sage ich, »du kannst dich noch erinnern. Sehr tüchtig. Aber ... bringt dich das auch irgendwie *weiter?* Ich meine, daß du dich noch erinnern kannst, daß dieser Mann Sues Vater ist und daß du ihn einmal auf einem Schiff, das nicht fährt, kennengelernt hast, hilft dir das weiter? Ist das eine Offenbarung? Sorgt es dafür, daß sich dir endlich eine neue Welt auftut? Daß sich dein Horizont nach einundzwanzig Jahren geistiger Plackerei unendlich weitet?« Ich schiebe den leeren Teller von mir.

»Ich mag das echt nicht, wenn du während dem Essen redest. Woran ich mich erinnere ist, daß er sehr charmant war. Und auch sehr geistreich und total auf dem Laufenden. Er sagte zu Sue – während ich *danebenstand*, wohlgemerkt – daß sie ihren blöden Aston Martin verkaufen und sich wie jeder normale Mensch einen Karmann Ghia besorgen soll ...«

»Eva«, falle ich ihr ins Wort, »ich bin in jemanden verliebt. Tausendmal verliebter als ich es jemals in dich war.«

»Ich frage mich«, fährt Eva fort, »ob sie's auch gemacht hat. Dieser Aston Martin war echt ein *Wrack*, das schwöre ich dir ... Mein Gott, ich fasse es einfach nicht, daß ich nicht sofort erkannt habe, daß das Sues Vater ist. Ich dachte, daß es irgendein alter Sack wäre, den sie sich aufgerissen hat, aber nein, es ist ihr *Vater*. Ein wirklich angenehmer Mann. Weißt du, was er zu mir sagte?«

»Judy heißt sie«, sage ich, »und wenn ich auch nur eine Sekunde an sie *denke*, bin ich glücklicher als während all der Stunden, die ich mit dir verbracht habe.«

»Eva, sagte er, you're the most beautiful girl in the world. Das hat er gesagt, einfach so ...«

»Dann hat er Judy noch nicht gesehen, die Schwuchtel«, sage ich. »Das ist eindeutig eine Schwuchtel, Eva.«

Sie beginnt in der Seezunge zu stochern und seufzt tief. Dann sieht sie wieder zu Sues Vater hinüber und sagt: »Eigentlich fahre ich schon ein bißchen auf ältere Männer ab ...«

»Bart war aber nicht wirklich viel älter als du?«

»Männer, die schon eine ganze Menge ... Was? Was sagst du?«

»Daß Sues Vater eine Schwuchtel ist.«

»Nein, davor«, sagt sie erregt. »Oder danach. Und Sues Vater ist absolut keine Schwuchtel! Aber was hast du noch gesagt, gerade eben?«

»Daß ich weiß, daß du mit Bart gebumst hast.« Sie läßt ihre Gabel auf die Seezunge fallen, sie macht den Mund auf, es kommt nichts raus dabei. Sie wird ordentlich rot. Ich betrachte sie. Ich sehe, wie sie nach Luft schnappt und nach Erklärungen sucht. Ich bin *amüsiert*.

Nach einer ganzen Weile sagt sie: »Du ... Lügner! Wie ... kannst du es *wagen*! Ich habe mit Bart überhaupt nicht ge ...! Bart hat nie ... Daß du es wagst ... Du bist ein Psychopath, weißt du das? Bart ist verdammtnochmal *tot,* und du wagst es ...« Sie beginnt zu schluchzen. »Ich wußte, daß mit dir was nicht stimmt, das wußte ich schon die ganze Zeit«, heult sie und glaubt wahrscheinlich, daß sie diese Szene perfekt spielt (dem ist nicht so, finde ich), »aber jetzt bin ich mir absolut sicher. Du bist krank im Kopf. Nicht nur, daß du bei Foaming Vomit vor die Tür gesetzt wirst, was an sich schon ein Beweis ist, daß du komplett durchgeknallt bist, sondern ...«

»Bart ist auch bei Foaming Vomit vor die Tür gesetzt worden«, werfe ich ein.

»Das ist was anderes! Der hatte wenigstens einen Grund! Der wollte das verdammte Zeug von GUESS? nicht tragen, und recht hatte er! Und überhaupt, das ist nicht der Punkt! Der Punkt ist, daß du dringend in psychiatrische Behandlung gehörst!«

»Ich *war* eine ganze Weile in Behandlung. Ich gehe schon eine Ewigkeit nicht mehr *hin*. Das weißt du nicht einmal. Du weißt nichts über mich.«

»Weil du mir nie was erzählst!«

»Ich habe dir *hunderttausend* Sachen erzählt, Eva. Aber du hörst nie zu.«

»Ach, laß mich doch in Frieden«, sagt sie. »Es ist schlicht und einfach *aus* zwischen uns. Ich will mich nicht mit jemandem abgeben, der gestört ist.« Sie steht auf, macht Anstalten wegzugehen, als ich sage: »Schöne Grüße an deine Mutter, Eva.« Sie sieht mich gehässig an. Ich weiß ganz genau, daß sie mich schlagen will und daß es sie besondere Überwindung kostet, es nicht zu tun. Sie würde gerne mit einer treffenden Replik kontern, denkt nach ... (Ich hoffe, daß sie nicht sagt: »Und du deine«, denn das wäre ihr Todesurteil) und stellt ein für alle Mal triumphierend klar: »Weißt du, was du bist? Ein ganz, ganz jämmerlicher Waschlappen.« Sie stapft davon, kommt aber nochmal zurück und sagt jetzt noch triumphierender als gerade zuvor: »Ägypten ist gar keine Insel « Aus ihren Augen sprechen abgrundtiefer Haß und unendliche Weisheit.

Sie geht zu Sues Tisch, umarmt sie und auch ihren Vater und setzt sich schließlich mit dem Rücken zu mir hin. Ich winke einem Kellner und bitte ihn, mir die Rechnung zu bringen. Ich bezahle mit meiner Visa-Karte und gehe zum Ausgang. Auf dem Weg dorthin fragt mich der Ober, ob es geschmeckt hat. »Ja«, antworte ich.

Eva zuliebe bin ich nicht mit dem Motorrad, sondern mit dem Taxi gekommen. Also muß ich auch wieder mit dem Taxi zurück.

Der Taxifahrer ist ein Typ aus Armenien. Ich frage ihn, ob Armenien eine Insel ist. Er sagt, daß er sich nicht sicher ist. Ansonsten lasse ich ihn in Ruhe und gebe ihm ein übertrieben großes Trinkgeld. (Warum? Weil er ein Typ aus Armenien ist? Weil er nicht genau weiß, ob Armenien eine Insel ist? Nein, weil er während der restlichen Fahrt die Klappe gehalten hat.)

Zu Hause laufe ich dann zum ersten Mal seit langem ein bißchen verloren rum. Ich lege keine Musik auf, ich tigere durchs Wohnzimmer, ich schaue zum Fenster raus, setze mich hin, stehe wieder auf. Ich überlege mir: Was soll ich mit meiner Aschesammlung anfangen? Soll ich sie wegschmeißen und wenn ja, warum ausgerechnet jetzt? Worin liegt der *Sinn* meiner Aschesammlung? Ich habe mir diese Frage so noch nie gestellt, und sie erstaunt mich. Die Antwort ist kein Problem, die kenne ich, aber es ist die *Frage*, die mich aus der Fassung bringt. Ich bin nahe dran, nach oben zu gehen und mir meine Aschesammlung *anzusehen,* aber ... ach Gott, als ob das helfen würde. Irgendwann mal habe ich Asche gesammelt und in Dosen eingefroren, und in einer dieser Dosen habe ich über die Asche eine Schicht Benzin gegossen, und jetzt sammle ich überhaupt keine Asche mehr, und das alles hat tatsächlich einen tieferen Sinn, aber diesen Sinn zu hinterfragen, ist total unnötig und bringt jetzt absolut nichts.

Und Eva? Wie sieht's mit Eva aus? Die ist aus meinem Leben gestrichen, und ich bin froh darüber. Und Judy? Wie sieht's mit Judy aus? Die ist noch immer Teil meines Lebens. Bin ich froh darüber? Ja.

Ich rufe sie an. Ich frage sie, wie es ihr geht. Sie sagt, daß sie sich nicht so besonders fühlt. Daß sie an sich selbst zweifelt, am Rest der Welt, an *allem.* Ich frage sie, ob ich ihr helfen kann. Sie sagt, daß sie es nicht weiß. Ich frage sie, ob sie mich noch liebt. Sie antwortet: »Ja, aber ich will nicht, daß du diese Frage dauernd stellst. Ich habe Angst, jedesmal mit »*Ja*« antworten zu müssen.«

»OK«, sage ich, »ich werde diese Frage nie wieder stellen, nur noch ein einziges Mal. Liebst du mich?«

Sie antwortet nicht gleich.

»Ich dich auch«, sage ich dann einfach. »Bist du in mich verliebt?«

»*Ja.*« Es kostet sie wirklich Überwindung zu antworten, das hört man. Was ich höre ist: Angst. Ich überlege mir, daß ich sie jetzt wohl besser in Ruhe lasse. Ich erkläre ihr, daß sie mich jederzeit anrufen kann, aber daß sie nicht muß. Ich erkundige mich, wie es ihrem Kind geht, und sie sagt: »Gut ... Es geht ihr gut ...« Und dann ist da noch eine kurze Stille, und wir sagen »Ciao« und legen auf.

Was ist los mit diesem Mädchen? 'Ne ganze Menge, denke ich

mir, aber ich werde sie nicht zwingen, sich mir zu öffnen. Sieh mal, genaugenommen weiß ich mit Sicherheit, daß es mit *uns* nicht gutgehen wird, mit *ihr und mir*, aber ich will dem Ganzen eine Chance geben, diesmal eher mit Schweigen als mit Reden, eher durch Abwesenheit als durch Zusammensein. Extrem riskant, das Ganze. Gut möglich, daß ich verliere, daß sie verliert, daß wir beide verlieren, aber das macht nichts. Das Gefühl, daß da draußen jemand rumläuft, der in meinem Leben etwas bedeutet, macht so ziemlich alles wett. Ich finde es nicht mal schlimm, daß mich Judy noch nie nach meiner Adresse oder meiner Telefonnummer gefragt hat.

Ich lege *Monster* von R.E.M. auf und starre die Wand an. Ich überlege: vielleicht war es nicht Angst, die ich in Judys Stimme zu hören glaubte, sondern Gleichgültigkeit. Mangel an Anteilnahme. Oberflächlichkeit. Gottverdammte *Dummheit.* Von einem Moment auf den anderen bin ich urplötzlich mitten drin, mich selbst komplett fertigzumachen. Ich bin froh, daß ich sie nicht nach ihrem Lieblingssong von Bruce Springsteen gefragt habe oder was sie mir schenken würde, wenn morgen Valentinstag wäre. Ich bedaure, daß ich sie nicht gefragt habe, ob sie weiß, daß Armenien eine Insel ist, daß manche Walfische Pfoten haben, daß es Wälder ohne Büsche gibt. Ich habe gute Lust, sie noch einmal anzurufen und ihr zu sagen, daß sie mich gefälligst in Ruhe lassen soll. Bis mir bewußt wird, daß sie das ohnehin schon tut. Mein Gott, wenn ich ehrlich zu mir selbst bin, ist es doch so: Dieses Mädchen läßt mich dermaßen in Ruhe, daß ich genausogut *nicht existieren* könnte. Oder ein ganz anderer sein könnte, als ich in Wirklichkeit bin. Welche Theorie ich mir über Beziehungen, Zusammensein und den ganzen Kram auch bastle: Ich habe überhaupt keine Beziehung mit diesem Mädchen, ich bin überhaupt nicht mit ihr zusammen. Sie ist in jeder Hinsicht eine Fremde für mich und dabei scheint sie es auch belassen zu wollen. Würde ich jemanden suchen, der mir das letzte bißchen Glauben an die Liebe nimmt, nun, ich denke, ich hätte ihn gefunden. Aber gut, *wir werden sehen.*

Ich versuche, meine Wut zu unterdrücken, und das dauert eine Weile. Erst dann sehe ich nach, ob ich Nachrichten auf meinem Anrufbeantworter habe. Eine. Kurt sagt: »Äh ... Kurt hier ... Ich weiß nicht, ob ... Ich meine, wenn ich dir sage, daß ich glaube, daß es mir enorm leid tut, daß du weg bist von Foaming Vomit, dann ist das die Wahrheit. Das wollte ich dir nur sagen. Du könntest jetzt natürlich fragen: warum will er mich dann nicht wieder in der Band haben, aber erstens ist das nicht allein meine Entscheidung und zweitens ist der neue Drummer ... ehrlich gesagt echt gut. Auch die von GUESS? finden, daß er hervorragend ins Foaming Vomit-Konzept paßt. Ich wünschte, es wäre alles anders gekommen, aber es ist nun mal so wie's ist ... Aber ich habe auch gute Neuigkeiten: Vielleicht weißt du's ja schon, vielleicht aber auch nicht, aber die beiden Elephant haben sich zusammengetan. Hat was mit dem Management zu tun. Beide waren bei derselben Agentur unter Vertrag. Aus budgetären Überlegungen sind die beiden Elephant jetzt zu teuer geworden. Deshalb hat man eine Band draus gemacht. Es gab Probleme mit dem Namen für die neuen Elephant, und so ist es schließlich Ivory geworden. Ein paar Musiker sind gefeuert worden, darunter auch der Drummer der einen Elephant. Der Drummer der anderen Elephant spielt bei uns, aber das weißt du ja schon. Ich meine, bei Ivory besteht Drummermangel. Ich habe das alles so ein bißchen durch Zufall erfahren; der Manager von Elephant – jetzt also der Manager von Ivory – ist schließlich ein Kollege von mir, und da kommt man schon mal ins Reden. Du kennst ihn vielleicht. Herbert heißt er. War vor ein paar Jahren Roadie bei den einen Elephant, und es kursierte sogar mal eine Geschichte über ihn, er sei während einer Tournee *verschwunden*. Das dachten alle, weil ihn nie wieder jemand zu Gesicht bekommen hat. Um ehrlich zu sein, ich auch nicht. Aber das kam, weil er die Haare kürzer trug, seinen Bart abrasiert und begonnen hatte, Anzug und Krawatte zu tragen. Nur, weil er vom Roadie zum Manager aufgestiegen war. Verschwunden war er also nie, das war nicht mehr als eine Geschichte, die irgend jemand in die Welt gesetzt hatte, und die dann eine Eigendynamik bekommen hat. Kurz: Herbert sucht einen Drummer. Das wollte ich dir nur sagen, quasi als Freundschaftsdienst. Wenn ich du wäre, ich würde mich auf jeden Fall mal vorstellen, denn meiner Meinung nach paßt du prima ins Ivory-Konzept. Welche Musik Ivory auf ihrer nächsten CD bringen werden, steht noch nicht fest, da ist man noch am Überlegen. Aber glaubt man Herbert, dann sind schon ein paar Leitlinien festgelegt. So soll kein einziges Bandmitglied von Ivory jemals ein Interview geben dürfen und soll Honda der Hauptsponsor werden, so daß sich sämtliche Mitglieder nur per Honda fortbewegen dürfen, sei es mit einem Motorrad von Honda oder einem Auto. Wie ich höre, ist das übrigens auch der Grund, warum Luk von den einen Elephant und Rick von den anderen Elephant rausgeschmissen wurden. Weil sie sich weigern, mit etwas anderem als ihren Karmann Ghias zu fahren. Problemkinder wie Bart bei uns damals, sozusagen. Aber ich meine, du fährst schon eine Honda und warst nie geil auf Interviews, also glaube ich, daß du für Ivory wie geschaffen bist. Ich hoffe, daß ... nun, ich hoffe, daß du es zu schätzen weißt, daß ich dir diesen Tip gebe ...«

Ich drücke die Stop-Taste und denke mir: Warum sollte ich das zu schätzen wissen, du unglaubliches Arschloch? Und wer behauptet, daß ich nie geil war auf Interviews? Niemand hat mich je um ein Interview *gebeten*! Rik wurde um Interviews gebeten oder Yves, aber ich nie. Bart auch nie. Die beiden größten Deppen von Foaming Vomit, die zwei, die absolut nichts zu sagen hatten, *die* wurden um Interviews gebeten. Und die beiden, die *durchaus* was zu sagen hatten, *die* wurden nie gefragt. Und einer von diesen beiden, du bescheuerte Sau, hat sich umgebracht, und der andere hat gerade – vor ungefähr zehn Minuten – endgültig den Glauben an die Liebe verloren. Ich kichere – ich muß mich sogar beherrschen, keinen Lachkrampf zu bekommen – und höre mir den Rest von Kurts Nachricht an, den, wenn man genau darüber nachdenkt, nur ein Gen vom Mongolismus trennt, so ein Idiot ist der Typ. »Ich brauche übrigens hin und wieder das Gefühl, daß jemand zu schätzen weiß, was ich tue«, fährt er fort. »Ich meine, nie weiß irgend jemand zu schätzen, was ich tue. Ich werde so'n bißchen wie ein Vollidiot behandelt, und das beginnt mich anzukotzen. Wäre Foaming Vomit nicht so erfolgreich, ich hätte schon längst das Handtuch geworfen, ehrlich wahr. Aber gut, es wäre dumm, jetzt abzuspringen. Der Vorverkauf von *Bucketbush* läuft sensationell. Die Mini-Tour durch Deutschland steht, und ich bin mit London in Verhandlungen wegen sechs Auftritten in Südostengland. Weißt du, man kann sagen, was man will, aber ich mache meinen Job *gut.* Schlimm, daß ich der einzige bin, dem das auffällt, aber eigentlich kann es mir egal sein. Schade nur, daß es Taïs so überhaupt nicht auffällt. Weißt du, daß sie überall rumerzählt, daß es *ihr* zu verdanken ist, daß *Bucketbush* so ein Kassenschlager wird. Daß das Coverfoto mindestens Dreiviertel der Verkaufszahlen bringt. Dreiviertel! Das erzählt sie überall rum! Und die glauben ihr das auch noch, verdammtnochmal! Sie hat bei GUESS? einen unbefristeten Vertrag als Fotografin bekommen. Dreihundertfünfzigtausend netto im Monat! Und sämtliche Spesen! Sie hat sogar einen funkelnagelneuen Karmann herausgeholt, Baujahr 1966! Aber *wer* steht denn auf dem Cover mit einem Eimer überm Kopf? Ich. Nicht sie, ich, verdammtnochmal! Und noch was ... Während der Session, als ich da so mit dem Eimer überm Kopf dastand, hat dieses Arschloch von einem Bassisten mit einem Ast gegen den Eimer gekloppt. Seitdem habe ich Ohrensausen im linken Ohr ... Eins schwöre ich dir, wenn ich bei Foaming Vomit iotern mehr Macht hätte, ich würde ihn rausschmeißen. Ach was, *umbringen* würde ich ihn. Denn außerdem ... und ich glaube, du hast mal was in der Richtung erwähnt ... habe ich das Gefühl, daß er hinter Taïs her ist. Und ich fürchte, daß ihr das auch noch gefällt. Wenn ich sie darauf anspreche – und ich kann nichts dafür, aber das ist so ziemlich jeden Tag – weißt du, was sie dann macht? Dann lacht sie mir frech ins Gesicht! Und dieser Jan auch! Als ich ihnen damit drohte, daß ich GUESS? darüber informieren würde, da kugelten sie sich vor Lachen. Und das Traurige ist: zurecht, denn Taïs hat bei GUESS? viel mehr Einfluß als ich, das kannst du dir ja vorstellen ... Langer Rede kurzer Sinn: wie du hörst, bist du nicht der einzige, dem's dreckig geht, aber ich ...«

Das Band ist voll. Ich lösche es und sage: »Dreckig geht? Mir geht's überhaupt nicht dreckig, Bester. Was auch immer du damit meinst – es kann gar nicht stark genug sein, um mich jemals wieder einzuholen.« Ich drücke die Repeat-Taste meiner Hi-Fi-Anlage und *Monster* beginnt wieder von vorne. Nach einer Weile drücke ich die Pause-Taste und rufe Judy an. In dem Moment, in dem sie »Hallo« sagt, lege ich auf. Ich drücke die Play-Taste und ›Crush with Eyeliner‹ läuft weiter. Ich warte darauf, daß das Telefon läutet, aber keine Reaktion. Wenn ich angerufen würde, und nach meinem »Hallo« würde aufgelegt, *ich* würde sofort Judy anrufen, um sie zu fragen, ob sie es war, die gerade versucht hat, mich zu erreichen. Ich weiß schon, daß Judy meine Nummer höchstwahrscheinlich nicht hat, aber sagt allein das nicht schon genug? Wenn man sich verliebt, ist dann die Telefonnummer des anderen nicht das erste, was man wissen will? Nein, die Gewißheit, daß Judy nichts für mich ist, wird mit jeder Minute größer. Ich gehe dann auch relativ ruhig nach oben, putze mir die Zähne, ziehe mich aus, schlucke ein Valium. Ich gehe ins Bett, liege mit offenen Augen da und starre in die Finsternis. Habe ich heute was gegessen? Kann mich nicht mehr erinnern. Ja, doch, ich war mit Eva in einem Restaurant. War das heute? Es kommt mir vor wie eine Ewigkeit. Eva – noch so jemand. Was hat mir diese Frau bedeutet? Worin lag ihr *Sinn*? Ein paarmal guten Sex, ein paarmal in Gegenwart anderer stolz auf sie gewesen (weil sie so unheimlich hübsch war – und *die Meine*), ein paarmal davon überzeugt gewesen, daß sie in meinem Leben eine wichtige Rolle spielte. Und hundertemal, tausendemal davon überzeugt gewesen, daß dem nicht so war. Kurz gesagt: Eva hat mir nichts bedeutet, und ihr Sinn war gleich Null. Sie ist von selbst draufgekommen, daß Ägypten keine Insel ist. Emmy, meine Therapeutin, sagte einmal: »Diese Eva, die taugt nichts.« Als ich sie fragte: »Warum nicht?« (ich wußte übrigens nicht, daß Emmy Eva kannte; ich hatte Eva nur ein paarmal beiläufig erwähnt), antwortete Emmy: »Einfach so.« Würde jemand sagen: »Diese Emmy, die taugt nichts«, ich würde nicht einmal mehr fragen: »Warum nicht?« Und würde jemand sagen: »Diese Judy, die taugt nichts«, würde ich *auch dann* nicht einmal mehr fragen, warum nicht? Kann sein. Kann aber auch sein, daß ich jemandem, der sagt: »Diese Judy, die taugt nichts« den Schädel einschlage. Es würde wohl von meiner *Stimmung* abhängen, wie nach und nach wohl alles von meiner Stimmung abhängen wird. Nicht mehr von meiner ›Einstellung zum Leben‹, nicht mehr von meinen ›allumfassenden Theorien‹, nicht mehr von meiner ›rationalen Planung‹, sondern schlicht und einfach von meiner ganz banalen momentanen Stimmung.

Ich stehe auf, weil ich ein Geräusch im Garten der Nachbarn höre. Ich schaue durchs Fenster, erkenne die Gestalt des

Einbrechers oben auf dem *Dach.* Das darf doch einfach nicht wahr sein. Er lugt in den Schornstein. Ich bin gerade in der richtigen Stimmung, um irgendwas nach ihm zu schmeißen. Das ist natürlich schon eine ganz schöne Distanz. Außerdem: Womit soll ich schmeißen? Einem Schuh? Und dann morgen den Schuh suchen gehen? Na klar. Meinem Radiowecker? Nein. Was liegt hier rum und eignet sich zum Schmeißen? Ich mache das Licht an und schaue mich um. Ich schlafe in einem so gut wie leeren Schlafzimmer, und so habe ich auch so gut wie nichts bei der Hand, um damit nach dem Einbrecher zu schmeißen, der auf dem Dach der Nachbarn sitzt. Ich kann ja schlecht mit meinem *Bett* schmeißen. Ein Gewehr habe ich auch nicht im Haus, sonst hätte ich ihn vom Dach *runterknallen* können. Oder warte mal ... Eine Dose mit gefrorener Asche! Ja, ich könnte mit einer Dose voll gefrorener Asche nach dem Einbrecher schmeißen. Aber dafür *verachte* ich den Einbrecher zu sehr. Er ist es nicht wert, daß ich mit einer meiner Dosen voll gefrorener Asche nach ihm schmeiße. Was noch besser ist als etwas zu schmeißen: etwas zu rufen. Vielleicht hat ihn das Licht in meinem Zimmer ja ohnehin schon nervös gemacht. Und wenn ich ihm etwas zurufe, kann es für ihn eigentlich nur noch schlimmer werden. Also rufe ich ihm zu: »Was sitzt du da rum, du Vollidiot? Wofür hältst du dich eigentlich? Für den Nikolaus? Für Knecht Ruprecht? Für den Mann auf dem Dach aus der Novelle von Tschechov? Weißt du was? Ich hole mein Gewehr und knall dich da runter. Ja, das mach' ich.« Ich ziehe mich zurück und beobachte den Mann, ohne daß er mich noch sehen kann. Er ist tatsächlich extrem nervös und ängstlich geworden. Er will flüchten. Er stolpert. Er rutscht ab, kann sich aber an der Dachrinne festklammern. Er berechnet seine Flugbahn, läßt sich fallen, landet auf dem Rasen und verstaucht sich, soweit ich sehen kann, mindestens einen Knöchel. Jedenfalls zieht er ein Bein nach, als er panisch wegrennt.

Ich mache das Licht aus und gehe kichernd ins Bett. Ich liege mal wieder da und starre an die Zimmerdecke, denke schon lange nicht mehr an den Einbrecher, sondern an andere Menschen und andere Dinge. Und *aus heiterem Himmel* schießt mir ein Bild meiner Mutter – am Küchentisch beim Kartoffel schälen – durch den Kopf, so daß ich zu zittern beginne und mir am ganzen Körper kalter Schweiß ausbricht.

SAN
SAN

Ivory nehmen ihre Debut-CD auf. Das geschieht in jenem Studio, das vor ein paar Wochen von Foaming Vomit geräumt wurde, nachdem die ihre CD fertig hatten. Die Foaming Vomit-Bar ist jetzt für die nächste Zeit zur Ivory-Bar geworden. Wir sind mitten in einer Besprechung: Herbert, der Manager, und Luk, Jan und Joris. Luk ist als einziger von den beiden Elephant übriggeblieben. Zum Glück ist er nicht der Luk, der nuschelt. Jan war früher Sänger bei Last Tango (deren Ex-Bassist – auch ein Jan – mittlerweile Taïs bumst) und Joris kommt von der klassischen Musik. Diesem Joris ist es auch vorbehalten, für die ersten Probleme zu sorgen. Das sind inzwischen schon zwei: er will nur auf einem Kontrabaß spielen, und er hat keinen Führerschein, so daß er mit einem Honda-Gefährt nichts anfangen kann. Herbert hält bezüglich des zweiten Problems ein Fax von Honda Belgien in Händen und verkündet: »Honda schlägt vor, dich zu entlassen.«

Dieser Vorschlag von Honda macht Joris ganz schön down, und er murmelt: »Aber ... ich bin doch gerade erst aufgenommen worden ...«

»Weiß ich«, erwidert Herbert, »und zurecht, denn meiner Meinung nach paßt du hervorragend ins Ivory-Konzept. Du mußt bloß elektrischen Baß spielen und den Führerschein machen.«

»Ich habe ... Angst vorm Autofahren«, murmelt Joris.

»Geschwindigkeit«, sagt Jan, »heißt das Zauberwort. Früher hatte ich auch Angst vorm Autofahren, bis ich begann, irre schnell zu fahren. Jetzt fahre ich immer irre schnell und habe keine Angst mehr.« Jan ist derjenige, der sich unter den von Honda angebotenen Möglichkeiten für einen CRX 16V entschieden hat und Herbert in der letzten Woche schon zwei Strafzettel wegen überhöhter Geschwindigkeit vorgelegt hat.

»Tja«, macht Herbert, und ist jetzt schon mit seinem Latein am Ende. Luk sagt nichts, der sitzt nur mega-stoned da und glotzt auf eine Vergrößerung des Coverfotos von *Bucketbush*, die an der Wand hängt.

»Wißt ihr was«, schlage ich vor, »vielleicht ist Honda ja zufrieden, wenn Joris jedesmal als Beifahrer in einem Honda mitfährt. Ich meine, Herbert, garantiere Honda, daß Joris jedesmal mit einem von uns mitfährt. Wir haben alle vier irgendwas von Honda, also paßt das.«

Herbert denkt darüber nach. »Super Idee ...« murmelt er schließlich, »super ...«

»Ja, aber«, wirft Joris ein, »mit Jan fahr' ich nicht mit, denn der fährt mir viel zu schnell. Und mit dir« – er meint mich – »fahr' ich auch nicht mit, denn ich will nicht auf ein Motorrad hintendrauf.«

Ich bin der einzige von Ivory mit einem Motorrad. Ich habe meine alte Shadow 600 vollkommen gratis gegen eine neue VF 750 C eingetauscht. Jan hat sich ja für den CRX entschieden, Herbert für einen Legend 3.2 und Luk für einen simplen Civic, weil ihm Autos total egal sind. Er hatte früher zwar einen Karmann, aber den hatte er nur, weil seine Freundin damit drohte, ihn zu verlassen, wenn er sich keinen Karmann zulegen würde. Seit er den Civic fährt, hat er ja auch keine Freundin mehr. »Aber«, so versicherte er mir noch vorgestern, »Freundinnen interessieren mich eigentlich gar nicht. Das einzige, was mich interessiert, sind Drogen.«

»OK«, sagt Herbert, »nehmen wir mal an, Honda ist mit dem Passagier-System einverstanden. Bleibt immer noch dein ziemlich schwer nachvollziehbarer Unwille, elektrischen Baß zu spielen, Joris.«

»Das ist überhaupt nicht schwer nachvollziehbar«, mault Joris. »Der Kontrabaß ist mein Leben. Wenn ich spiele, muß ich das Instrument *spüren* können. Eine ordinäre Baßgitarre, die spürt man nicht, die hängt albern vorm Bauch rum. Ein Kontrabaß ist wie ... wie ein ... Freund, der neben dir steht und den man ... den man umarmt.«

»Schwuchtel«, kichert Luk, »klassische Tunte.«

Joris wird rot, sagt aber nichts. »Wißt ihr was«, sage ich, »wie wär's, wenn wir seinen Kontrabaß elektrisch verstärken?«

»Verdammt!« brüllt Herbert. »Daß wir da nicht früher draufgekommen sind! Ist das OK für dich, Joris?«

»Äh ...« sagt Joris, »habe ich denn eine andere Wahl?«

»Ja«, sagt Herbert, »Rausschmiß von Ivory.«

»OK ... dann ... laßt uns meinen Kontrabaß mal elektrisch verstärken. Das paßt mir zwar nicht, aber ... aber ... absolute Freiheit hat man ja doch nie ... also ...«

»Das geht also klar«, stelle ich fest, »und sonst, Herbert?«

Herbert ist Niederländer, aber so verflamt, daß man nicht mal merkt, daß er je Niederländer war. Außer vielleicht an seinem Schädel. Er hat so 'nen typisch niederländischen Schädel; einen Schädel, über den man am liebsten die ganze Zeit eine braune Papiertüte stülpen würde. Oder einen Eimer, das wäre auch eine Möglichkeit. Aber dann würde GUESS? Honda wahrscheinlich noch einen Plagiatsprozeß anhängen.

Herbert trägt einen Maßanzug mit Krawatte, eine schwarze mit weißen Tupfen. »Und sonst ...« murmelt er und kramt in einem Riesenhaufen Computerausdrucke und Faxe, der vor ihm liegt. »Und sonst ... Warte mal ...«

»Tina«, rufe ich, »für mich einen Gin-Tonic, bitte.«

Die Serviererin der Ivory-Bar, die extrem große Lesbe namens Tina, blickt von einer Zeitschrift auf und sagt: »OK. Sonst noch wer was?«

»Äh ... Einen Kaffee«, sagt Joris, »koffeinfrei bitte.«

Herbert sieht von seinem Durcheinander hoch und murmelt: »Mir noch einen Glenfiddich«, und Luk sagt: »Ich gehe mal eben aufs Klo.« Jan zeigt ihr mit einer Geste auf sein Glas, daß er noch hat.

Tina bringt die Getränke. Sie hat einen Verband ums Handgelenk.

»Was ist passiert?« frage ich sie. »Beim Mountainbiken hingefallen«, antwortet sie.

»Tja ...« sage ich. Ich finde es nur normal, daß die Idioten, die unbedingt mountainbiken müssen, mit schöner Regelmäßigkeit auf die Schnauze fallen und sich einen Bruch oder irgendwelche anderen Verletzungen zuziehen. Vor allem Frauen. Frauen sind absolut nicht fürs Mountainbiken geeignet, wie groß und lesbisch sie auch sein mögen.

»Äh ...« fängt Herbert an, »es gibt da noch das Problem mit den Nummern ... Wer schreibt die Nummern für die CD?«

»Ich würde schon einige Texte schreiben«, sage ich. »Von Musik habe ich null Ahnung, aber ein paar Texte, das sollte schon hinhauen.«

»OK«, sagt Herbert und macht sich eine Notiz.

»Und ich die Musik«, schlägt Joris vor. »Ich komponiere schon seit meinem achten Lebensjahr.«

»Fein«, sagt Herbert, »aber, Joris, dir ist schon klar, daß es darum geht, daß Ivory Rockmusik macht? Klassische Musik ist schön und gut, aber Ivory macht ganz dezidiert Rockmusik. Ich hoffe, daß du beim Komponieren daran denkst.«

»Klar doch«, erwidert Joris, »ich bin ja nicht blöd.«

Bist du schon, denke ich mir. Mit dem Ziegenbärtchen. Großer Gott, der Idiot hat einen ausgewachsenen *Ziegenbart*. So was hätte es bei GUESS? nicht gegeben. Herbert macht sich schon wieder Notizen. »Musik ... Joris ...« murmelt er beim Notieren.

Luk kommt vom Klo zurück und schnüffelt noch ein bißchen nach. Herbert sieht ihn an: »Äh ...« macht er, »was Drogen betrifft ... und damit spreche ich vor allem Luk an, denke ich, was also Drogen angeht, habe ich beschlossen, Ivory drogenfrei zu halten. Bevor du was sagst, Luk – mir ist bewußt, daß Drogen bei Elephant kein Thema waren, und bei den anderen Elephant genausowenig. Aber ehrlich gesagt glaube ich, daß wir die Tragweite von Drogen ein bißchen unterschätzt haben. Ich meine, im nachhinein betrachtet bin ich der Ansicht, daß Drogen einer der Hauptgründe für den Untergang der beiden Elephant waren, und ...«

»Untergang?« unterbricht ihn Luk. »Wovon redest du überhaupt? Red' mal Klartext, Arschloch! Das hab' ich dir schon hundertmal gesagt. Ist es denn wirklich so schwer, wie ein normaler Mensch zu reden? Ich meine, was ist das für ein Scheißwort: ›Untergang‹. Im übrigen hatte der Untergang von Elephant nichts mit Drogen zu tun. Jedenfalls nicht bei den Elephant, bei denen ich spielte. Verdammt noch mal, wir haben Drogen gegessen, wir haben Drogen getrunken, und trotzdem haben wir mehr als hunderttausend CDs verkauft, wo also liegt das Problem?«

»Das siehst du falsch, Luk«, versucht es Herbert noch einmal. »Das Problem ist nicht, daß ...«

»Sieh mal«, unterbricht ihn Luk wieder, »wenn du Ivory drogenfrei halten willst, kannst du Honda gleich ein Fax schicken und denen sagen, daß der Gitarrist gekündigt hat und daß sie sich ihr neues Auto in den Arsch schieben können.«

»Aber ...«

»Nix aber. Das einzige, was ich will, sind Drogen. Der Rest ist Nebensache. Wer mir verbietet, Drogen zu nehmen, kann mich am Arsch lecken.«

Herbert sieht mich an, als hielte er mich schon jetzt für einen rettenden Engel, der ihm in sämtlichen brenzligen Situationen beisteht. »Weißt du was, Herbert?« schlage ich vor. »Halte Ivory mit Ausnahme von Luk drogenfrei.«

»Von mir aus ...«, sagt Herbert seufzend und macht sich eine Notiz. Sieht ganz so aus, als könnte er die gleich wieder durchstreichen oder umändern, denn plötzlich sagt der komplett verblödete Joris: »Ich rauche hin und wieder einen Joint. Und so will ich's auch in Zukunft halten. Das beruhigt mich.«

Bevor Herbert in Panik gerät, sage ich: »OK. Wir halten Ivory mit Ausnahme von Luk und Joris drogenfrei.« Schweigend und mit einem noch tieferen Seufzer als zuvor macht sich Herbert daran, seine Notizen auf den neuesten Stand zu bringen. Aber bevor es soweit ist, sieht er erst abwartend Jan an. »Was?« fragt der. »Ist was? Warum glotzt du mich so an? Paßt dir irgendwas nicht?«

»Ich *glotze* dich nicht an«, meint Herbert, »ich will nur wissen, ob du Drogen nimmst.«

»Drogen? Nein, davon bin ich weg.«

»Gut«, seufzt Herbert erleichtert und macht endlich seine definitive Notiz hinsichtlich des Drogenkonsums bei Ivory.

»Hin und wieder schnüffle ich allerdings Helium«, gesteht Jan noch.

Herbert erstarrt. »Wie bitte?«

»Daß ich hin und wieder Helium schnüffle. Aber ich bezweifle, daß Helium eine Droge ist.«

»Nein«, sage ich, »Helium ist keine Droge. Helium ist ein ... ein *Gas.*«

»Also«, bittet Herbert verzweifelt, »können wir dabei bleiben, daß Ivory mit Ausnahme von Luk und Joris drogenfrei ist? Und nicht mit Ausnahme von Luk und Joris und *Jan.*«

»Genau«, sage ich, »mit Ausnahme von Luk und Joris. Jan kannst du ausklammern. Helium ist keine Droge, sondern ein Gas. Und *ich*, ich nehme keine Drogen, und ich schnüffle auch kein Helium. Mich kannst du also sowieso ausklammern. Es sei denn, du zählst einen manchmal übermäßigen Gin-Tonic-Konsum dazu.«

»Nein«, sagt Herbert, »den zähle ich nicht dazu. Ich saufe selbst auch viel.«

»Fein«, sage ich. »Steht heute sonst noch was auf dem Programm?«

»Äh ...« Herbert stöbert in seinem Papierkram, murmelt einige unverständliche Worte und meint: »Nein ... ich glaube nicht ... Oder ja, da war noch was ... ich habe nämlich beschlossen, daß wir keine Live-Auftritte haben werden. Ich weiß nicht, ob ihr damit einverstanden ...«

»*Klar* sind wir einverstanden«, sage ich, »stimmt's?«

Jan und Luk bringen ihre Zustimmung mit deutlicher Begeisterung zum Ausdruck. Nur Joris muckt auf. »Warum keine Live-Auftritte?« fragt er. »Was ist dann der *Sinn* dieser Band?«

»Sinn? Wovon redest du, du Blödmann?« fährt Luk ihn an. »Der *Sinn* dieser Band ist es, eine Debut-CD herauszubringen, von der wir mehr als hunderttausend Exemplare verkaufen.«

»*Und* daß wir uns in einem oder auf einer Honda fortbewegen«, ergänzt Herbert.

»Also ...« stammelt Joris, »also ... wir *spielen* nie?«

»Äh, nein«, sagt Herbert, »oder doch. Klar spielen wir! Im Studio. Außer die schwierigen Passagen. Die überlassen wir Studiomusikern.«

»Ich kann meine schwierigen Passagen schon selbst spielen!« brüllt Joris.

»Na, super. Dann spielst du deine schwierigen Passagen eben selbst«, beschwichtigt Herbert, »kein Problem. Sonst noch Fragen?«

Joris glotzt verständnislos vor sich hin. Jan spielt mit seinem Feuerzeug und Luk steht auf, sagt: »Bis übermorgen« und verschwindet. Joris erwacht aus seinen Gedanken und sagt: »Ich geh' auch. Ich habe Baßstunde ...« Niemand reagiert darauf. »Bei dem berühmten Baßvirtuosen Kris Demey ...«, startet Joris noch einen Versuch, aber wieder reagiert niemand. »Ich geh' dann mal ...«

»Übermorgen um halb zwei Besprechung«, sagt Herbert, »hier in der Studiobar. Bis dann.« Joris nickt mutlos und schlurft weg.

»Wofür ist eigentlich die Besprechung übermorgen?« frage ich Herbert.

»Äh ...« gibt er zu, »das weiß ich noch nicht ... Mir wird schon was einfallen ... Das wichtigste ist, daß wir einander regelmäßig treffen. Daß wir sozusagen ununterbrochen brainstormen. Jetzt nur als Beispiel: vielleicht hast du ja bis übermorgen schon ein paar Textfragmente fertig, und wir können die durchsprechen.«

»Ich bezweifle stark«, erwidere ich, »daß ich übermorgen schon ein paar Textfragmente fertig habe. Ich bin ein langsamer Schreiber.« Genausogut könnte ich Herbert gleich die Wahrheit sagen und ihm erklären, daß ich *überhaupt kein* Schreiber bin. Aber das kann ich ihm übermorgen immer noch sagen.

Jan sagt: »Dieser Joris, ich weiß nicht recht ... Der scheint mir echt nicht aus dem Ivory-Holz geschnitzt zu sein.«

»Daß du dich da mal nicht täuschst«, meint Herbert, »Tatsache ist: er ist ein extrem unsicherer Typ, dem muß man Zeit geben, sich zu akklimatisieren. Ich kann dir versichern, daß der so was wie ein Genie ist. Ich habe ihn in De Munt gehört, bei einer Aufführung von ... na ja, irgendwas Klassischem halt, und ich schwöre dir: die Basslines, die der aus seinem Instrument rausholt, so was hört man nicht jeden Tag.«

»Zum Glück nicht«, sagt Jan, »ich bin nicht der Typ, der jeden Tag Basslines hören will. Ich meine, für Basslines kann man irgendeinen x-beliebigen Studiomusiker engagieren. Tatsache ist schlicht und einfach, daß dieser Joris vom Typ her nicht auf ein Ivory-Coverfoto paßt«

»Stimmt«, sage ich, »stimmt absolut. Und den Typen in einen Eimer stecken, kommt nicht in Frage. Wenn wir das machen, schleppt GUESS? Honda vor den Kadi. Eine braune Papiertüte wäre hingegen *durchaus* eine Überlegung wert.«

»Oder ihm den Ziegenbart abmontieren und seinen Schädel ... seinen Schädel ... mit Pech ...«

»Teeren und federn«, präzisiere ich.

»Genau«, sagt Jan, »und dann nennen wir die CD *Peckhead in Feathers.*«

»Nicht schlecht, der Titel«, überlege ich, »nur, daß Pech im Englischen ›pitch‹ heißt, was übrigens auch ›Schwanz‹ bedeutet, genauso wie auch ›peck‹, also ist *Peckhead in Feathers* in jedem Fall ein gehaltvoller Titel. Sehr gut, Jan.«

»Was?«

»Daß *Peckhead in Feathers* ein prima Titel für eine CD ist. Noch besser wäre gewesen *Pickhead in Feathers*, dann hätte man das Wortspiel ›pickhead/dickhead‹, aber zwischen dem Englischen ›pick‹ und unserem ›Pech‹ besteht absolut kein Zusammenhang. Außer ... wir rammen Joris einen Eispickel in den Schädel und streuen da Federn drüber ...«

»Was?« fragt Jan nochmal.

»Ich kapier' gar nichts mehr«, sagt Herbert, »aber einen Eispickel im Schädel von irgend jemandem, das kriegen wir schon hin. Ich kenne da einen hervorragenden Special-effects-Maskenbildner und ...«

»Ich rede nicht von irgendeinem verdammten *Make-up*«, erwidere ich, »ich rede davon, Joris einen echten *Eispickel* in seinen echten *Schädel* zu *rammen.*«

Herbert und Jan sehen mich unangenehm berührt an. Herbert sagt: »Äh ... dann bleiben wir vielleicht doch lieber beim

Teeren und Federn und nennen die CD ... wie war das doch gleich wieder ... *Peckhead in Feathers* ...«

»Pitch*head in Feathers*«, fahre ich ihn an.

»Äh ... ja, klar«, sagt Herbert. »Aber gut, so was meine ich also, wenn ich ›brainstormen‹ sage ... Ehe man sich's versieht, hat man so einen total guten Titel für eine CD fertig ...« Jan steht auf und läßt uns wissen, daß er einen Termin beim Zahnarzt hat. Herbert sagt: »Ich habe auch einen Termin ... bei ... äh ... *irgendwo* ...«

Er kippt seinen Glenfiddich runter und verläßt gemeinsam mit Jan die Studiobar. »Bis übermorgen«, sagt er. »Yep«, mache ich. Tina sagt nichts. Ich bitte sie um einen Gin-Tonic. Sie bringt ihn, und ich erkundige mich: »Wie geht's? Ich meine, wie *geht* es? Mal abgesehen von dem Handgelenk. Sonst alles in Ordnung?«

»Ja«, antwortet sie.

»Du kannst ruhig nach Hause gehen«, sage ich.

»Ja. Weiß ich. Aber ich warte noch bis fünf Uhr. Dann hat San auch Feierabend.«

»Sam«, frage ich, »die Telefonistin? Seid ihr befreundet?« Ich sage das in einem Tonfall, als würde ich annehmen, daß Sam Tinas lesbische Liebhaberin ist. Das tue ich auch. Zu unrecht, wie sich herausstellt, denn Tina sagt: »Nein, San ist meine *Cousine.*«

»Deine Cousine?« sage ich. »Das ist ja dann ganz was anderes.«

»Wieso *ganz* was anderes? Worauf spielst du eigentlich an? Was willst du eigentlich damit *sagen*?«

»Hör mal, Tina«, beschwichtige ich, »ich spiele auf nichts an und ich will damit *gar nichts* sagen. Ich dachte nur, Sam wäre deine Geliebte. Mein Gott, wäre doch möglich, oder? Es gibt ja mehrere Fälle, wo Partner im selben Betrieb arbeiten.«

»Nein, San ist nicht meine Geliebte. Meine Geliebte heißt Toni. San ist meine Cousine. Und sie heißt San, mit einem ›n‹ und nicht Sam.« Sie geht wieder hinter die Bar und liest in ihrer Zeitschrift weiter. Ich starre vor mich hin, nippe ab und zu an meinem Gin-Tonic und denke an Judy. Das darf doch nicht wahr sein, aber ich habe schon eine Woche oder noch länger nichts von ihr gehört. Außerdem war es das lezte Mal schon wieder *ich*, der angerufen hat. Es schien ein oberflächliches Blabla-Gespräch zu werden, bis ich schließlich direkt fragte: »Wie sieht's aus, Judy? Wann sehe ich dich, und können wir dann *zungenküssen*?« Danach blieb es ein oberflächliches Blabla-Gespräch, denn Judy antwortete so was in der Art von: »Wenn du mich wirklich sehen willst, dann komm' halt, und ... was das Zungenküssen betrifft ...ich würde lieber noch ein bißchen ... warten ... Ich meine, du mußt mir wirklich glauben, wenn ich dir sage, daß ich nicht zungenküssen kann ... Das hat mit dir nichts zu tun ...«

Nichts mit *mir* zu tun, na klar doch. Wie kann man einem *geliebten Menschen* einen Zungenkuß verweigern? Obwohl, einem geliebten Menschen ... Wenn ich Judy frage, ob sie mich liebt (was ich sehr selten mache, denn sie steht nicht so auf diese Frage), dann klingt das, als ob sie erst eine LKW-Ladung Sand ruterschlucken müßte, bevor sie ein zögerliches »Ja ...« rauswürgt. Nein, mit dieser Judy wird es definitiv –

Das Telefon klingelt. Tina hebt ab. Sie sagt »Hallo«, hört zu und wird leichenblaß. »Ich komme«, haucht sie. Sie knallt den Hörer auf die Gabel, reißt ihre Jacke vom Haken, bittet mich gehetzt, San zu sagen, daß sie dringend wegmußte, und bricht dann in Tränen aus. Ungefragt beginnt sie: »Das war Tonis Mutter ... Toni wollte sich schon wieder umbringen ... Sie liegt im Krankenhaus ...«

»Dort gehört sie auch hin nach einem Selbstmordversuch ...«, sage ich.

Tina rennt weg. Plötzlich fällt mir was ein, und ich renne ihr nach. »Tina!« rufe ich ihr nach. »Hat Toni jemals eine gewisse Eva als beste Freundin gehabt? Ich meine, nicht als Geliebte, sondern einfach so, als beste Freundin?« Tina sieht mich verwirrt an und überlegt dann doch: »Eva ... Ich weiß nicht, ob ... Oder ka, sie hat mal was von einer Eva erzählt. Daß die ... Daß die ... Ich weiß nicht mehr, was mit dieser Eva war ... Warum ...? Oder nein, ich will's gar nicht wissen, ich muß weg ... Ich ...« Sie verschwindet laut schluchzend, aber trotzdem immer noch total kerzengerade.

Ich gehe zurück an die Bar, mixe mir noch einen Gin-Tonic und setze mich hin. Ich könnte wetten, daß Eva nie *geschnallt hat*, daß eine ihrer besten Freundinnen – die, die dauernd von ihrem Selbstmordversuch laberte – eine Lesbe war, wahrscheinlich noch dazu verliebt in sie. Aber gut, was soll's. Ungefähr zehn Minuten später betritt San die Bar. Ich nehme mal an, daß es San ist, denn ich glaube, ich habe San noch nie gesehen. In die Telefonzentrale des Studios komme ich nie, und soweit ich mich erinnern kann, bin ich ihr auch noch nie im Gang oder sonstwo begegnet. Nur ihre Stimme kenne ich. Sie fragt: »Ist Tina nicht da?« Am Telefon klingt ihre Stimme angenehmer.

»Nein«, sage ich, »die mußte dringend weg. Irgendwas mit ihrer Freundin. Sie hat mich gebeten, sie zu entschuldigen. Es war ziemlich dringend.«

»Shit, nicht schon wieder ein Selbstmordversuch«, sagt San.

»Doch«, antworte ich.

»Shit, shit, shit, und wir hatten ausgemacht, miteinander was essen zu gehen. Das ist jetzt schon eine Ewigkeit her.«

»Warum gehst du dann nicht mit mir essen?«

»Wer bist *du* denn?« fragt sie.

»Der Drummer von Ivory.«

»Ivory? Die neue Band? Mit Luk von Elephant?«

»Haargenau.«

»Ist Luk nicht mehr da?«

»Nein, der ist weg. Ist mit seinem Dealer essen gegangen. Das ist jetzt schon eine Ewigkeit her.«

»*Wie* bitte?«

»Nichts. Ich meine, wie sieht's aus, gehen wir was essen, ich und du? In irgendein ... *Top*restaurant?«

Sie mustert mich von oben bis unten, überlegt und sagt schließlich: »Dann mal los, warum auch nicht.« Sie geht mir zum Ausgang voran. Sie hat einen guten Hintern. Gesicht dito. Und tolle Titten. Ich nehme mir vor, dieses Mädchen heute abend zu vögeln. In einer Beziehung wie der mit Judy kann man nicht monogam bleiben. Judy, die mit mir nicht einmal Sex haben zu *wollen* scheint. Die, so stelle ich mir vor, bei dem Gedanken an Sex mit mir wahrscheinlich *komplett ausflippt*. Auf dem Parkplatz frage ich San: »Kann ich mit dir mitfahren? Ich bin mit dem Taxi gekommen, mein Motorrad ist gerade beim ersten Service.«

»Was? Äh, OK ...« Ich steige in ihren Karmann Ghia, einen, den ich zu kennen glaube. Ich frage sie, ob sie den Karmann Ghia schon lange hat. »Nein«, erklärt sie, »erst seit kurzem. Ich habe ihn von jemandem gekauft, der ihn aus der äh ... wie sagt man da ... dem Nachlaß irgendeines Gitarristen aufgekauft hat. Ich glaube, der von Foaming Vomit, der Selbstmord begangen hat ... Mein Gott, wenn man sich das genau überlegt, da wird ganz schön was selbstgemordet zur Zeit ...« Sie läßt den Motor an und fährt vom Parkplatz.

»Bassist«, sage ich.

»Was?«

»Laß nur. Ist dir das Het Rabot gut genug?«

»Da war ich erst vor kurzem. Ich würde eigentlich gerne mal wieder ins Kanaalzone gehen.«

»Kanaalzone«, sage ich, »auch gut.«

Unterwegs reden wir nicht viel; San ist eine Autofahrerin, die beim Fahren ihren ganzen Verstand braucht. Sie schafft es schließlich unfallfrei bis zum Parkplatz vom Kanaalzone. Was ist das bloß mit Frauen und Autos? Ich weiß es nicht, aber irgendwas stimmt da nicht, soviel steht fest. Obwohl, jetzt, wo ich drüber nachdenke, Eva ist eine prima Fahrerin. Ich habe mich in Evas Gegenwart nie wohl gefühlt, aber wenn ich mit ihr im Auto fuhr, fühlte ich mich irgendwie *sicher*, das schon. Das waren die einzigen Momente, in denen ich mich in Evas Gegenwart sicher fühlte. Hätte ich mit Eva jemals eine Strecke von tausend Kilometern ohne Zwischenstop zurückgelegt, wir wären vielleicht doch Freunde geworden. Aber die Strecken, die Eva und ich in ihrem Karmann zurücklegten, waren selten länger als fünfzehn Kilometer.

Mit San an meiner Seite betrete ich das Kanaalzone. Neben dem Ober steht noch ein anderer Typ, der auch eine Oberuniform trägt. Der Ober flüstert dem Typen was ins Ohr und schüttelt mir die Hand. Der Typ schüttelt mir auch die Hand und sagt: »Guten Abend und herzlich willkommen. Ich bin ein riesengroßer Fan von Foaming Vomit.«

»Was geht mich das an?« frage ich.

Der Typ sieht den Ober verwirrt an, aber der Ober weiß es auch nicht. Mit einer auf den Typen gerichteten Geste sagt er: »Ich lerne ihn gerade an. Aber äh, sind Sie nicht wirklich der Drummer von Foaming Vomit?«

»Bist du das?« fragt San, die von den beiden Obern bisher ignoriert wurde.

»Nein«, antworte ich bestimmt, »bin ich nicht. Ich bin der Drummer von Ivory.«

»Von ...?« fragt der Ober nach.

»Ivory«, wiederhole ich, »eine neue Spitzenband, sozusagen.

Mit schon jetzt hunderttausend verkauften CDs. Dazu muß man wissen, daß die CDs noch nicht einmal *produziert* sind. Nicht eine einzige davon. Sie wissen schon. Ich meine, können wir einen Tisch irgendwo in einer Ecke haben? Wo's ruhig ist.«

»Aber selbstverständlich«, sagt der Ober und gibt dem Typen Anweisungen, an welchen Tisch er mich und San führen soll. Der Kellner bringt zwei Speisekarten. »Für mich als Aperitif einen Gin-Tonic«, sage ich und füge – ohne die Karte zu öffnen – hinzu: »Keine Vorspeise und als Hauptspeise die Terrine von pürierten Tomaten und frisch kandierten Anjovis in milder Sahnesauce.«

»Äh ...« sagt der Kellner, »dieses Gericht haben wir inzwischen von der Karte genommen, mein Herr.«

»Von der Karte genommen? Warum? War damit irgendwas nicht in Ordnung?«

»Nein, absolut nicht! Es war eines unserer beliebtesten Gerichte. Aber Kanaalzone will ab und zu was Neues bringen.«

»Na, dann bringen Sie mir eben was Neues.«

»Äh ...? Einfach so ...? Ich meine, wie soll ich ... Äh ...«

Bevor der Kellner – ein blonder Blödmann – vor lauter Nervosität zusammenbricht, öffne ich die Karte und sage: »Geben Sie mir einfach das ... Filet Mignon an Götterspeise. Oder ist das nichts Neues?«

»*Nigelnagel*neu, mein Herr, und sehr beliebt. Und sehr gut. Eine ausgezeichnete Wahl. Und für die Dame?«

»Äh ...« sagt San, »für mich ... als Aperitif ... ein Glas ... ein Glas ... oder nein, bringen sie mir einfach einen ... Martini Bianco mit Eis und ... auch das Filet Mignon an Götterspeise.«

»Sehr gerne, gnädige Frau.« Erleichtert nimmt uns der Kellner die Speisekarten ab und geht weg. Noch ehe ein weiterer Kellner unseren Tisch erreicht hat, rufe ich ihm zu: »Keinen Wein, danke vielmals. Eine Flasche Sodawasser.«

»Ja, keinen Wein, das ist eine gute Idee«, sagt San, »ich sollte sowieso möglichst wenig trinken ...« Soll ich nachbohren, warum sie das sagt? Denn ich bin überzeugt davon, daß es einen speziellen *Grund* dafür gibt.

»Warum?« frage ich. »Bekommst du vom Wein Ausschlag? Rote Flecken am Hals? Ich meine, ich kenne jemanden, jedesmal, wenn der Wein trinkt, dann bekommt der ...«

»Nein«, unterbricht sie mich, »ich bin schwanger.«

»Na ja«, sage ich, »während einer Schwangerschaft kann man auch rote Flecken am Hals bekommen.«

»Was?«

»Vergiß es ... Soso, du bist also schwanger ...«

»Ja ... Aber da gibt es ein Problem ...«

Was könnte das Problem sein? Daß sie lieber *nicht* schwanger wäre? Daß ihre Religion keine Abtreibung erlaubt? Daß der Arzt beim Fötus schon jetzt Anzeichen einer Behinderung erkennen konnte? Daß sie nicht weiß, wer der Vater ist?

»Ich ...« sagt sie, »ich ... weiß nicht, wer der Vater ist ...«

»Weiß *er* es denn?« frage ich.

»Wer?«

»Na, der Vater.«

»Woher soll ich das wissen? Ach, das ist alles so ein Chaos. Es ist doch immer wieder dasselbe: *ein* einziges Mal vergißt man die Pille, na ja, oder vielleicht zweimal – ich merk' mir so was nicht – und du kannst Gift drauf nehmen, daß du ausgerechnet *dann* schwanger wirst.«

»Es gibt ein armenisches Sprichwort«, sage ich, »und das lautet: *Vergeßlichkeit und ihre Folgen gehen Hand in Hand.* Die Armenier sind nicht blöd, das sag' ich dir. Wußtest du übrigens, daß Armenien eine Insel ist?«

»Was? Armenien? Wo liegt das?«

»Nun, im Meer logischerweise, soviel steht fest ...« Der erste

Kellner kommt mit dem Martini und dem Gin-Tonic, und fast gleichzeitig bringt der andere Kellner eine Flasche Sodawasser. »Danke«, sage ich zu den beiden.

»Weil wir gerade vom Meer sprechen, hast du dir jemals Gedanken darüber gemacht, warum manche Walfische *Pfoten* haben?«

San sieht mich verständnislos an: Sie kapiert natürlich nicht, wie die Geschichte über ihre Schwangerschaft in nicht einmal zwei Minuten zu meiner Bemerkung über Walfische führen konnte, und daß einige dieser Viecher allen Ernstes Pfoten haben. Ich beschließe, eine Kurskorrektur vorzunehmen und sage: »Jaja, Kinder ... Möchtest du einen Jungen oder ein Mädchen?«

»Ich glaube nicht, daß ich es behalten kann«, sagt sie mit gespielter Trauer.

»Dann mußt du es wegmachen lassen«, sage ich. »Da kommt das Essen.«

Der erste Kellner trabt mit den Filets Mignon an. San ist noch damit beschäftigt, ihres *anzuschauen*, da habe ich meines schon fast aufgegessen.

»Findest du nicht, daß die Götterspeise eigenartig riecht?« fragt sie.

»Da habe ich nicht drauf geachtet«, sage ich, »ist aber gut möglich.«

»Ich glaube, ich gehe erst mal auf die Toilette«, meint sie.

»Mach nur«, sage ich. Sie geht. Ich esse mein Filet auf und winke dem Ober. »Die Rechnung bitte«, sage ich.

Er fragt: »Ist der Dame ...?«

»Mit der Dame ist alles in Ordnung«, sage ich, »die muß sich nur kurz übergeben. Sie ist schwanger, müssen Sie wissen.«

»Herzlichen Glückwunsch! Soll ich schnell eine Flasche Champagner auf Kosten des Hauses ...«

»Nicht von mir, Kumpel. Sie ist nicht von *mir* schwanger. Sparen sie sich also ruhig Ihren Anflug künstlicher Begeisterung. Und bringen Sie mir die Rechnung. Ich habe in zehn Minuten eine wichtige Besprechung.«

»Gewiß doch, mein Herr.«

Wenig später bezahle ich mit meiner Visa-Karte. San ist noch immer nicht von der Toilette zurück. Ich beschließe, nicht länger zu warten und gehe raus. Du liebe Zeit, wenn ich mir's genau überlege, will ich diese San überhaupt nicht bumsen. Sie ist *schwanger*! Und sie ist eine unglaubliche Ziege! Alle nennen sie Sam! Und ich sehne mich nach Judy. Ich kann die Sehnsucht nicht mehr unterdrücken: Ich sehne mich *extrem* nach Judy. Wie um alles in der Welt ist so was nur möglich?

An der Eingangstür sagt der Ober-Lehrling: »Entschuldigen Sie wegen vorhin, mein Herr. Ich bin gar kein Fan von Foaming Vomit.«

»Dein Problem«, sage ich zu ihm und trete ins Freie.

Shit, eigentlich hätte ich mir zuerst ein Taxi rufen sollen. Ich will wieder reingehen – mit dem Risiko, daß San von der Toilette zurück ist und eine Erklärung verlangt – aber ich werde von zwei Personen – einem Mann und einer Frau, die plötzlich wie aus dem Nichts auftauchen – angesprochen. »Herr Brusselmans?« fragt die Frau.

»Ja«, antworte ich.

»Können wir Sie kurz sprechen? Ich bin Wachtmeister Van Landschoot, und das hier ist Kommissar De Groeve.«

»Wachtmeister?« frage ich. »Wieso? Sind gerade Manöver? Werden alle Genter Spitzenrestaurants mit einem Überraschungsangriff konfrontiert? Ich muß sagen, dann hätte ich euch eher im Kampfanzug erwartet.«

»Wir sind von der Kriminalpolizei«, sagt der Mann säuerlich. Er ist ein langer Kerl mit glatten Haaren und einer Nase, die schon mindestens einmal gebrochen war. Er trägt einen schlecht sitzenden, bläulichen Straßenanzug.

»Wir untersuchen eine Vermißtenmeldung«, sagt die Frau, die ein schreckliches Kostüm trägt; außerdem hat sie flache Treter mit viereckigen Kappen an. Sie ist um die Vierzig, ungeschminkt und gerade nicht *so* häßlich, daß es stören würde.

»Eine Vermißtenmeldung? Um wen geht's denn? Doch nicht um mich? Denn in diesem Falle wäre die Angelegenheit offensichtlich erledigt.«

»Ich mag keine Witzchen«, sagt der Mann.

»Witzchen?« frage ich. »Wer macht hier Witzchen? Im übrigen mag ich auch keine Witzchen, Herr Wachtmeister.«

»Dann jetzt mal im Ernst«, sagt die Frau gereizt. »Wir untersuchen das Verschwinden einer gewissen Inge de Groot. Jemand, den sie kennen.«

»Inge de Groot ...?« Ich denke nach. »Inge ... Ja, die kenn' ich. Und jetzt, wo Sie's sagen: die war eines schönen Tages wie vom Erdboden verschluckt. Aber daß ich was damit zu tun haben soll, mit diesem Verschwinden meine ich, das wäre mir neu.«

»Wir gehen den verschiedensten Hinweisen nach«, sagt der Mann, »und dabei haben wir herausgefunden, daß Inge de Groot am Abend ihres Verschwindens in Ihrer Begleitung gesehen wurde. Sie sind gemeinsam mit ihr in genau dieses Restaurant hineingegangen und mit einer anderen Frau wieder rausgekommen. So ähnlich wie heute: diesmal kommen Sie zwar *allein* wieder raus, aber Sie sind mit jemandem reingegangen. Wenn Sie mich also kurz entschuldigen wollen ...« Der Kommissar betritt das Kanaalzone. »Tja«, sagt die Frau, die sich aus irgendeinem Grund in ihrer Haut nicht wohlfühlt, »wir müssen wirklich allen Hinweisen nachgehen. Und Kommissar De Groeve ist sehr gewissenhaft ...« Ich sage nichts, wodurch sich die Frau offensichtlich noch unwohler fühlt. Wenig später kommt der Kommissar wieder raus. »Alles in Ordnung«, sagt er. »Die junge Frau sitzt drinnen, ißt und redet mit einem Ober. Es schien ihr nicht mal aufgefallen zu sein, daß er« – der Kommissar meint mich – »weg war.«

»So ist das immer bei dieser Sorte Frauen«, sage ich.

»Bei welcher *Sorte* Frauen?« fragt er mit drohendem Unterton.

Wie soll ich mich da jetzt wieder rausreden? »Bei ... *cleveren* Frauen, Herr Kommissar«, sage ich. »Bei ... intelligenten Frauen, Sie wissen schon, Frauen mit einem ... IQ. Ich meine, daran kann man eine intelligente Frau erkennen: wenn es ihr nicht einmal auffällt, daß sich ihr Typ aus dem Staub gemacht hat.«

Der weibliche Kommissar kichert, der männliche nicht. Er sagt: »Wie Frau Van Landschoot bereits sagte: jetzt mal im Ernst. Was soviel heißt wie: Wir würden Sie gerne kurz sprechen.«

»Es kann ruhig in einem Café oder so sein«, sagt Frau Van Landschoot.

»Wenn es denn sein muß«, seufze ich, »ich kenne hier in der Nähe ein nettes Café. Kann ich mit euch mitfahren? Ich zeige euch den Weg.«

Sie gehen mir zu ihrem Auto voran, einem unauffälligen Nissan, der zwischen gut und gern acht oder neun Karmann Ghias geparkt ist und so *erst recht* auffällt. Wir steigen ein. Ich zeige ihnen den Weg. Das kann ich ziemlich gut, den Weg zeigen.

DINI

Wir haben uns noch nicht einmal richtig im übrigens so gut wie leeren De Gouden Poorte hingesetzt, als irgendwo gedämpft ein Telefon klingelt. »Meines«, sagt Kommissar De Groeve. Er holt ein Handy aus der Tasche und nimmt den Anruf entgegen. »Ja?« sagt er. »Sicher doch, Chef ... gut ... I see ... Selbstverständlich ...« Die Schwuchtel, die das De Gouden Poorte betreibt, kommt her und sagt, daß sie es nicht so gerne sieht, wenn in ihrem Lokal mit einem Handy telefoniert wird. »Sekunde, Chef ...« sagt De Groeve. Betont gelangweilt holt er eine Art Marke zum Vorschein und schnauzt: »Polizei!«

»Du lieber Himmel«, sagt die Schwuchtel, »ich bitte um Entschuldigung. Die erste Runde geht auf Kosten des Hauses!«

»Da bin ich wieder, Chef«, sagt De Groeve. »Wo, sagen Sie ... Ja ...?«

»Für mich ...«, sage ich zu der Schwuchtel, »einen Cappuccino Gouden Poorte und für dich ...?«

»Cappuccino Gouden Poorte hört sich gut an«, meint die Frau.

»Bin schon unterwegs, Chef. Bis gleich«, sagt De Groeve noch ins Handy, macht es aus, steckt es in die Tasche und sagt zu der Frau: »Geiselnahme. Ich sehe dich dann morgen.« Er verschwindet.

»Also ... zwei Cappuccinos Gouden Poorte?« fragt die Schwuchtel unschlüssig.

»Exakt«, sage ich. Sie entfernt sich.

»De Groeve ist als Freiwilliger bei der Sondereinheit«, erklärt mir die Frau ungefragt. »Im Falle einer Geiselnahme, eines Terroranschlags oder sonstwas in der Art kann er angefordert werden ... Deshalb ... Es muß irgendwas passiert sein ...«

»Ach so«, sage ich, »und so was macht er *freiwillig*?«

Die Frau kichert wieder. »Er ist ein kleiner Macho ...«, erklärt sie.

Die Schwuchtel bringt die beiden Cappuccinos. »Das macht dann vierhundert, bitte«, sagt sie.

»Wieso vierhundert?« will ich wissen. »Du hast gerade gesagt, daß die erste Runde auf Rechnung des Hauses geht.«

»Für den Polizisten, meinte ich. Aber der ist ja jetzt weg.«

»Die Dame hier ist auch von der Polizei«, sage ich, »zeig deine Marke her, Frau Kommissarin.«

Mit einem Lächeln holt sie ihre Marke aus der Tasche. Die Schwuchtel betrachtet sie intensiv. »OK«, sagt sie, »dann zweihundert. *Du* bist nämlich nicht von der Polizei, oder täusche ich mich da?« Sie redet in so 'nem gemeinen, sarkastischen Ton mit mir. Warum schlägt dieser Idiot mir gegenüber diesen Ton an? Habe ich ihm je was getan? Nein, und wenn schon. »Nein, ich bin nicht von der Polizei«, antworte ich, »sondern von den Schwuchtelklatschern. Und wie der Name schon sagt, klatsche ich dir gleich eine, wenn du nicht machst, daß du wegkommst.«

Die Schwuchtel zieht beleidigt ab.

Die Kommissarin kichert und sieht mich an. »Auch ein kleiner Macho?« fragt sie rhetorisch. Trotzdem antworte ich: »Nein, Frau Kommissarin, *im Gegenteil*.« Sie sieht mich weiter an. »Laß die Kommissarin mal weg. Ich heiße Dini.«

»Hallo, Dini«, sage ich.

»Hallo«, sagt sie kichernd und dann: »Du hast meinem Vater mal eingeredet, daß *dein* Vater Oberst bei der Polizei ist.«

»Deinem Vater?« frage ich. »Sollte ich deinen Vater kennen?«

»General a.D. Van Landschoot«, sagt sie.

»Ich kann mich leider und bei allem Respekt nicht an ihn erinnern«, überlege ich.

»Macht nichts«, sagt sie, »Tatsache ist aber, daß dein Vater kein Polizeioberst, sondern Viehhändler ist.«

»Weißt du auch seine Schuhgröße?« frage ich verstört. »Ich meine, werde ich *beobachtet* oder so? Bin ich ein verdammter *Verdächtiger*? Oder seid ihr einfach nur an meiner Biographie interessiert? Nun, dann weißt du vielleicht auch, daß meine Mutter gestorben ist, daß ich ein professioneller Scheißdrummer bin, daß es aus ist mit dem Hohlkopf, der eine Zeitlang meine *Freundin* darstellte und daß ich nicht weiß, ob ich inzwischen eine neue Freundin habe oder nicht. Eine *bessere*. Ich denke schon, habe aber so meine ernsthaften Bedenken. Ich meine, wißt ihr das auch alles, *Dini*?«

»Du brauchst dich nicht künstlich aufzuregen.«

»Ich rege mich überhaupt nicht künstlich auf.«

»Doch. Und das ist echt nicht notwendig. Wir beobachten dich nicht wirklich. Du bist kein richtiger Verdächtiger im engeren Sinn, aber wir untersuchen eine Vermißtenmeldung und folgen allen möglichen Spuren.«

»Spuren, Spuren ... Was ihr immer mit diesen Spuren habt. Wußtest du übrigens, daß es ein altes keltisches Sprichwort gibt, das lautet: *Wer Spuren findet, hat sie meistens zuvor während der Suche verwischt*?«

»Du hast es mit Sprichworten, stimmt's?« fragt sie.

»Stimmt nicht«, antworte ich.

»Ich glaube schon. Und mit Inseln. Und mit Walfischen. Und mit Erfindern. Und mit Asche.«

Sie sagt »Asche« und nicht »*gefrorene* Asche«. Alles, was sie weiß, hat sie vom Hörensagen.

»Und mit Frauen ...«, ergänzt sie ihre Aufzählung.

»Mit Frauen schon«, sage ich ruhig, »mit Frauen habe ich tatsächlich was. Etwas, das schwer zu beschreiben ist. Etwas ... *Männliches*, sozusagen.«

»Und mit Gärten«, fährt sie fort, »mit Gärten hast du's auch.«

»Gärten?«

»Deine Nachbarin von gegenüber erzählt, daß du regelmäßig im Garten der Nachbarn rumschleichst. Wußtest du übrigens, daß *auch diese Nachbarn* verschwunden sind?«

»Großer Gott ...«, sage ich. »*Ich* und herumschleichen im Garten meiner Nachbarn? Aber es ist doch verdammtnochmal jemand ganz *anders,* der dauernd im Garten der Nachbarn rumschleicht! Irgendein armer Trottel, den ich nicht kenne und der mir ungefähr so ähnlich sieht wie ein Elefant einer Maus! Und die Nachbarin von gegenüber? Wer um alles in der Welt soll das denn sein? Ich wußte nicht mal, daß ich überhaupt so was wie eine Nachbarin von gegenüber *habe*! Und von so einem anonymen Weib laßt ihr euch einreden, daß ich im Garten der Nachbarn rumschleiche! Und daß die verschwunden sind, was habe ich damit zu tun? Die Arschlöcher sind verreist, nach Malaysia oder irgend so einem grauenhaften Land, das ist alles, was ich über sie weiß.«

»Du regst dich schon wieder auf«, sagt sie.

»Würdest du auch tun an meiner Stelle«, knurre ich.

»Ist aber echt nicht notwendig, wir werfen dir nichts vor. Wir haben dich ein bißchen unter die Lupe genommen, das schon. Du wurdest schließlich als Letzter zusammen mit dem vermißten Mädchen gesehen. In den vergangenen Wochen haben wir versucht, ein ... ein Profil von dir zu erstellen. Um zu sehen, ob du ein potentieller, wie soll ich sagen, ein potentieller Entführer bist, oder ...«

»Oder was? Ein potentieller *Mörder*? Sag mal, spinnst du? Ich und ein Mörder! Mein Gott, glaubst du allen Ernstes, daß ich jemals die Zeit und die Energie aufbringen würde, um jemanden umzubringen? Abgesehen davon: warum sollte ausgerechnet ich diese Inge umbringen? Ich kannte die Mieze überhaupt nicht.

Und noch was: du redest von einem Profil. Ein Profil, das ihr in den letzten *Wochen* versucht habt, von mir zu erstellen. Habt ihr wirklich nichts besseres zu tun, als ein verdammtes Profil von irgend jemandem zu erstellen und mit so was mehrere Wochen zu verplempern? Konntet ihr nicht bei mir vorbeischauen und fragen: Hast du was mit dem Verschwinden dieser Inge zu tun?«

»So arbeiten wir nicht ...«

»Dann wird's aber Zeit. Übrigens, wer hat das Verschwinden dieser Inge gemeldet?«

»Ihr Vater. Aber reichlich spät. Seit einige der Befragten sie das letzte Mal – also in deiner Begleitung – gesehen haben, sind mehr als zwei *Monate* vergangen.«

»Exakt«, sage ich, wobei ich mich frage, ob ihre Ermittlungsergebnisse nun günstig oder ungünstig für mich sind. »Und«, fahre ich fort, »wer sind ›diese Befragten‹?«

»Ein ganzer Haufen Leute. Nicht nur aus deinem Bekanntenkreis. Wie ich bereits sagte: wir verfolgen verschiedene Spuren.«

»Es gibt also noch andere Verdächtige?«

»Du bist kein Verdächtiger. Und nein ... es gibt keine anderen Verdächtigen ... Jedenfalls nicht mehr ...«

»Willst du damit sagen, daß all eure Spuren, eure *verschiedenen* Spuren, im Sand verlaufen sind und ihr euch aus lauter Verzweiflung auf mich konzentriert habt, weil ich als Letzter mit ihr zusammen gesehen wurde?«

»Äh ... Eigentlich schon, ja ...«

Sie nimmt erst jetzt einen Schluck von ihrem Cappuccino Gouden Poorte. Der muß längst kalt sein. Ich habe meinen schon ausgetrunken.

»Und dieses Profil?« will ich wissen, »was ist damit? Hast du ein bißchen was über mich erfahren? Haben die *Befragten* Lobeshymnen auf mich angestimmt, daß es schon nicht mehr schön ist?«

»Äh ... Nicht wirklich ...«, antwortet sie zerknirscht.

»Das war ja auch ironisch gemeint«, sage ich, »meine Güte, *Lobeshymnen angestimmt*, solche Formulierungen verwendet man doch nur im Falle verdammter Ironie!«

»Ach so ... Du hast also gar nicht damit gerechnet, daß Leute, die dich ein bißchen besser kennen, ausschließlich ... gut über dich reden würden?«

»Wer mit so was rechnet, hat sie nicht mehr alle«, sage ich.

»Ach ja? Wie auch immer ...« Jetzt holt sie ein Notizbuch aus ihrer Tasche, in dem sie allen Ernstes zu blättern beginnt. »Deine Freundin ...«, beginnt sie.

»Wenn du Eva meinst«, sage ich, »das ist *nicht* meine Freundin.«

»Gut, dann deine Ex-Freundin ...«

»Nicht einmal das.«

»Kurz: diese *Eva* also, die sagt, daß du – ich zitiere – verwirrt bist, mit dir selbst im Unreinen, ein asozialer Typ und genaugenommen nicht ganz richtig im Kopf. Ich sage nochmals, das sind *ihre* Worte.«

»Klar sind das ihre Worte. Was will man machen. Klar bin ich verwirrt, denn manchmal betrete ich ein Restaurant mit einem Helm in der Hand. Klar bin ich mit mir selbst im Unreinen, denn manchmal denke ich über bestimmte Dinge *nach*, ich *relativiere* bestimmte Dinge, ich benutze manchmal meinen *Verstand*. Und klar bin ich ein asozialer Typ, denn ich habe keinen Karmann Ghia.«

Dini kichert. »Ja, die Karmann Ghias. Scheint fast so, als würden die in deinem Milieu auf den Bäumen wachsen.«

»Das ist nicht mein Milieu, Dini«, antworte ich ruhig, weil mir die Richtigkeit dieser Aussage plötzlich bewußt wird. »Kein Milieu ist mein Milieu.« Diese lächerlich pathetische Bemerkung bleibt eine Weile im Raum stehen. Dini bestellt zwei Cappuccinos Gouden Poorte und holt sie an der Bar ab. Ich sehe, daß sie bezahlt. In der Zwischenzeit denke ich über zwei Dinge nach. Erstens: daß mir nie *aufgefallen* ist, daß ich verfolgt wurde – eigener Mangel an gesunder Paranoia. Zweitens: daß mir keiner der Befragten aus meinem Bekanntenkreis jemals *gesagt* hat, daß die Kriminalpolizei Informationen über mich einholt – anderer Leute Mangel an Interesse an meiner Person – frei nach dem Motto: Was kümmert u*ns* das, wenn die Polizei *ihn* bespitzelt? Würde mir die Polizei Fragen über – sagen wir Eva oder Kurt oder ... einen von diesen Leuten – stellen: Wie würde ich mich verhalten? Würde ich mich genauso wie sie verhalten? Also: Lügen erzählen und mich ansonsten einen Dreck um die Angelegenheit kümmern? Ich glaube nicht. Ich glaube, daß ich zumindest die *Wahrheit* erzählen würde. Ich bin ein Mensch, dem die Wahrheit heilig ist. So was scheint niemandem aufzufallen. Und deshalb kann man genausogut gleich lügen.

Dini kommt mit den Cappuccinos an den Tisch. »Warum bezahlst du für das Gebräu?« frage ich.

»Ach, der Typ ist schon mitleiderregend genug ...« erklärt sie.

»Meine Güte«, sage ich, »so eine bist du? Siehst du nicht, daß die Tunte um Mitleid *bettelt*? Daß er die ganze Zeit schlecht schauspielert, um Mitleid zu erregen. Junge, Junge, daß du da drauf reinfällst ...«

»Ob ich drauf reinfalle oder nicht, ich finde es nicht anormal, daß man in einem Café für seine Getränke bezahlt.«

»Da hast du auch wieder recht«, gebe ich zu, »jetzt aber im Ernst. Ich werde dir mal was sagen. Elephant war früher eine Band, oder zwei Bands – wen kümmert's, vielleicht ja sogar drei. Wie auch immer, sie hatten einen Manager, der Bertrand hieß. Später hatten sie einen Manager, der Herbert hieß. Das fiel keinem Schwein auf. Was ich damit sagen will, ist, daß sich nach einer ganzen Weile herausstellte, daß dieser Herbert irgendwann mal in Spanien vermißt worden war. Alle dachten sich – ich weiß nicht wie lange: dieser Herbert, der ist einfach verschwunden. Bis man draufkam: ach nein, dieser Herbert ist gar nicht verschwunden, der ist jetzt Manager von Elephant. Und in der Zwischenzeit geht das Leben weiter, weißt du. Aber jetzt frage ich dich: Wo steckt dieser Bertrand? Niemand hat je wieder ein Wort über Bertrand verloren. Ist er verschwunden? Ist er der Manager von wasweißdennich wem oder was? Ist er als vermißt gemeldet? Hat er einen anderen Namen angenommen? Hat er sich einen Bart wachsen lassen, so daß ihn keiner erkennt? Und so weiter. Ich könnte wetten, Dini, wenn du es drauf anlegst, könntest du nach diesem Bertrand suchen, bis du schwarz wirst und ihn trotzdem nicht finden, während er womöglich bei dir um die Ecke wohnt.«

»Vielleicht. Aber bei mir um die Ecke wohnt kein Bertrand. Außerdem: So ein Bertrand wurde von seinem Vater nie als vermißt gemeldet.«

»Und Inge schon. Worin liegt der Unterschied? Außerdem: hast du diesen Vater gecheckt? Ist der überhaupt ganz richtig im Kopf? Wollte er nicht nur ein kleines bißchen *Aufmerksamkeit*, selbst wenn's nur von der Polizei ist, egal von wem, von *dir*?«

»Du stellst das alles doch ziemlich simpel dar.«

»Kann sein ... als ob es irgendwas gäbe, das im Prinzip *nicht* simpel wäre. *Da*rüber könnte ich stundenlang erzählen, wie simpel im Prinzip alles ist.«

»Auch das ist eine simple Philosophie.«

»Exakt. Dini, du beginnst mich zu verstehen.«

Sie sieht mich erstaunt an. »Du verstehst *mich* nicht«, sagt sie, »ich meine es *ernst*, daß deine Philosophie arg simpel ... Ach, vergiß es doch. Vielleicht hast du ja recht, vielleicht sehen alle alles viel zu kompliziert ...« Sie nippt an ihrem Cappuccino, ich trinke meinen aus. »Es gibt ...«, sage ich, »nur sehr wenige

Menschen, die verschwinden können, ohne daß es echt auffällt ... Meine Mutter zum Beispiel ... die ist verschwunden ... und es fällt noch jeden Tag auf. *Mir* fällt es jeden Tag auf. Dir nicht, Dini. Warum sollte es dir auffallen, daß meine Mutter verschwunden ist? Dir würde es auffallen, wenn General Van Landschoot oder so jemand verschwindet. Das würde *mir* dann wieder nicht auffallen, nicht einen Augenblick. Und so weiter. Das ist der springende Punkt, Dini: Irgendeine Inge ist verschwunden, und das bereitet mir persönlich keine schlaflosen Nächte, echt nicht. Das klingt jetzt gefühlskalt, das ist mir schon klar, aber wo sich so eine Inge auch aufhalten mag und in welchem Zustand, das geht mir ehrlich gesagt kilometerweit am Arsch vorbei. So ist das. Zumindest bei mir. Das ist ein Mechanismus, der von meinem Verstand entwickelt wurde. Durch jahrelanges Nachdenken, sozusagen. Ein Mechanismus, der sich aus einem immer stärkeren Bedürfnis nach ... Selbstschutz entwickelt hat. Um nicht zu explodieren oder zu verschrumpeln. Und trotzdem ... Würde *Judy* verschwinden, dieser Mechanismus würde auf einmal wieder irrelevant werden, komplett unwichtig ...«

»Wer ist Judy?«

»Ist euch Judy kein Begriff? Habt ihr Judy beim Erstellen meines Profils unberücksichtigt gelassen? Du liebe Zeit, Dini, wie um alles in der Welt gibt's denn so was?«

»Nun ja, wir sind nicht dauernd auf Achse, hin und wieder machen wir auch mal 'ne Pause. Aber wer ist nun diese Judy? Ist das deine neue Freundin?«

»Ich denke, ja, Dini, ich denke, ja ... Ich *hoffe* es. Aber mir sicher sein, nein ... Bevor ich mir sicher sein kann, wartet noch ein Haufen Arbeit auf mich ... Also sollten wir sie vorläufig besser aus dem Spiel lassen ...«

Sie nippt an ihrem Cappuccino. Sie macht einen enorm müden Eindruck. »Wer sind die anderen, die du befragt hast?« will ich wissen.

»Ich bin mir eigentlich nicht sicher, ob ich dir das einfach so sagen darf ... De Groeve würde es dir jedenfalls nicht auf die Nase binden ...«

»De Groeve ist ein Vollidiot.«

Sie schaut auf, als hätte sie was Neues gehört, etwas, das schon lange in der Luft hing. Sie übergeht meine Bemerkung, starrt in ihr Notizbuch und sagt zögernd: »Wir haben ... unter anderem ... mit ... deiner Putzfrau ... Kontakt aufgenommen.«

»Ja?«

»Sie sagt, daß ... daß es in deinem Haus irgendwie *komisch* ist.«

»Irgendwie komisch? Wie denn?«

»Das konnte sie nicht genau erklären. Sie findet einfach nur, daß es in deinem Haus komisch ist. Daß sie dort nervös wird ... Und ...«

»Und was?«

»Und sie sagt, daß ... daß du nackt herumgelaufen bist, während sie putzte. Daß das der Tropfen war, der das Faß zum Überlaufen gebracht hat. Daß sie deshalb gekündigt hat ...«

Ich schaue sie an. »Aber Dini ...«, sage ich. »Polizeikommissarin, Tochter eines leibhaftigen Generals. Und haut trotzdem dermaßen daneben, daß es schon nicht mehr schön ist ...«

Sie sieht mich verwirrt an. »Wieso? Das ist wortwörtlich, was deine ehemalige Putzfrau gesagt hat. Schau her, du kannst ruhig meine Notizen lesen. Und Kommissar De Groeve kann das alles bestätigen ...«

»Noch einmal: Kommissar De Groeve ist ein Trottel. Tatsache ist: Ihr habt die *falsche* Putzfrau interviewt. Nicht meine. Die der Nachbarn. Die ist zwar die Schwester meiner Putzfrau und hat auch ein einziges Mal statt ihrer Schwester bei mir geputzt, aber damals lief ich absolut nicht nackt herum, und *sie* machte alles andere als einen nervösen Eindruck. Schon eher einen *dicken* Eindruck.«

»Was?«

»Die Putzfrau, die ihr befragt habt ... War die dick?«

»Äh, ja, eigentlich sehr dick ...«

»Meine ist *dürr*«, sage ich. »Klapperdürr. Und sie hat eine Tochter mit einem Buckel. Und sie ist in den Dirigenten eines Kirchenchors verliebt. Damit hast du nicht gerechnet, stimmt's, Dini? Oder doch? Daß es heutzutage noch Kirchenchöre gibt? Und daß jemand mit einem Buckel eine schönere Stimme hat als jemand ohne Buckel, hast du *damit* gerechnet?«

»Ich habe echt keine Ahnung, wovon du ...«

»Meistens ist es nicht wichtig, wovon ich rede, manchmal aber schon. Wenn ich davon rede, daß ihr die falsche Putzfrau befragt habt, dann ist das ziemlich wichtig. Notier das in deinem Büchlein, Dini. Notiere: ›Kommissar De Groeve und ich haben verdammt noch mal der *falschen* Putzfrau auf den Zahn gefühlt. Der dicken statt der mageren. Der einen Schwester statt der anderen.‹ Notier das jetzt.«

»Shit ...«, zischt Dini.

»Jeder macht Fehler«, sage ich. »Und sonst? Wen habt ihr noch?«

Sie beißt sich auf die Unterlippe und sagt – *stammelt* fast: »Deine Therapeutin ...«

»Ex-Therapeutin«, sage ich, »Emmy heißt sie. Stimmt das mit deinen Notizen überein? Emmy?«

»Ja«, sagt sie jetzt ungehalten, »Emmy, ja. *Das* stimmt auf jeden Fall.«

»OK«, sage ich, »und was hatte Emmy zu erzählen?«

»Daß du ... daß du *vollkommen normal* bist. Hundertprozentig ausgeglichen. Komplett bei Verstand.«

»Erstens«, sage ich, »beißt sich das ein ganz kleines bißchen mit dem, was du aus Evas Mund notiert hast. Und zweitens, auch Emmy lügt. Ich bin nicht hundertprozentig ausgeglichen. Ich habe zum Beispiel einen von Emmys teuren Aschenbechern gegen die Wand geschmissen. Hat sie davon nichts gesagt?«

Dini blättert verzweifelt in ihrem Büchlein. »Nein ...«, resigniert sie.

»Dann hat sie nicht nur gelogen«, sage ich, »sondern außerdem noch Informationen zurückgehalten. Deine Informanten sind nicht gerade verläßlich, Dini.«

Ich habe den Eindruck, daß ihr das alles ziemlich egal ist. »Und sonst?« frage ich. »Hast du zum Beispiel ... Kurt befragt? Oder Luk? Oder Jan? Oder die anderen Luks, die anderen Jans? Die andere *Eva*? Taïs? Yves? Rik? Kate? Evie? Hast du einen von *denen* befragt? Hast du herausgefunden, daß ich diese Evie zweimal mit meinem Motorrad mitgenommen habe, *ohne daß sie einen Helm trug*?«

Fast schon verzweifelt sagt sie : »All diese Namen sagen mir nichts ... Aber wir haben mit einem gewissen ...« – sie blättert wie verrückt in ihrem Büchlein – »einem gewissen *Jim* gesprochen, einem Techniker in einem Plattenstudio, und der sagte, daß du einmal was singen mußtest – ›Oooo‹ habe ich hier stehen. Was ich damit gemeint habe, weiß ich nicht, vielleicht ist es eine Abkürzung – daß du das also singen mußtest und Inge auch und daß du dann eifersüchtig warst, weil Inge ... weil sie ... *besser* gesungen hatte als du ... Aber ich ...«

»Du findest es kompletten bullshit, was du da erzählst.«

»Äh ... eigentlich schon, ja ... Ich meine, dieser Jim war betrunken und ...«

»Hast du *Bart* befragt?« falle ich ihr ins Wort.

Sie scheint aufzuleben. »Wen?« fragt sie, auf einmal interessiert.

»Bart. Bart *Gott hab' ihn selig.*«

»Nein«, sagt sie. »Den haben wir nicht befragt. Zumindest nicht zu deiner Person. Den haben wir zu *sich selbst* befragt. Er – und das kannst du ruhig wissen – er war eine der anderen Spuren, die wir verfolgt haben.«

Kannte Bart Inge? Klar doch. Hatte er nicht mal erzählt, daß er mit ihr *gebumst* hatte? Ja, ich glaube. Ich frage: »War Bart denn auch ein Verdächtiger?«

»Auch, auch«, sagt Dini verstört, »du kannst inzwischen ruhig aufhören, dich als Verdächtigen zu betrachten. Sieht fast so aus, als würde es dir *gefallen*, verdächtigt zu werden. Ich habe dich nie als Vedächtigen gesehen ...«

»Danke«, sage ich, »aber wie sieht's mit Bart aus? Sahst du denn ihn als einen ...«

»Ja«, meint sie, »meiner Ansicht nach hat er diese Inge auf dem Gewissen. Das habe ich mir von Anfang an gedacht. Dieser ... Trottel von einem De Groeve wollte unbedingt, daß wir uns auf dich konzentrieren, obwohl ich überzeugt davon war, daß wir uns lieber auf diesen Bart konzentrieren sollten. Jetzt ist es natürlich zu spät. Er ist tot. Aber ... Ich meine, sag doch mal ehrlich, hat mir sein Selbstmord nicht nachträglich noch recht gegeben? Ich meine, er muß doch irgendeinen *Grund* gehabt haben, sich umzubringen? Nun, meiner Meinung nach wurde er nicht mehr damit fertig, was mit dieser Inge passiert ist. Daß er diese Inge ermordet und irgendwo verscharrt hat, wasweißdennich, und dann schwankte er zwischen sich stellen und sich aufhängen. Warum er dabei zuerst noch die alte Großmutter abmurksen mußte, ist mir ein großes Rätsel ... Obwohl ... Wußtest du, daß dieser Bart bei derselben Psychotherapeutin in Behandlung war wie du, bei dieser Emmy?«

»Nein«, antworte ich, »das wußte ich nicht.«

»Na, ist ja auch egal. Weißt du, was diese Emmy über Bart sagte?«

»Nein. Was sagte sie?«

»Daß er *gestört* war. Nicht ganz richtig im Kopf, verwirrt, mit sich selbst im Unreinen, asozial, blablabla ... De Groeve, der blöde Affe, hat diese Diagnose nicht eine Sekunde in seine Überlegungen miteinbezogen. Ich schon.«

»Aber was mich anbelangt«, will ich wissen, »hast du also nie wirklich geglaubt, daß ich was mit dem Verschwinden dieser Inge zu tun haben könnte?«

»Äh ... Nein ...« sagt sie, »und jetzt noch weniger als zuvor ...« Sie sieht mich an, starrt mir in die Augen. Sie legt ihre Hand auf meine. »Ich fühle mich sehr ... *wohl* in deiner Gegenwart«, sagt sie zögernd. Sie beugt sich verdammtnochmal vor, um mir einen Kuß zu geben. Ich weiche diesem Kuß aus. »Ich fühle mich auch wohl in deiner Gegenwart, Dini«, sage ich, »und vielleicht lerne ich dich ja noch besser kennen, wer weiß ... Aber im Moment erscheint es mir ...«

»Ich weiß«, sagt sie mit einem tiefen Seufzer. Sie *bettelt* um Mitleid, das merkt man sofort. Aber warum sollte ich mit dieser Tante Mitleid empfinden? Warum sollte ich *überhaupt was* für diese Ziege empfinden? Ich finde sie unattraktiv, ich finde sie uninteressant, ich finde, sie ist eine schlechte Kriminalbeamtin, und überhaupt finde ich, daß Frauen überhaupt nicht zur Polizei gehören. Kurz, sie kann mich mal am Arsch lekken.

»Ich weiß ...« wiederholt sie. »Kann ich dich ... Ich meine, ich werde alles dransetzen, damit De Groeve dich in Ruhe läßt. Und auch ich werde dich in Ruhe lassen, vorausgesetzt ... vorausgesetzt, du hast nichts dagegen, daß ich dich irgendwann mal ... *privat* besuchen komme ...«

»Überhaupt nichts dagegen, Dini«, antworte ich und denke

mir gleichzeitig: nur wird meine Tür dann immer wie zufällig festungsartig verrammelt bleiben, wenn du davorstehst.

»Gut ...« sagt sie. Ganz offensichtlich hofft sie, daß ich noch was loswerden will, irgendwas *Wesentliches*, aber das lasse ich bleiben. »Dann gehe ich jetzt mal ...«, sagt sie. »Oder ... Soll ich dich nicht nach Hause bringen? Ich ...«

»Ich rufe mir schon ein Taxi, Dini«, sage ich, »danke für das Angebot.«

»Gern geschehen, ich ... geh' dann mal ...«

»Mach's gut«, sage ich. Sie verschwindet. Mittlerweile bin ich der einzige Gast in dem Café. Ich rufe der Tunte zu: »Noch einen Cappuccino, bitte. Und sorry wegen vorhin. Ich war ein bißchen nervös, wegen der Polizei, du weißt schon ...«

Seine Neugier ist stärker, und während er einen Cappuccino aufschäumt fragt er: »Gehen sie dir wegen irgendwas auf'n Keks?«

Ich setze mich an die Bar. »Ja«, sage ich, »aber ich habe dicht gehalten.«

»Sehr gut«, sagt er, »ich will mit der Polizei nichts zu schaffen haben. Du mußt wissen, daß ...« Er beginnt zu schluchzen. »Entschuldige ...«, heult er, »aber die Erinnerung ist so schmerzlich ... Aber du mußt wissen, daß ... ein *Freund* von mir ... als der auf dem Sterbebett lag, da ist ihm die Polizei noch mit einer Sache auf den Geist gegangen, mit der er nichts zu tun hatte ... Diese Unmenschen ... Nicht das Geringste hatte er mit dieser Geschichte zu schaffen! Irgendwas mit Drogen! Was sollte Romain mit ... Ich meine, er war *Friseur*! Was um alles in der Welt sollte er mit ... Ach, wenn ich nur dran denke ...« Er schluchzt noch ein paar Sekunden und sagt dann interessiert: »Was werfen sie *dir* vor?«

»Mord«, sage ich.

Er erschrickt, sieht sich sofort um, um die möglichen Fluchtwege abzuchecken und stammelt: »Mord ...? An ... an *wem*?«

»An ein paar kleinen Jungs ...« sage ich. »Ach, was sind das doch für Idioten. Warum sollte ich kleine Jungs umbringen? Kleine Jungs interessieren mich keinen Deut.«

»Mich auch nicht!« sagt er überhastet. »Nicht einmal im Traum! Ich gebe zu, achtzehn, neunzehn ist ein ... ein schönes Alter, aber jünger – lieber würde ich tot umfallen! Ich sage immer ...«

Ein Haufen Leute betritt das Café. »Luk!« grölt ein betrunkenes Mädchen, »du alter Weiberheld! Wir haben uns gedacht: jetzt gehen wir noch auf einen Pfannkuchen zu Luk! Meine Güte, ist das lange her!« Das Mädchen ist ... Ilse, Riks Geliebte, die in der Nähe vom Decascoop wohnt. (Möglich, daß sie schon lange nicht mehr Riks Geliebte ist, möglich, daß sie schon lange nicht mehr in der Nähe vom Decascoop wohnt.)

Sie ist mit drei Typen unterwegs. Kenne ich die? Ich habe sie schon irgendwann einmal gesehen, glaube ich. Einer von ihnen ist ein Kellner aus dem De Muide, der zweite der ehemalige Gitarrist von ... Elephant? Den anderen Elephant? Last Tango? *Under the Fucking Ocean*? Und der dritte Kerl ist ... Nein, das ist kein Kerl, das ist ein Mädchen. Das ist ... wie heißt sie doch, sie heißt auch Ilse. Riks Frau (möglich, daß sie schon lange nicht mehr seine Frau ist). Sie ist glatzköpfig, hat eine Tätowierung am Kopf, trägt GUESS?, darunter auch GUESS?-Wanderschuhe. Genau wie die anderen ist auch sie stockbesoffen.

»Luk!« kreischt die erste Ilse. »Vier Cappuccinos Gouden Poorte und vier Pfannkuchen Gouden Poorte mit extra viel Erdbeeren!«

»Ilse!« ruft Luk. »Du weißt doch, daß ein Pfannkuchen Gouden Poorte nicht mit Erdbeeren ist! Wie oft muß ich dir das noch sagen?« Er kirrt vor Vergnügen, als er aufzählt: »Ein Pfannkuchen Gouden Poorte ist mit Kiwistückchen, Bananenstückchen, Melonenstückchen und Lychestückchen!«

»*Was für* Stückchen?« will ich wissen, aber Luk ignoriert mich und macht sich an die Arbeit.

Ilse, die *mit* Haaren, hat mich gesehen. »Sieh mal, wer da sitzt!« brüllt sie. Die glatzköpfige Ilse sagt: »Wer ist das doch gleich wieder?« Einer der Typen meint: »Der Drummer von Foaming Vomit.« Er schreit: »Eure neue CD ist voll fürn Arsch!« Alle lachen. Ilse ruft: »Luk! Das wäre eine CD für dich! Die neue von Foaming Vomit! Voll fürn *Arsch*!« Sie lachen noch lauter, und Luk lächelt verschmitzt in sich hinein. Ich denke gar nicht daran, hier ein Telefon zu benutzen, um mir ein Taxi zu rufen und gehe. Ich ignoriere sie alle. »Arrogantes Arschloch!« faucht eine Ilse, als ich an ihrem Tisch vorbeigehe.

Ich stehe auf der Straße und frage mich, wo ich jetzt ein Taxi herkriege, als die Schwuchtel plötzlich aus dem Café gerannt kommt und mich anlabert. »Du hast den letzten Cappuccino noch nicht bezahlt«, sagt er grimmig.

»Das hatte ich auch nie vor«, sage ich. Ich hebe mein Knie und treffe ihn voll in die Eier. Er klappt komplett zusammen – das leicht zu berechnende Arschloch – und wimmert. Ich ziehe seinen Kopf an den dünnen Haaren zu mir her und sage: »Solltest du es wagen, mir noch einmal unter die Augen zu kommen, bringe ich dich um, du Kinderschänder.« Ich gebe ihm einen Schubser in Richtung seines Cafés. Er fällt hin, hält aber die Klappe.

Ich mache mich auf die Socken. Ich renne eine ganze Weile ziel- und planlos durch die Gegend, bis ich ein Café sehe, das ich – wie mir scheint – kenne. Ich gehe rein. Ja, hier war ich schon mal. Das Café ist leer. Der Mann hinter der Bar betrachtet mich. Man sieht ihm an, wie er nachdenkt. Bis er grinst und sagt: »Sie sind doch ... der Curaçao mit Seven Up-Trinker ...?«

»Nein«, sage ich, »ich bin ein Gin-Tonic-Trinker. Also bitte einen Gin-Tonic.«

Er ist enttäuscht. »Ach so ...«, sagt er. »ich hätte schwören können, daß Sie ... Ich hatte mal einen Gast, der genau wie ich unheimlich gerne Curaçao mit Seven Up trank ... Nun ja ... Gin-Tonic, sagten Sie ...« Er bückt sich mit schmerzverzerrter Miene, um von einem niedrigen Regal eine Flasche Gin zu holen. Aus einem Kühlschrank kramt er eine Flasche Tonic hervor und widmet sich der schwierigen Aufgabe des Gin-Tonic-Mixens. Schließlich hat er diese Aufgabe gelöst, und während ich schnell meinen Gin-Tonic austrinke, mischt er sich selbst ein Curaçao mit Seven Up.

»Sie gleichen ihm echt wie ein Ei dem anderen«, sinniert er, »diesem ...«

»Nein«, sage ich, »ich bin wirklich jemand anders. Kann ich mal kurz telefonieren?«

»Äh ... OK ...« Er bückt sich und holt das Telefon von einem niedrigen Regal.

»Ist was?« sage ich. »Sie machen ein Gesicht, als ob Sie Schmerzen hätten.«

»Ja ...« sagt er, »ich *habe* auch Schmerzen ... Ich wurde am Rücken operiert, wissen Sie. Jedesmal, wenn ich mich bücken muß, sticht es. Deshalb hören Sie in meinem Café auch keine Musik.« Er zeigt auf den CD-Player, der knapp über dem Fußboden in einem offenen Fach steht.

»Kann denn nicht jemand anders die CDs einlegen ...?« frage ich. »Ihre ... *Frau* zum Beispiel?«

»Hören Sie mir mit dieser Hure auf!« schnauzt er. »Die hat sich aus dem Staub gemacht! Konnte mein Gejammere nicht mehr ertragen, sagte sie! Hält man so was für möglich! Nur weil ich in den ersten Wochen nach meiner Operation ein bißchen mühsam war! Ich war drei Monate krankgeschrieben – ich war Maurer, müssen Sie wisssen – und schon nach ein paar Wochen hielt sie es nicht mehr aus, daß ich die ganze Zeit zu Hause war!

Sie hat mich schlicht und einfach im Stich gelassen! Und jetzt habe *ich* dieses Scheißcafé am Hals ... Denn das mit der Maurerei kann ich vergessen, mit dem Rücken ... Ich sag's dir ehrlich, Kumpel, ich war ein *erstklassiger* Maurer, aber zum Cafébesitzer bin ich nicht geboren ... Wenn ich pro Tag verdammtnochmal fünf Gäste habe, kann ich schon froh sein ... Alles die Schuld dieser dreckigen Hure ... Manchmal habe ich gute Lust, die ganze Hütte anzuzünden ...« Er nimmt einen Schluck von seinem Curaçao mit Seven Up und sagt: »Bist du dir absolut sicher, daß du nicht ...«

»Ja«, sage ich, »ich bin mir sicher. Jetzt muß ich kurz mal telefonieren.«

Er schlurft ans andere Ende der Bar, trinkt sein Glas leer und beginnt, es abzuwaschen.

Ich rufe mir ein Taxi, bezahle dann fürs Telefonieren und den Gin-Tonic und wünsche dem Cafébesitzer: »Schönen Tag noch.« Dann gehe ich raus, um auf das Taxi zu warten.

Der Taxifahrer ist der Typ aus Armenien, mit dem ich auch schon mal zu tun hatte (wann? gestern? vorige Woche? noch länger her?), und genauso wie beim letzten Mal sagt er kein Wort. Ich sage auch kein Wort und denke mir: Eigentlich sollte man all die Lügner *bestrafen.* Eva, Emmy, wen noch ...?, die Nachbarin von gegenüber, die ich nicht kenne, meine Putzfrau und ihre Schwester, all die Lügner, *alle* ...

Bei mir zu Hause angelangt bezahle ich den Taxifahrer und gehe direkt in die Garage. Ich setze meinen Helm auf und fahre mit dem Motorrad los.

JUDY (EPILOG)

Langsam gleite ich zwischen den abgestellten Autos hindurch. Ich sehe den Honda von ... von Jan, bilde ich mir ein. Jan von Ivory. Den CRX. Hier und da fährt ein Auto weg. Der freigewordene Platz wird sofort von einem anderen Auto besetzt, einem Auto, dessen Lenker höchstwahrscheinlich vor Freude *jauchzt*: Er hat den Kampf um einen Parkplatz vor dem 2002 gewonnen!

Um die Parkplätze herrscht ein ziemliches Gedränge. Manche Leute fahren stundenlang im Kreis, um so einen Parkplatz zu ergattern. Manche Leute haben das 2002 noch nie von innen gesehen, aber sie haben wenigstens *Kilometer* auf dem Parkplatz davor zurückgelegt. Um einen Parkplatz zu finden. Einen Parkplatz. Ich kichere in mich hinein. Was habe ich mit diesen Leuten zu schaffen, ihren Autos, ihrem Gestrampel, ihren Expeditionen auf der Suche nach einem Sinn? Überhaupt mit ihren Leben? Nicht viel. Ich hoffe nur, daß sie die CDs von Ivory kaufen werden, damit ich auch in Zukunft Geld verdiene. Geld, für das ich wenig tun muß. Darin liegt das Geheimnis des bestmöglichen Lebens: Geld verdienen, ohne daß man viel dafür tun muß.

Ein Parkplatz ist freigeworden. Zwei Autos, beides Karmann Ghias, wollen ihn – mit der Schnauze voran – haben und rammen einander. Ich bleibe stehen und schaue mir die Bescherung aus einiger Entfernung an. Aus dem einen Auto springt ein Pärchen: der Typ brüllt und tobt, das Mädchen heult. (Im Moment heulen Frauen extrem leicht, finde ich, oder bilde ich mir das nur ein?)

Aus dem anderen Karmann, einem *blutroten*, kommen zwei Mädchen zum Vorschein, es sind – bingo – die beiden Evas. Die eine Eva, *meine* Eva, wie ich sie früher einmal zu unrecht nannte, beginnt, den Typen zu beschimpfen. Die andere Eva, stoned wie ein Luftballon, heult. »Blödes Arschloch«, brüllt Eva, »wofür hältst du dich eigentlich!«

Sieh sie dir an. Wenn sie nicht so hübsch, so gesund und so reich wäre, sie würde sich mit jedem anlegen. Sie ist *zu* hübsch, zu gesund, zu reich. Ich habe sie nie geliebt. Ich liebe keine reichen, hübschen, gesunden Mädchen. Ich liebe Judy. Die ist zwar hübsch, das schon, aber nicht reich. Und gesund? Ich weiß nicht, ob Judy gesund ist, aber *falls* sie es ist, wird sie es – vorausgesetzt, daß sie einmal *die Meine* wird – nicht lange bleiben.

Jetzt, wo ich drüber nachdenke, ein weiterer Beweis, daß Eva nie wirklich die Meine war: Sie blieb gesund. Wer die Meine ist, muß genauso krank werden wie ich. Das ist Liebe: genauso krank werden. Damit meine ich natürlich nicht die großen, die banalen Allerweltskrankheiten, sondern die kleinen Krankheiten, die echte Liebende ausmachen: dieselben Ängste, dieselben Zweifel, dieselben ewig schwärenden Narben.

Auf meiner Honda, die im Leerlauf tuckert, sitze ich hier auf einem Parkplatz und betrachte einen schimpfenden Schlappschwanz von einem Jungen, eine heulende, unscheinbare Tussi von einem Mädchen, eine tobende Eva und eine schluchzende andere Eva. Zwei Karmann Ghias stehen verbeult aneinandergedrückt wie zwei weichgedroschene Boxer knapp vor dem Ende eines unentschiedenen Kampfes. Mein Gott, was für ein Schauspiel, was für ein unendlich sinnloses, entsetzliches Schauspiel! Warum fahre ich nicht einfach nach Hause?

Das tue ich auch. Ich halte nur noch einmal an, um zum Parkplatzwächter vom 2002, einem debilen Wichtigtuer, dessen rechte Hand den Tic hat, unverdientes Geld einzusacken, zu sagen: »Der Schlag soll dich treffen.«

Ich stelle meine neue Honda (die von ihrem ersten Service noch weit entfernt ist; zwar habe ich – zu wem? zu San, glaube ich – gesagt, daß ich gerade den ersten Service machen lasse, aber das sagte ich *nur so*; wie es San wohl übrigens geht? Wo hängt sie herum? Wird man sie jemals wiedersehen?) in meiner Garage ab und betrete mein Wohnhaus. In diesem Haus ist es überall still. Dieser Stille mache ich ein Ende, indem ich *Monster* von R.E.M. irre laut laufen lasse.

Was hatte ich mir für heute abend doch gleich wieder vorgenommen? Bestimmte Menschen zu *bestrafen*. Welch naives Vorhaben. Ich weiß ja nicht einmal, *wie* ich sie bestrafen sollte. Plus: Es gibt mir so was von Null Befriedigung, Menschen zu bestrafen. Jemanden bestrafen zu wollen, ist nicht nur ein Zeichen von Naivität, sondern auch von Dummheit. Genauso wie es naiv und dumm ist, *sich selbst* von jemandem bestraft zu fühlen. Ich denke ja gar nicht daran, mich jemals von etwas oder jemandem bestraft zu fühlen. Fühlte ich mich bestraft, als ich bei Foaming Vomit rausgeschmissen wurde? Quatsch! Fühlte ich mich bestraft, als Eva mir den Laufpaß gab? Weit gefehlt! *Zumal* ich weder Foaming Vomit noch Eva jemals etwas getan habe.

Als meine Mutter starb, da fühlte ich mich bestraft. Aber von *wem*? Von meiner Mutter selbst? Nein, denn eine Tote kann niemanden bestrafen. Von Gott? Daß ich nicht lache, Gott hat nie existiert. (Daß es noch immer Menschen gibt, die an die Existenz Gottes glauben, ist für mich das größte Rätsel überhaupt.) Weißt du, worauf es hinausläuft? In dem einen Augenblick war meine Mutter noch am Leben und im nächsten Augenblick nicht mehr. Der Tod ist tatsächlich nicht komplizierter, und was dann auch folgen mag – der unermeßliche Kummer, das Selbstmitleid, die Schuldgefühle, *der bohrende Schmerz* – das muß man eben in Kauf nehmen, weil es – für die Überlebenden – nun einmal dazugehört. Der Tod ist nicht mysteriös. Das einzige Mysterium ist die Liebe. Wen liebe ich, und wer liebt mich? Die beiden einzigen Fragen von Bedeutung.

Ich höre Geräusche aus dem Garten der Nachbarn. Ich schaue durchs Fenster und sehe den Einbrecher. Wird es nicht langsam Zeit, herauszufinden, was der Mann eigentlich *will*? Nochmals: Quatsch! Es steht ja nicht einmal fest, daß er überhaupt etwas will. Genausogut ist er schlicht und einfach ein gutmütiger, aber schwachsinniger Kerl, dem sein kranker Geist befiehlt, in einem Garten herumzuschleichen. Oder in mehreren Gärten, wasweißdennich. Das Beste wird wohl sein, ich lasse diesen harmlosen Irren in Ruhe. Trotzdem drücke ich die Pause-Taste meines CD-Players, öffne das Fenster und rufe: »Du rennst im falschen Garten herum! Du gehörst in den Garten der Nachbarin von gegenüber! Sie wartet auf dich! Die Nachbarin von gegenüber, die Nachbarin von gegenüber! *Sie wartet auf dich!*« Ich sehe, wie ein Schatten davonhuscht, schließe das Fenster und drücke die Start-Taste des CD-Players.

Habe ich jetzt die Nachbarin von gegenüber *bestraft*? Quatsch! Vielleicht habe ich sie sogar *belohnt*: Vielleicht hofft sie schon seit Jahren auf ein bißchen Zuwendung, selbst wenn es sich dabei um die Zuwendung eines anonymen, krankhaften Einbrechers handelt.

Ich mache mir einen Gin-Tonic, setze mich in den Sessel, trinke langsam, höre mit einiger Aufmerksamkeit ›Bang and Blame‹, bis mir einfällt, daß ich noch nicht nachgesehen habe, ob ich Nachrichten auf dem Anrufbeantworter habe. Fünf Stück. Ich drücke die Pause-Taste des CD-Players, drücke die Rewind-Taste des Anrufbeantworters und dann die Play-Taste. Herbert sagt: »Hier spricht Herbert. Die Besprechung ist nicht übermorgen, sondern morgen, um zehn Uhr vormittag. Es ist etwas ziemlich Unangenehmes passiert. Honda ist sehr verärgert. Sieh zu, daß du um Viertel vor zehn da bist. Ich rechne damit, daß du das ganze Trara schlichten kannst. Bis dann.«

Danach sagt jemand – wer? ich tippe auf Emmy, aber vielleicht ist sie es gar nicht: »Arschloch, das wird dich noch teuer zu stehen kommen.« Ich mache mir nicht die Mühe, nachzudenken, *was* mich teuer zu stehen kommen wird. Und warum. Und wann.

In weiterer Folge sagt jemand, der hörbar aus echtem Kummer heult: »Tag, mein Herr, hier spricht ... Emma ... die Putzfrau ... Ich wollte Ihnen sagen ... daß ... Ich wollte Ihnen sagen, daß ich diese Woche nicht komme ... Ine ... Meine Tochter ... Sie ist ... gestorben ... Ich werde Ihnen eine Todesanzeige schicken, und ich werde ... ich werde versuchen, ... nächste Woche zu kommen ... Auf Wiederhören, mein Herr ...«

Danach sagt Kurt: »Kurt hier. Äh, ich habe jetzt ein, wie heißt das doch gleich, ein ... eigenständiges Management-Büro aufgemacht ... Na ja, ich habe vor, eines aufzumachen. Ich wollte sagen ... vielleicht weißt du es ja schon, aber ich bin weg von Foaming Vomit. Das heißt, ich bin jetzt gänzlich ... äh ... nun ja, selbständig. Ich habe auch jede Menge Pläne, du weißt schon ... Ich meine, wir sollten uns mal sehen ... Äh ... bis dann ...«

Judy sagt zögernd: »Hier spricht ... ich. Kannst du mich mal zurückrufen?« Diese letzte Nachricht höre ich mir fünfmal an, sechsmal, siebenmal; hole dann die Kassette aus dem Anrufbeantworter und nehme sie mit nach oben. Im Schlafzimmer hole ich die Dose, die zur Hälfte mit gefrorener Asche gefüllt ist, aus dem Kühlschrank. Ich öffne sie: das Benzin ist noch immer nicht gefroren. Ich werfe die Kassette hinein. Sie schaukelt ein bißchen hin und her.

Nach einiger Zeit drücke ich den Deckel wieder auf die Dose, stelle sie zurück zu den anderen Dosen und schließe den Kühlschrank.

Hat das alles irgendeinen Sinn? Worin liegt seine Bedeutung, worin sein Symbolcharakter? Oder habe ich über solche Dinge schon einmal nachgedacht? Und zu welchem Ergebnis bin ich *damals* gekommen? Ich lächle matt.

Unten drücke ich die Stop-Taste der Hi-Fi-Anlage. Jetzt herrscht wieder Ruhe in meinem Haus. Ich schnappe mir das Telefon und wähle Judys Nummer.

»Hey«, sage ich, »hier spricht ... ich.«

»Hey«, sagt sie.

»Danke für den Anruf«, sage ich.

»Gern geschehen.« Es entsteht eine Pause.

»Wie ... geht es deinem ... *Kind?*« frage ich schließlich, mit meinem Latein am Ende.

»Gut ... Dem Kind geht es gut ...«

»Das ... freut mich ...« Wieder entsteht eine Pause. Bis ich frage: »Judy, liebst du mich?«

Nach ein paar Sekunden antwortet sie: »Ich ... *ich weiß es nicht ...*«

Das scheint mir die einzig mögliche vernünftige Antwort zu sein. Ich schweige verzweifelt. Judy sagt: »Aber ... du fehlst mir. Kommst du? *Jetzt gleich?*«

Ich murmle: »Jetzt gleich ...? OK. Jetzt gleich.« Ich unterbreche die Verbindung, starre ängstlich in die stille Leere und bleibe sitzen.